해녀콩

해녀콩
❶

채 정 운 장 편 소 설

개미

착실과단(着實果斷)의 사자성어를 지금까지도 성언(聖言)처럼 내 마음으로 해석해서 좌우명으로 기억하고 있었다.

중학교 1학년에 입학해서 담임선생님은 김홍호 선생님이었다. 너그러우시고 결코 학급 아이들을 나무라는 일 없고 시험 감독할 때에도 교탁 위에 가부좌를 틀고 눈을 감고 종이 칠 때까지 앉아 계셨다. 그리고 종례시간에는 '조선(朝鮮)'이라고 써놓고 한자풀이를 해주셨는데 지금은 잘 생각나지 않는데 바다 위에 배가 해를 담고 떠가는 그림이 칠판에 그려있었던 것 같다.

담임선생님이 너그러우시니까 우리 반 아이들은 버릇없고 드세기로 학교 내에서 호가 났다. 과목마다 선생님 별명을 붙여넣고 불러대고 놀리기까지 했으니까.

학제가 바뀌어 9월에 이학년으로 진급이 되고 담임선생님도 새로 배정받았다. 그리고 이듬해 여름방학 전에 난리(6·25)가 났다.

대학에 진학하니까 김홍호 선생님은 교수님이 되셨고 '철학개론'을 담당하셨다. 나는 주저하지 않고 김홍호 선생님의 철학공부를 신청했다. 교수님은 여전하셨다.

　첫 시간에 칠판에 착실과단(着實果斷)이라고 큰 글씨로 쓰셨다. 그리고 교수님께서는 하루 한 끼씩 식사하신다고 했다. 나는 졸업 후에도 '착실과단' 과 한 끼씩만 식사하는 교수님을 잊지 않았다. 의과대학에 다니는 친구에게도 자문해 보았다. 그러나 답은 '죽음이 멀지 않을 것' 이라고 한다.

　그 후 수십 년을 지나서 일간신문 문화면에 김홍호 목사님의 사진과 글이 전면을 차지하고 있었다. 팔순을 훨씬 넘기신 목사님은 아직도 신촌에 살고 계셨다. 반가웠다. 알고 보니까 문학 동료 시인의 외삼촌이셨다.

　나는 동료 시인에게 반문했다.

　지금도 하루 한 끼만 식사하시느냐고 물었더니 그렇다고 당연하다는 듯이 대답했다. 그리고 구순 넘게 장수하셨다고 말했다.

　나는 착실과단(着實果斷)이라는 사자성언(四字成言)을 잊지 않고 있었다. 그리고 나름대로 '과실이 익으면 땅에 떨어진다' 라고 내 마음대로 해석해서 지금까지 기억하고 있었다.

　그러나 착실과단(着實果斷)의 참뜻은 "거짓없이 진실하게 딱 잘라서 용기있게 결정함"이었다. 이제라도 바로 잡을 수 있게 되었으니 이 아니 또한 기쁘지 않겠는가?

2020년 4월 과천에서
채정운

해녀콩

1

광장으로 뻗어간 길 위는 흰 눈이 두툼하게 깔려있었다. 그 많은 차량들이 무수히 지나갔는데도 눈은 부서지지 않고 흰색을 유지하고 있었다. 그 때문에 광장 옆 녹지 위에 덮인 흰색과 연결돼 광활한 설원을 조성하고 있었다. 설원 저쪽 끝에는 거대한 혹성의 도시처럼 국회의사당과 사각의 고층건물들이 눈밭에 반사된 봄의 햇볕 속에 잠겨있었다.

낯설었다.

그리고 한적했다.

해녀콩은 제주도 토끼섬에서만 자생하는 콩과 식물이다. 전설에 의하면 해녀들이 고달픈 삶을 끝내려고 먹으면 죽는다는 해녀콩을 먹었더니 죽기는커녕 미쳐버렸다는 금단의 콩이다.

어제 내린 폭설 때문일까. 멀리서 바라보면 순백으로 이어진 허허벌판인데도 사람들의 발자국들이 무수히 찍혀있었다. 이 광장을 벌써 나보다 앞서 횡단한 사람들의 발자국이었다. 나는 그 발자국을 따라 조심스럽게 광장을 가로질러 그 혹성의 도시로 접근해 갔다. 손을 뻗으면 곧 도시 속으로 빨려 들어갈 것만 같은 거리인데도 꽤나 멀었다.

녹지에는 어린 수양버들이 규격에 맞춰 엉성한 수풀을 이루고 있었다. 나무들은 영양실조에 걸린 어린아이의 머리숱처럼 어설프게 서있었다. 그 때문에 바람은 이 녹지를 얼레빗질을 하듯 소리내지 않고 순조롭게 지나가고 있었다.

나는 지름길을 택해 상담소 건물 뒤쪽에 다다랐다. 지름길을 택하는 사람들을 위해서인지 건물 뒤쪽에도 상담소 간판을 달아두었다. 흰색 페인트칠을 한 직사각형의 나무판자 위에 검정 글씨로 또박또박쓴 간판은 언뜻 보기에도 딱딱한 느낌을 주고 있었다. 상담소는 잘 구워진 오지 벽돌로 새로 지은 현대식 건물이었는데도 그 뒤편은 보잘것없었다. 틈새로 눈 녹은 물이 새어나와 벽을 얼룩지게 했고 보일러실의 더운 열기 때문에 채 녹지 않은 홈통 옆에 달라붙은 고드름이 녹아내리느라 더운 김이 찐빵집에서처럼 무럭무럭 피어오르고 있었다. 이러한 광경은 매우 볼꼴사나웠다. 바람이 방향을 바꿀 때마다 수증기는 상담소 간판을 가리우곤 했는데 보일러실에서 윙윙거리는 소음과 함께 그것들은 이곳을 찾아오는 사람들의 불행한 흔적처럼 매우 끈질기고 그리고 칙칙한 인상을 풍기고 있었다. 이와는 대조적으로 상담소 정문 앞은 매우 정갈했고 그리고 안정돼 있었다.

내가 상담소 문을 밀고 안으로 들어서자 수부에 앉아있던 소녀가 앵무새처럼 말했다. 지금은 점심시간이니까 1시 반 이후에 오라고.

나는 초원아파트 입구에 설치된 자동판매기 앞으로 갔다. 그리고 백 원짜리 동전 두 닢을 구멍에 집어넣었다. 짤그락 기계 돌아가는 소리가 나더니 흰 종이컵이 떨어졌다. 나는 밀크커피라고 쓰여진 사각의 단추를 눌렀다. 자동판매기는 윙 소리를 내면서 작동했다. 찐밤색의 액체가 어린아이의 오줌 줄기만큼 종이컵에 담겼다. 나는 종이컵을 두 손으로 감아쥐었다. 따뜻한 온기가 손끝으로부터 감지되어 나는 비로소 휘청거리는 허기를 느꼈다. 그러고보니 어제저녁 이후 지금가지 아무것도 먹지 않았다. 나는 비틀거리면서 다시 상담소 출구로 갔다. 출구 앞에서 머뭇거리자 아까 그 소녀가 나에게 상담소 안으로 들어와서 기다리라는 시늉을 했다.

아래층은 화랑으로 쓰이고 있었다.

스무 평 남짓한 공간은 옛 그림으로 꽉 메워졌다. 그림은 복사판이 대부분이었는데 생각보다 꽤 비싼 정가가 붙어있었다. 그 그림들은 별로 신비스럽지도 않았고 갖고 싶은 생각도 나지 않는 것들이었다. 저런 그림이라면 내가 자랄 때, 마을 안에 그 누구네 집에서도 벽장문이나 안방 지게문에 붙어있는 그림들이었다. 대나무 필통에 아무렇게나 던져 넣은 듯한 숱이 굵은 붓들은 보기만 해도 싫증이 났고, 누렇게 빛바랜 화선지에 숯검정 같은 벼루나 문갑은 안방 속을, 더 한층 어두컴컴하게 만들었던 문방사우나 화조화 같은 것들이었다. 나는 이 시커먼 검맹 속에서 유난히 붉은 다홍빛깔의 해와 함박꽃 그리고 누각의 단청색이 드러나 보일 때면 나는 귀기스러움이 나에게 범접할 것만 같은 무서움증이 일곤했다. 그 귀기스러움이란 마치 불행의 옷자락처럼 펄럭거리다가 내 등뒤로 내려앉아 결코 내가 벗어버릴 수 없을 것만 같은 운명의 옷일 것만 같은 두려움의 일부분이기도 했다. 나는 이와 같은 두려움으로부터 빨리 벗어나고 싶었다.

  시계의 초침은 정지된 듯 1시 반까지는 아직도 멀었다. 나는 다시 생각 속에 잠겼다. 지금 기억으로는 내가 어렸을 때 생가에서는 해걸이로 초가을이면 의례적으로 도배장판을 새로 하곤 했었는데 그 일은 할머니의 소관이었다. 우물 둥치에 서있는 우람한 감나무는 할머니 차지였다. 가을이면 주먹덩이만큼씩한 끝이 뾰족한 장중감이 주렁주렁 달리는 이 감나무는 식구들마저 아무도 범접하지 못하게 했다. 감이 주황색 호롱불만큼 익으면 할머니는 이것을 따 돈사서 도배지를 장만하곤 했었다. 용케도 감나무는 이러한 할머니의 마음을 잘 알아주었다. 해걸이로 감이 가지가 휘도록 매달렸다. 감나무는 할머니와 잘 화동했다. 할머니는 사시장철 마당쓰레기를 모아다가 그 감나무 밑동에 붓곤 했다. 감나무는 뿌리가 땅 위로 솟아오르므로 뿌리를 자꾸 묻어줘야 감이 잘 열린다면서 감나무를 지성으로 손보아 주었다. 그래서 그런지 우물 둥치 위의 감나무는 여늬 감나무보다 가지가 늠름하고 여름이면 그 둥근 감나무 잎이 초를 입힌 것만큼 반짝였으며 광택이 났다. 물론 감도 아주 굵었다. 맛도 좋았다. 할머니는 가을이면 사람을 따로 하루 품사서 감을 따곤 했는데, 그해에 할머니 맘에 들게 감을 따면 영락없이 감 따는 일은 한 사람에게 일임해서 맡기기도 했다. 이처럼 정성 들여 따놓은 감은 큰 대광주리에 보기좋게 담아서 일꾼에게 지게에 지워 장으로 팔러갔다. 물론 할머니가 뒤따랐다. 감광주리를 뒤따르는 할머니의 걸음걸이는 언제나 당당했다. 온 장판을 휘둘러보아도 우리집 감만큼 실하고 땟깔 고운 것은 없었느니라고 큰소리치곤 했다.

또 할머니는 안목이 대단했다.

마을 사람들은 도배지를 고를 때, 때가 더디 타는 진한 색깔의 도배지를 선호했는데 할머니는 그렇지 않았다. 할머니는 진한색은 칙칙하다면서 미색을 좋아했다. 그래서 할머니가 거처하는 안방은 우아하면서도 조촐한 미색 바탕에 잔잔한 꽃무늬들이 항상 이른 봄의 화초밭을 연상하게 했다. 연옥색 소나무 무늬의 반닫이라던 진남색 고단 무늬의 굽도리는 미색 저고리에 단 남색 끝동을 방불케 했다. 그뿐이 아니었다. 이와 같은 것들은 어디까지나 배경 색에 불과했다. 할머니의 보고인 벽장문과 안방 지게문에 붙은 그림은 언제나 그대로였다. 한 가지 이상한 일은 그 누르칙칙하게 바래다 못해 겄고 찌든 그림이지만 도배를 새로 할 적마다 이 그림은 새옷을 갈아입은 것처럼 산뜻하게 느껴지는 이유를 알 수 없었다. 나는 그 찌든 낡은 그림을 그대로 놔두는 것에 대해 불평했다. 내 생각으로는 그 낡은 그림을 아예 새 도배지로 뭉개버리고 그 자리에다 좀 더 멋진 그림, 그러니까 고흐의 '해바라기' 아니면 '꽃이 핀 과수원'을 붙여놓으면 얼마나 멋있을까도 생각해보았지만 그러나 이러한 생각들은 결코 할머니를 설득시킬 힘이 없었다. 할머니는 함박꽃과 수국꽃을 좋아했다. 고흐의 노란색의 해바라기 따위는 안중에 없었다. 할머니는 안방 지게문에 덧붙인 청송밑에 사슴 두 마리가 불로초를 입에 물고 있는 그림을 무척 소중하게 여겼다. 이 그림은 나의 아버지가 태어나던 그해부터 그곳에 붙여있었던 그림이라면서 내가 행여나 그 그림 위에다 낙서라도 하지 않을까 여간 조심시키는 것이 아니었다.

이와 같이 자고 깨면 들고나는 출입문에다 불로장생의 상징인 십장생도를 바라보고 자랐지만 나의 유년시절의 의식은 그런 것들과는 전혀 무관한 상태였다.

초등학교 일학년 때였다.

어떤 날, 나는 하굣길에 공습경보를 당한 적이 있었다.

일제 말엽 종전 바로 직전이어서 막바지에 오른 전쟁은 하루에 몇 차례씩 공급경보를 겪어야만 했다. 수업시간에도 적기가 상공에 날아왔다고 사이렌이 울리면 학생들은 보꾸쓰깽(솜을 두둑하게 두고 누빈 고깔모자)를 쓰고 책상 밑에 엎드렸다. 양 엄지손가락으로 두 귓구멍을 틀어막고 코는 마룻바닥에 대고 입을 딱 벌렸다. 책가방 속에는 항상 보꾸쓰깽이 들어있어 그날도 나는 빠른 솜씨로 그것을 꺼내 머리 위에 뒤집어쓰고 길 옆에 파놓은 방공호 속에 뛰어들어갔다. 그런데 그 당시 번번히 공습경보는 당했지만 막상 폭탄이 터진 적은 한 번도 없었다. 나는 한 번도 실제로 폭탄이 터지는 것을 목격할 수 없어 공습경보를 겪을 때마다 실망했다. 사이렌만 울리면 "또 거짓부리다"이렇게 단정해 버리고는 두려움보다 호기심이 앞서 그 무슨 일이 일어나길 기다리고 있었다. 그래서 그날만은 학교에서 선생님(일본인 담임선생님)이 지시한 것을 어기고 나는 머리를 쳐들고 행길 쪽을 주시했다. 그러나 사이렌 소리만 요란하고 무시무시했을 뿐 아무일도 일어나지 않았다.

길은 텅 비어 있고 붉은 삼각기를 쳐든 순사들이 해골 모양의 가스마스크를 쓰고 추녀 끝에 서서 행인들을 감시하고 있었다. 이때였다. 갑자기 길거리는 노란 연기가 뭉게뭉게 일더니 온 도시로 확산했다. 그 노란 연기는 마침내 내가 뛰어든 방공호 속까지 밀려와서 나의 작은 몸체를 온통 묻어버렸다. 순간 나는 이것이 바로 폭격이었으며 폭탄이 터지고 있는 것이라고 여겨졌다. 나는 갑자기 공포감에 사로잡혀 머리를 땅 위에 쑤셔박고 엉엉 울었다. 이제는 죽는구나 싶어 숨도 제대로 쉬지 못했다. 그러나 그때 나는 죽지 않았다. 그날, 나는 울면서 집에 돌아왔다. 집이라야 아무도 나를 기다리지 않는 빈집이었다. 교남동 작은 문간방에서 사촌 언니와 자취를 했을 때였다. 저녁때 여상에 다니는 사촌 언니가 학교에서 돌아왔다. 나는 사촌 언니에게 그 노란색 연기가 무엇이냐고 물었더니 그것은 적기가 땅 위를 잘 볼 수 없도록 연막을 쳐두는 것이라고 일러주었다.

그 후, 나는 전쟁이 바로 그 노란 연기와 연상이 되어 잊혀지지 않았다. 미술시간에는 으레껏 버섯구름처럼 꿈틀거리면서 거리를 뒤덮던 그 노란 연기와 가스마스크를 착용한 순사와 방공호 속에 코를 박고 엎드린 사람들의 모습을 그렸는데 60점을 받았다. 다른 아이들은 성조기를 단 미국 군함에다 양 날개에 빨간 동그라미표를 단 비행기가 붕어 모양의 폭탄을 떨어뜨려 구름 버섯이 벌겋게 피어오르는 것을 그렸는데 95점을 받았다. 그 후, 나는 좀 더 점수를 많이 따보려고 크레파스를 많이 칠해 유황색 연기와 푸른 하늘에 높이높이 떠있는 은흰색 비둘기를 선명하게 그렸지만 점수는 그이상 올라가지 않았다.

그 다음 미술시간이었다.

일본인 담임선생님은 한 장의 그림을 칠판 위에 붙여놓았다. 유록색 바다 위에 떠있는 미 군함에 일본 특공대가 일장기를 양 날개에 붙인 비행기째로 곤두박질치는 그림이었다. 일본인 담임선생님은 일본 특공대의 애국심을 높이 칭찬했다. 반 아이들은 엄숙하리만큼 조용히 숨죽이면서 선생님의 설명을 듣고 있었다. 비행기 양날개 죽지에 핏빛깔의 빨간 동그라미가 선명하게 그려졌고 미국군함 복판으로 곤두박질치는 비행기는 급하강하는 속도가 흰 꼬리로 그려져 있었다. 그날도 나는 좀 더 많은 점수를 염두에 두고 칠판에 붙여놓은 그림을 흉내 내어 정성 들여 색칠을 하고 있었다. 나는 선체를 잘못 그려 손톱에 침칠을 해서 지우고 지운 자국을 감추느라 선체 위에 덧칠하고 있었는데 그때 교실 밖 복도에서 누군가우리 교실을 노크하는 소리가 들렸다. 도화지 위에 연필 긋는 소리만 사각사각 나던 교실 안의 눈동자가 일제히 문 쪽으로 쏠렸다. 담임선생님이 도어 앞으로 다가서서 문을 열었다. 급사가 흰 쪽지를 선생님에게 전했다.

담임선생님이 내 이름을 불렀다. 나는 급우들의 시선을 한 몸에 받으면서 얼굴이 벌겋게 상기되어 복도로 나가 보았다. 이날따라 좁고 긴 복도가 왜 나에게 그렇게 무섭게 생각되었는지 모른다. 사람의 그림자 하나 얼씬 않는 어두컴컴한 복도는 흡사 공습경보를 받고 난 뒤의 행길처럼 나를 전율케 했다. 그 긴 복도 끝에 매달린 현관에 아버지가 서있었다. 나는 그때 아버지를 만나자마자 그만 비죽비죽 울음을 터뜨렸다. 아버지는 나의 머리를 쓰다듬으면서 시골에 가서 학교에 다니도록 하자고 했다. 나는 그날로 전학증명서를 떼어 아버지를 따라 시골집으로 갔다.

그때의 유황색 연기의 전율이나 빈 길거리와 어두컴컴한 회랑은 지금 생각해봐도 막연한 슬픔을 끓어오르게 하고 있었다. 지금 나는 그때의 아버지보다도 훨씬 더 나이를 먹었다. 그리고 그때의 그 막연했던 슬픔은 내 나이만큼 자랐다. 지금 이 슬픔을 달래줄 따뜻한 손길은 이미 아무 곳에도 있지 않았다. 나는 그것을 너무나 잘 알고 있었다. 나는 이 위로받을 수 없는 슬픔을 감당하기가 고통스러웠다. 그것은 다름 아닌 내 아이들이 그때 내가 느꼈던 그런 막연했던 슬픔보다 좀 더 현실적이고 쓰라린 슬픔을 삼키면서 살아야 한다는 것이었다.

지금 나는 할머니처럼 헌 그림 위에 새 그림을 붙이기를 주저하고 있다. 그러나 또 다른 하나의 내가 나의 내부 속에 꿈틀거렸다.

상담소 안으로 몇몇 사람들이 또 모여서 들어왔다. 수부에 앉아 있던 소녀는 시간을 확인했다. 정각 1시 30분이었다. 수부의 소녀는 움직이는 마네킹처럼 사람들에게 번호표를 한 장씩 나누어 주었다. 사람들은 번호표를 하나씩 손에 쥐고 4층으로 올라갔다. 그리고 순서대로 상담원에게 번호표를 제출했다.

좀 있자 상담원이 나의 이름을 호명했다. 나는 상담원 앞에 죄인처럼 앉았다.

"나이는?"

"서른아홉."

나는 나의 나이를 대답하면서 내 나이에 대하여 생소함을 느꼈다. 벌써 삼십 년하고도 아홉 해를 살았구나.

"학력은?"

"최고학부."

"좀 더 구체적으로 대답해주세요."

"대학교 졸업."

"배우자 직업은?"

"자영업이었죠."

"배우자 학력은?"

"……"

나는 또 머뭇거렸다.

여름날 파초 잎을 두드리는 빗소리처럼 경쾌하게 타이프를 두드리던 상담원이 좀 더 말에다 악센트를 주면서 신경질적으로 말했다.

"배우자의 학력은?"

"무학."

상담원이 나를 흘깃 쳐다봤다.

나는 햇볕이 유난히 잘 들어있는 남쪽 방으로 안내되었다. 상담원이 나를 의자에 앉혀주고 방을 나갔다. 내 바로 맞은편에 앉아있는 삼십 대의 여자가 지금 방금 놓고 간 타이프 친 용지를 훑어보고 있었다. 이 여자는 인상이 매우 부드러웠음에도 불구하고 나는 지금 나의 당면한 문제들을 모두 털어놔도 소용없을 것이라는 것을 직감했다. 나는 엊저녁부터 번뇌하고 있던 모든 문제들의 열쇠는 바로 내가 쥐고 있어야 한다는 것을 비로소 알게 되었다. 이곳 상담소는 어디까지나 법적인 상담에 국한돼 있기 때문에 내가 법적으로 보호받을 수 있는 최대한의 권리를 알아보는데 그쳐야 할 것임을 단번에 알고 나니 마음은 더할 나위없이 참담할 뿐이었다. 법적인 문제라면 뻔한 일이었다. 이혼을 해서 위자료를 받아내던지 그렇지 않으면 쌍벌죄로 분풀이를 하던지 그 밖에 다른 방법이 없었다. 모두 다 맘에 들지 않았다.

"먼저 부인의 의사를 말씀해주십시오."

맞은편에 앉은 여자가 법관처럼 나에게 답변을 요구했다. 나는 점점 난처해졌다. 정말 이럴 줄 알았더라면 이 눈 속에 무슨 일로 이 광장을 가로질러 이곳까지 찾아왔겠나 싶은 후회가 피를 새롭게 끓게 했다. 그러나 나의 생각과는 달리 나의 입에서는 하소연이 튀어나왔다.

"글쎄요. 남편이 벌써 10년 전부터 이중생활을 해오고 있었는데 제가 이 사실을 안 지는 불과 일주일도 안됐어요. 어떻게 했으면 좋겠습니까."

"그거야 부인께서 정하실 문제지요. 부인께서 어떻게 하겠다고 말씀하시면 우리가 법적으로 보호받을 수 있는 범위를 가르쳐드리죠."

예상했던 대로이다.

나는 잠시 생각해 보았다.

최선의 방법이란 이미 찾기 어려운 처지이다. 이미 그 남자는 십 년 전부터 나로부터 멀어져 있었다. 법이 멀어져버린 두 사람의 사이를 좁혀줄 수는 없는 노릇이다. 그렇다면 지금 내가 이 상담소를 찾아와서 내가 처해있는 고통의 나락에서 헤어나겠다는 실마리는 찾기 힘들 것이었다. 이혼 위자료. 이 두 가지 중 모두가 나에게는 불합리한 문제였다.

이때 갑자기 큰아이의 꾸짖는 듯한 목소리로 나에게 하던 말이 귓가에서 윙윙거렸다.

"자기가 뿌린 씨는 자기가 거둬야 해요."

그렇다. 그것은 당연하고 옳았다.

나는 물에 빠진 사람이 지푸라기 한 가닥이라도 잡고 늘어지는 심정으로 덧붙여 말했다.

　"이혼은 않고 생활대책을 보호받을 길이 있을까요?"

　나의 청각에 큰아이의 울림이 또 윙윙거렸다.

　"참으로 엄마는 한심해요. 왜 인생을 이 지경으로 망치세요. 엄마는 TV도 안보셨어요. 그 흔한 TV연속극 속에서 뭘 보셨냐구요. 남자들이 사업에 실패하면서 맨 먼저 집문서를 들고 나간다는 사실을 왜 보고도 못 느끼셨어요. 엄마의 잘못이 더 커요. 왜 집문서 하나도 제대로 간수하지 못했어요. 나는 집이 날아가 가족들이 짐보따리 끌어안고 길거리에 나앉은 광경을 늘 봐왔는데요."

　나는 오막살이를 빙자해서 집문서 따위는 하찮게 여겨 장롱 서랍 속에 아무렇게나 방치해 두었다. 부도가 나고 일이 터지고 분란이 났을 때 아차 하고 장롱 서랍 속을 뒤져보니 이미 집문서는 없었다. 나는 연속극 속의 사건들은 나와는 하등의 상관이 없는 극 속의 사건으로만 인식하고 있었으니 힐책을 면할 길이 없었다.

　"있습니다. 상대방 여자에게 재산이 있으면 부인께서 정신상의 손해배상을 청구할 수 있습니다."

　그 여자는 메모지에 적고 있었다. 손해배상을 청구할 시 해당되는 법적 절차를 밟기 위해 서류를 메모했다. 그리고 그것을 나에게 내밀었다.

　"여기 적혀있는 서류를 구비해 가지고 지방법원에 가서 소송을 제기하십시오."

　나는 무의식과 의식 사이를 혼돈하면서 꿈속에서처럼 또 중얼거렸다.

"한 가지 더 묻겠습니다. 상대방 여자의 재산이 이미 타인의 명의로 이전돼있다면 어떻게 되는 거죠?"

"그렇다면 이쪽에서는 차압할 수 없게 됩니다."

"그렇다면……"

나의 무의식이 서서히 의식으로 돌아오면서 잠시 고개 수그렸던 분노가 치밀어 올랐다. 이렇게 되면 법은 있으나 마나였다. 법은 엉성한 그물과 같아서 법을 아는 사람들은 얼마든지 법을 이용할 것이다. 나는 더 이상 지체할 필요가 없겠다고 생각되어서 그 방을 나왔다.

휴게실에서는 한 젊은 여자가 그녀의 어머니로 보이는 사람과 함께 소리 질렀다. 두 여자는 완전하게 이성을 잃고 있었다. 자신이 자기의 가슴을 두드리다 지쳐 앞가슴을 풀어헤쳤으며 바닥에 구부러지면서 단말마의 욕설을 퍼부었다. 나는 증오심에 가득한 두 여자를 보고 나에게 지금까지 편재되었던 나 자신을 되돌아보고 부끄러웠다. 그러한 모습은 연민스럽다거나 동정심이 우러나기보다는 인간의 가장 추악한 모습을 연출할 뿐이었다. 패배자의 얼굴은 너무나 보기 사나운 몰골에 불과했다.

안 돼. 난 그럴 수는 없었다. 나는 당당하게 살아야 한다고 자신에게 다짐했다. 언제나 그랬다. 어떤 일이 건 부딪히고 난 후에 깨우침이 오곤 했다. 이와 같이 아둔한 성격은 거의 선천적인 것이었다. 나는 아주 어렸을 때부터 평범하고 상식적인 감정에는 늘 둔했다. 어느 날 공습경보 속에서 맞닥뜨린 텅 빈 거리의 전율이라던가 컴컴한 복도 끝에서 아버지를 만났을 때, 비로소 울음을 터뜨렸을 때부터 이미 나의 의식 속에는 둔감한 운명을 내포하고 있었다.

나의 이와 같은 소지는 성장과정에서 연유되었다거나 아니면 태어날 때부터 물려받은 유전자적인 것인지도 몰랐다. 이와 같은 특성은 대개 가장 가까운 사람들, 즉 가족들 사이에는 현저한 평판이 나붙어 겉으로 드러나게 마련이다. 이와 같이 지나간 일들을 주의 깊게 기억 속에 간직해 둔다는 것은 나를 내가 원하는 곳으로 이끌어주는데 봉사해준다. 나는 나의 유년의 기억을 더듬어 더없이 싱싱하고 새로운 나 자신을 찾아내는데 전력투구해야 할 것이다.

나는 세 살 때인가 그러니까 두렁치가 오줌에 절어 지린내가 풍겼던 그때부터 기억이 어렴풋하다. 그때는 의주로 집에서 대가족이 살 때였다. 의주로 집은 무지무지 넓은 집이었었는데 안채와 사랑채가 뚝 떨어져 있는 그런 구조였다. 안채의 큰방 아래 칸은 할머니와 큰고모가 썼고 누마루가 달린 건넌방은 막내 고모가 사촌 언니와 함께 쓰고 있었다. 아직 출가 전이었던 막내 고모는 금융조합에 다니고 있었는데 까다롭기로 유별났다. 사랑채에는 여러 개의 방이 있었다. 할머니는 큰고모와 함께 하숙생을 두고 있었다. 넓은 앞마당 한가운데에는 사과나무가 한 그루 서있고 대문을 들어서면 큰 향나무가 가로막고 있어서 안채를 들여다 볼 수 없었다. 할머니는 과년한 처녀인 막내 고모와 사촌 언니가 사랑채의 하숙생들과 눈이 맞을까봐 감시를 철저하게 했다. 어쨌거나 두 처녀는 향나무를 사이에 두고 문밖출입은 물론 사랑채에는 엄격하게 통제되어 있었고 마당 가운데 서있는 사과나무는 안채와 사랑채를 잇는 디딤돌이 되었다. 어쩌다 할머니가 남대문시장으로 큰고모를 대동하고 큰 장을 보러가서 집을 비우게 되면 두 처녀는 사과나무 밑에 서서 즐거운 한때를 보냈다. 평소에 별로 다정하지 않던 막내 고모와 사촌 언니는 세 살배기 나를 가운데 세워놓고 한담을 즐겼다. 그때 두 처녀가 사랑채를 흘끔거리면서 무슨 이야기들을 나누었는지는 나는 알 수 없었다. 그러나 사과나무 밑에서 만은 나를 환대해 주었으므로 세 살짜리 나는 그때를 놓치지 않고 꼭꼭 끼어들었던 기억이 난다. 그때 말고는 내가 막내 고모 곁에는 얼씬도 하지 못하게 했다. 그럼에도 불구하고 나는 고모 방에 몰래 침범해 화장품 따위를 해작질했고 고모를 화나게 하고 골려주던 기억이 난다.

추운 겨울날에도 나의 어머니는 부엌일을 하느라고 세 살짜리 나를 돌보지 못했다. 나는 옷을 입은 채로 오줌을 쌌다. 내 배만 가린 두렁치는 제물에 젖었다 말랐다 했고 그래서 막내 고모는 코를 막고 나의 근접을 방해했다. 세 살 먹던 그해 나는 고모의 그러한 눈치를 알고 있었다. 이와 같은 나에 대한 내도림은 나의 아버지의 부재시에만 고모가 그러했다는 것도 눈치채고 있어서 아버지가 집에 있을 때를 놓치지 않고 어린 나는 심술궂게 건넌방으로 뛰어들어가서 마음놓고 장난질을 쳤다. 큰고모는 막내 고모와 달랐다. 친정살이를 하고 있는 죄책감도 있으려니와 그보다도 가난한 집에서 시집온 주눅 때문에 기를 펴지 못하고 학대받는 나의 어머니 편이어서 큰고모는 나를 살뜰하게 보살펴주었다. 일손이 뜸할 때면 물론 시장엘 간다거나 설거지를 할 때도 곧잘 나를 업고 일했다. 아침에 일어나면 눈꼽 때문에 두 눈을 꽉 달라붙이고 나는 눈을 감은 채로 큰고모의 등허리에 매달려 부라질을 심하게 했으므로 키가 작은 큰고모는 허리춤께로 흘러내린 처네를 끌어올리느라 나의 엉덩이를 두들기던 기억도 난다. 그리고 이 이야기는 뒤에 주위 사람들로부터 전해 들은 것이었는데 큰고모 등에 업혀있는 동안 나는 손에 무엇인가 꼭 들려줘야 울지 않았다고 했다. 그래서 큰고모는 궁여지책으로 조기 대가리를 신문지에 꼭꼭 여며 싸서 내 손에 들려주곤 했었다고 했다.

그 후 좀 더 자라서 나대로 다니면서 놀 수 있을 때, 기억은 좀 더 선명한 것이었다.

막내 고모는 눈병이 자주 났다. 눈병이 나면 그 큰 대문 앞 향나무 위에다 조기 대가리를 매달아놓고 할머니가 눈에 든 삼을 잡아두던 기억도 생생하다. 금융조합에 다녀 한 달 봉급 이십 원을 타던 막내 고모는 그 돈을 모두 몸치장에 썼다. 유난히 모양을 차리는 막내 고모의 걱정거리는 너무 자주 눈병 치레를 하는 것이었다. 막내 고모가 하루가 멀다고 눈에 안대를 하고 있었는데 그때 어린 나는 그러한 고모가 멋으로 눈을 가리는 줄 알았다.

할머니는 새벽 해가 막 향나무 위로 솟아오를 때를 기다렸다가 막내 고모를 일으켜 향나무께로 데리고 가곤 했다. 할머니는 조기 대가리를 향나무 가지 위 막내 고모 키의 높이에다 매달아놓고 열 발자국 물러선 자리에 세워놓고 해를 똑바로 쳐다보라고 소리쳤다. 그리고 나서 바늘 끝으로 고모 눈에 삼든 곳을 찌르는 시늉을 한 다음 할머니는 그 바늘귀에 실을 꿰게 해서 조금 전에 향나무 가지 위에 걸어둔 조기 대가리에 달린 눈에 바늘을 비참하게 꽂아놓았다. 향나무에는 여러 개의 조기 대가리가 매달려 있었다.

나는 대가족을 누비면서 자랐다.

아버지가 나를 지극하게 귀여워했기 때문에 나는 아버지의 후광에 싸여 가족들 앞에 무법자로 군림했다. 따라서 어머니에 대한 각별한 정을 느낄 수 없었다. 그것은 아주 어렸을 적부터 어머니와 떨어져 살아도 아무렇지 않고 예사롭게 살 수 있었던 것만 봐도 알 만 했다.

여섯 살 때였나 보다. 초등학교 취학 전이었다. 아버지는 나를 숨겨둔 첩의 집에 데리고 간적이 있었다. 그때 그 여자의 집에서는 나를 무척 후대해 주었다. 겨울이었다. 그 당시 왕십리는 사대문 밖이었으므로 바람이 맵고 찼다. 그 때문에 왕십리에 사는 아낙들은 머리에 자주색으로 된 처네를 두르고 다녔다. 나는 그 처네를 머리에 쓴 사람을 보면 사람이 아니고 괴물인 줄 알고 도망치곤 했다. 그때 내가 아버지와 함께 갔던 그 여자의 집에는 안방 아랫목 횟대보에 붉은색 처네가 걸려있었다. 그때 나는 그 붉은색 처네를 보자 기겁을 해서 아버지의 품속을 파고들었다. 그 여자와 그녀의 가족들은 이와 같은 나를 보고 박장대소를 했고 나를 안심시키려고 어릿광대놀음을 해보였다. 돌아오는 길에 그 여자는 내가 추울 것이라고 자기의 비단 두루마기를 씌워서 나를 업어다 주었다.

그날 밤, 나는 나의 어머니로부터 여러 가지 질문 공세를 받았고 추궁당했다. 나는 그때 어린 나이였음에도 불구하고 시종일관 '몰라'로 일관했다. 그날 밤에 나는 어머니와 함께 잠자리에 들었는데 나의 어머니는 밤새도록 전기불을 끄지 않고 이야기책을 읽었다.

그 뒤로 어머니는 시골집으로 내려갔고 나는 아버지와 함께 초등학교 일학년에 입학했고 첩의 집에서 살았다. 지금 생각해도 이상했다. 왜 나는 어머니를 따라가겠다고 나서지 않았는지 알 수 없는 일이다. 그때 당시 나의 어머니는 그와 같은 나에게 얼마나 허망한 배신감을 가졌을까. 생각해보면 생각할수록 한심한 노릇이었다. 이처럼 나의 성격은 태어나면서 꾸준하게 주위 환경으로부터 자극을 받아왔으며 변화하고 비정하게 형성되고 있었다. 이처럼 지극히 평범하면서도 가장 중요한 부분을 상실한 채 자유방임 상태로 성장했다. 이러한 이면에는 남다른 면도 일찍 터득되었다. 대가족 사이를 누비면서 나름대로의 분별력이 싹이 텄으며 대가족 속의 유대를 위하여 꾸준히 극복해야 할 것이 무엇인가도 일찍 깨달을 수 있었다. 그것은 다름 아닌 할머니의 독선이나 어머니의 상실된 자아를 되찾을 수 있도록 하는 힘의 완충지대 역할을 할 수 있는 면도 있었다. 그 일은 나만이 할 수 있었으며 어린 나이에 끈기와 참을성과 분별력을 필요로 했다. 이와 같은 생각이 일찍부터 싹터 있음은 어쩌면 나를 나이보다 훨씬 일찍 철들게 했으며 또한 나의 어린애다운 면모를 일찍 빼앗아간 요인이기도 했다. 어린 나는 오만했으며 항상 자신만만함에 충일돼 있었다.

이와 같이 오줌 쌀 때부터의 기억력은 열 살을 전후해서까지 가장 두드러졌다. 초등학교 입학시험 때의 시험문제를 생생하게 기억하고 있고(일제시대에는 공립 초등학교 시험을 봤다) 있다. 지금도 기억되는데 마분지로 만든 원을 등분해 놓고 원형대로 짜맞추기와 그림을 보고 내용을 말하기 였다. 나는 말하기에서 굴뚝에서 피어오르는 연기가 왜 나는가에 대한 물음에서 앞의 아이가 불이 났기 때문이라고 대답해 나도 그대로 대답해 버렸다. 여섯 살 때였다. 결국 초등학교에 낙방을 해서 일 년 유치원에 다녔다. 중학교 입학시험 때 답을 몰랐던 한 가지 문제가 지금까지도 안타깝도록 선명하게 기억되는 반면에 최근에 일어나는 정작 중요한 사건들은 깜빡 깜빡 잊어버리고 있었다. 어떤 때는 내 나이, 내가 살고 있는 집의 주소, 심지어는 전화번호까지도 잊고 어리둥절 할 때가 종종 생겼다. 그러나 이러한 일들은 어디까지나 사소하고 한가한 투정에 불과했다. 지금 나는 절벽 앞에 서있을 뿐이었다. 그리고 이전의 언어들은 모두 다 숨어버리고 오로지 살아서 나의 가슴과 뇌리에 음각된 언어는 내 아이의 항변이었다.

자기가 뿌린 씨.

아비는 아이의 이 말 한마디에 대경실색해서 발길을 끊었다. 어쩌면 아이의 이 말 한마디는 굉장한 저력을 가지고 나에게 덤비는 항변일 터였다. 그럼에도 불구하고 나는 아비처럼 아이들을 포기할 수 없었다.

"엄마. 나는 학교에 가서 공부시간에 앉아있으면 엄마의 그 메마른 울부짖음 때문에 선생님 말씀이 안 들려. 엄마의 그 메마른 음성이 귓가에 윙윙거려 미칠지경이야."

아이는 머리를 흔들면서 울부짖듯 말했다.

"안 돼. 안 돼. 그럴 수는 없어."

나는 울분만큼이나 강렬하게 나로 인해 아이들까지 망칠 수 없다고 부인했다.

"엄마의 갈 길은 이미 정해졌어. 엄마는 기로에서 헤맬 때가 아냐. 엄마는 지금부터 경제적으로 자립해야 해. 홀어머니 밑에서 아이들은 오히려 잘 클 수 있어."

"어떻게 어떻게 자립할 수 있니. 지금 나는 아무것도 가진 것이 없잖아. 어디서 뭘 먹고 살구 더구나 너희들 교육비는 어떻게 감당하구."

"그래도 엄마는 할 수 있어. 아버지에게서 생활비를 받아쓰면 엄마는 오히려 아버지를 도와주는 것이야. 엄마가 돈을 벌어."

나는 섬뜩하고 무서웠다. 아이의 항변은 단호했으며 명령적이었다. 나는 참담한 마음으로 상담소 문을 나섰다.

밖은 포근한 날씨였다.

그 때문에 광장에 덮인 눈들은 그동안 녹아서 질척거렸다. 나는 시베리아의 툰드라 지대를 연상하면서 조금 전에 걸어왔던 길을 되짚어 나갔다. 나의 시야 속에는 거대한 혹성의 도시는 물러가고 밀집된 고층 아파트가 눈벌 위에 어두운 그림자를 던졌다.

2

목하 조선사회의 가장 긴급한 문제는 여성교육이다. 다시 말하면 조선의 여성을 교육적으로 해방하는 것이다. 이것은 우리가 스스로 당한 바이오 스스로 보는 바 조선사회의 여성교육이 너무나 엉성한 현상에 있어서 다수한 여성이 교육의 함양을 받지 못한다. 그리하여 현대와 같이 남녀를 막론하고 개성의 소유자인 문명한 민중을 요구하는 사회의 내부적 불안을 포태하게 된다. 따라서 이 포태된 사회 내부의 불안은 필경 폭발하게 되고 말 것이다. 이러한 결함으로 말미암아 우리 사회는 비상히 불안을 느끼고 있다.

보라! 이제 조선사회의 일종 유행적 추이의 감이 없지 못한 이혼

문제가 곧 이것을 증명하는 현상이다. 이와 같이 아름답지 못한 이성의 충동은 그 출발점이 단순하게 '교육' 그것에만 있는 것이 아니요 각 개인의 개성을 따라 일양으로 논단할 수 없는 이유가 잠재한 것도 사실이다. 그러나 목하와 같이 격심한 조선사회의 현상은 다른 모든 이유보다도 태히 전부가 근본적으로 여성의 교육 유무를 중심으로 하여 일어나는 충동적인 것을 단언하여도 틀림이 없을 것이다.

……중략……

그러므로 오인은 참담한 목하의 조선사회로 하여금 신생명을 가진 향상과 발달을 도모하려면 종래 생활의 몰간섭하여 온 여성들이 교육의 무대에 완전히 해방되어 남녀의 사유한 모든 개성이 우리 사회의 봉사를 위하여 충분히 지휘하여야 할 것이요 또 금일과 여한 이성의 생활에 있어서 모든 충동으로 말미암아 발생하는 이혼문제의 아름답지 못한 사실이라던지 또 이성의 생활이 서로 조화되지 못하여 모든 고통과 번민에서 신음하는 현상을 주제하려면 또한 이 여성의 교육적 해방에 있는 것을 단언하여 주저치 아니한다. 이와 같이 여성의 교육적 해방이 목하 사회의 급한 것을 생각할 때에 다시 일언으로써 고하노니 만천하 동포는 우리 자매의 지식상 수련을 위하여 각성과 분투에 노력하기를 촉하노라.

女性의 教育的 解放을 위하여
— 滿天下 同胞에게 다시 一言을 告함
(1924년 5월 7일자 조선일보 사설)

이 무렵 나의 막내 고모는 서울로 유학했다. 나의 할아버지는 막내 고모와 사촌 언니를 상업학교에 진학시켜 일찍부터 교육의 실용성을 찾았다. 막내 고모는 상업학교 졸업 후 금융조합에 근무하면서 상당한 월급을 타서 몸치장에 썼다. 그리고 결혼 준비금을 스스로 저축했다. 해방 전 해에 상업학교를 졸업한 사촌 언니 또한 졸업과 동시에 회사에 취직을 했다. 최초로 이 땅 위에 여자학교가 세워졌을 당시의 권학선전문은 '귀한 따님을 학교에 보내십시오. 학교에서 먹여주고 입혀 줍니다.'였다. 교육이 먹고사는 문제를 해결해준다는 구체적인 문제를 실행하였던 때를 거쳐 1910년 후반에 들어와서는 여성들이 타의에서 아니면 반타의에 의해서 학교에 다녔다. 쓰개치마를 벗고 백주에도 우산을 받고 등교하고 소풍을 다녔고 행보할 때는 자기 자신의 발등만을 바라보았던 때를 거쳐 교육 일 세대를 경과한 1920년대에는 구제도에 대한 저항운동과 외면상의 억눌림으로부터 해방되려고 외쳤다.

족기말 치마를 입읍시다.

조혼을 시키지 맙시다.

구도덕에 꼭두각시가 사라지기 전에는 결혼하지 맙시다.

조기결혼 반대 서클이 결성되었고 그들 회원은 머리털을 태워 굴뚝에 넣는 샤면적 서양의식이 성행했다. 그 후 또 10년, 1930년대에는 신여성들의 4개 원칙이 사회문제로 대두되었을 무렵이었다. 신여성들의 불평 4개 원칙은 별것 아니었던 것 같았지만 그것은 상당한 영향력을 끼치고 있었다.

  1. 아기 낳기 싫어하고
  2. 새 물먹어 건방지고

3. 어른 시중 소홀하고

4. 쓸모없는 퇴물

이라는 신교육 2세의 평판은 상당히 부정적인 현실로 드러나고 있었다. 우선 막내 고모를 놓고 보더라도 구제도를 외면해서 꼬리치마를 입지 않고 통치마를 입었으며 결혼도 스물네 살에 했다. 금융조합에 다녀 이십원 이 넘는 월급을 타서 마음껏 혼자 주무를 수 있었으므로 비로드 치마와 비로드 두루마기까지 해 입었고 살갗 비치는 비단 양말은 물론 송곳 끝처럼 뾰쪽한 굽 높은 구두를 대여섯 켤레씩 내놓고 번갈아서 신고 출근했다. 올케뻘인 나의 어머니는 도양스러운 시누이 시집살이가 이만저만 고된 게 아니었다. 시누이 방 청소는 어느 황우마마 침소 못지않게 정갈하게 치워놓았어도 고모는 방바닥에 앉을 때는 으레껏 바닥을 입김으로 호호 불고 치맛자락을 걷어 올리고 앉았다. 하긴 비로드 치마가 눌릴 것 같아 그랬겠었지만 청소를 맡아서 했던 나의 어머니의 눈에는 청소가 부진해서였었거니 하는 자격지심으로 보았기 때문일 것이다. 그나 그뿐이겠는가. 냉수 한 그릇도 손수 떠다 먹는 일이 없었다. 그 교만함은 고사하고라도 떠다 받친 냉수마저도 호호 불고 마셨다 하면 알만한 유별스러움일 터였다. 또 새 물먹은 고모는 가족들 아무하고도 상대하지 않았다. 오로지 나의 할머니하고만 오순도순 소곤소곤했으니 나의 백모를 비롯해서 나의 어머니 그 밖에 꼬리치마 입은 큰고모들은 만났다 하면 막내 고모를 흉보았다.

잘난 척 유별난 척 깨끗한 척 해보아라. 아무리 잘나봤자 저도 여자인데 시집가서 서방을 잘 만나야지 내 보아하니 처녀적 유별난 척 한 사람, 시집가니 별 볼일 없다더라 하고 이죽거렸다.

아니나 다를까 막내 고모는 출가 후에 별 볼일이 없게 되었다. 시집가서 제 손으로 넉넉지 않은 살림 살고 아이 낳아 기르게 되니까 예전의 유별남은 간 곳이 없게 되고 사람들의 말을 빌자면 똥 싸놓은 두더지같이 두리뭉술하게 돼 버렸다.

사촌 언니 역시 해방 전 해 상업학교를 졸업하고 회사에 취직했었는데 혼자된 나의 백모와 함께 살면서 재혼을 묵인해준 죄목으로 친가와 등을 돌리고 남남으로 살았다. 그래서 남의 말하기 좋은 소리로 마을 사람들까지도 신여성 퇴물론을 여지없이 보여준 꼴이 됐다.

나는 단계적으로 16년간의 교육을 받았다. 나의 아버지는 교육이 먹고사는 문제를 해결해준다는 구체적인 목적을 실행하기 위해서 나를 상급학교에 진학시킨 것은 아니었다. 딸자식도 아들과 동등하게 적령기가 되면 학교에 보내고 상급학교로 진학시켜야 한다는 가풍은 이미 할아버지 대에서 물고를 터놓았기 때문이다. 우선 할아버지와 나의 아버지의 자녀교육관은 서로 상반되는 기반 위에서 출발했다.

나의 할아버지는 한학자였다. 그래서 '독서백편 의자통'을 주장하며 묵독은 절대로 허락하지 않았다. 할아버지 생존 시 내가 초등학교 다닐 때까지도 여름방학이나 겨울방학 중 시골집에 내려왔을 때는 으레껏 아침 첫 새벽에 일어나 세수하고 사랑방에 나아가서 아침밥상 들어오기 직전까지 큰 소리로 교과서를 낭독해야만 했다. 글을 읽되 소리를 내어서 읽어라. 이 세상에서 제일 듣기 좋은 소리는 글 읽는 소리느니라. 또한 글씨를 쓸 때도 책상 앞에 정좌하고 써야 하느니라. 큰 사랑방에는 학동들 수만큼 앉은뱅이책상을 앞앞이 죽 늘어놓았다. 책상 앞에 앉는 자세가 조금이라도 흐트러지면 불호령이 내렸고 손으로 책장을 만지작거리려도 공부할 때에는 손잽신하면 못 쓰느니라고 엄하게 다스렸다. 그뿐만이 아니다. 글씨를 쓸 때, 글자의 획이 조금만 빗나가도 할아버지는 등 뒤에서 붓을 손수 잡아주면서 이리 비쓱 저리 비쓱 바르게 쓸 수 있을 때까지 연습시켰다. 그렇기 때문에 나의 아버지 형제들은 유년을 오로지 할아버지의 성화에서 벗어나고 싶은 것이 소망이 되었다. 나의 할아버지는 자상하셨다. 아침이 밝으면 아이들을 일찍부터 깨워 우물가로 데리고 나가서 손수 호렴을 들고 아이들 이를 닦아 주었다. 아이들이 꾀를 부리거나 도망치면 할아버지는 저런 고얀 물건들 봤나를 외치면서 절구꿍이를 들고 아이들 잡으러 쫓아다녔으며 위협했다. 저녁 먹은 후에도 아이들은 반드시 큰 사랑으로 나아가서 취침 전에 그날 익혔던 과제를 복습해야 했고 '그만 들어가 자거라' 하는 명령이 떨어지기 전에는 결코 그 자리를 마음대로 이석할 수 없었다.

어느 날 저녁이었다.

그날도 막내 고모는 사랑으로 불려나가 책을 소리 내어 읽고 있었다. 할아버지는 퇴침을 높직하게 베고 누워서 책 읽는 소리를 들었다. 꽤나 긴 시간이라고 여겨져서 막내 고모는 그만 읽으라는 허락을 기다렸다. 그러나 할아버지는 묵묵부답 말이 없었다. 고모는 스스로 책읽기를 그치고 종이 위에 글씨를 쓰는 척해 보았다. 할아버지는 눈을 감고 있었으므로 주무시는지 아닌지 가늠할 수 없었다. 막내 고모는 얼른 사랑방을 빠져나오고 싶었던 마음이 간절한 터였으므로 한 가지 꾀를 썼다. 어두침침한 호롱불 밑에서 할아버지가 잠이 들었는지 확인할 수 없었으므로 성냥개비로 불을 당겨 가지고 할아버지의 눈썹 가까이 들이댔다. 잠이 들었는줄 알았던 할아버지가 갑자기 불호령을 내렸다.

"엑끼 고얀 것 같으니라구, 글을 안 읽고 불장난을 하다니, 어서 계속해서 책을 읽지 못할까."

그날 밤, 막내 고모는 여느 날보다 더 늦도록 할아버지에게 붙잡혀 책을 읽었다. 그러나 할아버지의 끈질긴 관심 속에서 끝까지 견뎌낸 막내 고모는 지금은 어느 누구보다도 필적이 좋았다.

훗날, 막내 고모는 명필에 가까운 글씨와 할아버지에게서 물려받은 정직성과 할머니의 무서운 규모를 물려받아 나름대로 험난한 인생을 개척하며 살아갈 힘을 가지고 있었다.

그러나 나의 아버지의 경우는 달랐다. 아예 할아버지의 눈 밖에 나기 위해 어긋장과 반항으로 일관된 유년기가 청년기로 이어졌으며 급기야는 할아버지와 할머니와의 사이마저 멀어지게 한 빌미가 됐다.

"저런 못된 것, 자식을 치마폭에 싸안을 줄만 알았지 가르칠 줄 모르다니, 사람은 금수와 달라 배워야 하는 도리를 모르는 불학무식한 물건 같으니라구."

이와 같은 할아버지의 절규는 눈을 감을 때까지 멈출 줄 몰랐다.

나는 어렸을 때 '너 공부해라'는 말을 한 번도 들어본 적이 없었다. 나의 아버지의 자유방임주의는 자녀교육에 있어서도 무방비 상태였다. 나의 유년시절은 온전하게 나의 주장대로였다.

해방되던 그해 여름, 바람이 몹시 세차게 불었다. 그 전 해, 겨울에는 눈이 억세게 와서 생소나무 가지가 눈에 못 이겨 찢어지더니 여름에는 또 바람이 무섭게 불어 수원 지지대 고개의 묵은 소나무가 뿌리째 뽑히는 소동이 일어났다.

그 눈이 많이 오던 겨울에는 아침에 일어나 보니까 눈이 댓돌 높이만큼 쌓여서 아침밥을 못 지어 먹을 지경이었다. 산에서는 산토끼가 길을 잃고 논두렁을 헤매고 있어 마을 장정들이 잡아다가 볶아 먹었다. 눈이 너무 많이 쌓이니까 토끼란 놈은 발이 짧기 때문에 눈 속에 묻혀 뛰지 못하더라고 말들을 했다.

여우란 놈도 눈 때문에 먹이가 떨어져 마을로 내려왔다. 나는 처음에는 누렁인 줄 알았는데 그게 여우였다.

마을은 온통 뒤집혔다.

장정들은 작대기를 들고 동네 개란 개들은 모조리 동원됐다. 여우는 대낮에 마을로 내려왔다가 사람들에게 쫓겨 구렁굴 고개로 도망갔다. 그 여우는 쫓기다 못해 덕장초등학교 창고 속으로 몰렸는데 막다른 골목에 서게 되니까 여우란 놈이 고개를 획 돌려 덤벼들더라고 했다.

마을 장정들 중에서 제일 담이 큰 노마가 지겟작대기로 덤벼드는 여우를 후려쳤다. 여우는 외마디 소리로 '켕' 하고 짖으면서 네 발을 뻗었는데, 그때 노마는 등줄기에 식은땀이 흘렀고 머리카락이 곤두서는 것 같았다고 그때의 심정을 술회했다. 노마는 그 여우의 껍질을 벗겨 여우목도리를 만들어 아내에게 주고 고기를 볶아 먹었는데 고기 맛은 고사하고 노린내 때문에 먹을 수 없었다. 그 무잿봉의 여우를 손으로 때려잡은 후부터 마을 사람들은 여우의 영물스러움을 조금씩 의심했다. 정말 여우가 영물이라고 한다면 결코 사람들에게 물리지 않았을 터이며 그처럼 허망하게 몽둥이찜질로 매를 맞아 죽지는 않았을 것이라고 말했다.

그 바람 많이 불던 해 여름, 우리집 뒤뜰 안에 있는 키 큰 참나무도 가지가 부러졌다. 바람 부는 날이면 뒤꼍 그 키 큰 참나무는 파도소리를 내면서 쏴쏴 울고 있었는데 나는 그 소리가 무서웠다. 그 바람소리는 무섭고 어수선했으며 그 나무가 비탈에 서있었으므로 그 아름드리 참나무가 넘어지는 날에는 우리집 안채가 폭싹 주저앉을 것이라는 것은 의심할 여지가 없었다. 그런데 신기하게도 그 날 바람에 찢어진 참나무 가지는 용케도 지붕을 덮치지 않고 살짝 뒤뜰로 떨어졌다.

그 나무는 할머니가 심은 나무였다. 처음 이 덕장골로 이사 와서 터를 잡고 뒤꼍이 허전해서 참나무를 복판에 심고 양옆으로 오른쪽에는 느릅나무, 왼쪽에는 벚나무를 심었는데 벚나무와 느릅나무는 옆으로 퍼졌고 오직 이 참나무 한 그루만이 하늘을 향해 뻗어 올라갔다.

참나무는 밑동이 아름드리나무로 훤칠하게 컸다. 나무도 엄청나게 크니까 만만치 않았다. 참나무는 음전했으며 세상만사를 모두 다 알고 있듯이 말만 못할 뿐이지 소견이 사람만큼이나 의젓했다. 아버지는 그 나무를 잘라서 물방아 머리 나무로 쓰고자 작정하고 있었다. 그 참나무 가지에는 묵은 겨우살이가 까치집처럼 둥글둥글하게 돋아서 겨울에도 청청한 푸른빛을 유지하고 있었다.

또 일각문 밖에는 측백나무를 심어 체면을 가렸다. 그 측백나무는 같은 해에 심었음에도 불구하고 안마당에 심은 두 그루의 측백나무와는 전혀 다른 모양새로 자랐다. 솜씨가 있어서 어느 누가 전지를 해준 것도 아니었는데도 일각문 밖에 심은 측백나무는 그저 체면을 가리기에 알맞은 키고 수십 년을 버텼다. 똑같은 묘목을 한 사람이 심었음에도 불구하고 앞마당가에 그 검정 바위 양옆에 심은 측백나무는 전봇대만큼 키가 높았다.

할머니는 앞마당 안에 있는 그 검정 바위를 무척 우대했다. 봄가을로 고사를 지낼 때에는 떡시루째 받쳤고 여름철 첫 과일을 천신할 때도 꼭 그 바위 앞에다 바쳤다. 할머니는 이곳으로 이사 온 첫해부터 이 바위를 성주로 모셨다면서 이 바위에 대한 것은 신앙심에 가까웠다. 할머니는 바위를 귀물로 여겼다. 그래서 울타리를 세우고 돌각담을 쌓을 때 근처에 있는 바위는 모두 다 집안으로 보고 주둥이를 돌려대도록 일꾼들을 종용했다. 그 때문에 부단히 남의 땅을 침범하는 사례를 빚기도 했다.

할머니는 바위가 자란다고 믿고 있었다. 그 검정 바위는 확실히 수십 년 전 처음 이사 왔을 때보다 엄청나게 자랐다고 주장했다. 훗날 집안에 흉사가 자주 일어나고 집안이 스멀스멀 몰락하게 되었다. 그때 약관의 풍수쟁이가 우리집 안마당에 들어온 적이 있었다. 그 풍수쟁이는 대뜸 그 검정 바위를 탓했다. 그 이유인즉 바위가 머리 부분을 일각문께로 향하고 있고 마당 안으로 꼬리를 두고 있기 때문에 집안의 복이 밖으로 흘러나간다고 말했다. 그리고 또 그 바위 양옆에 측백나무 두 그루를 베어버리라고 종용했다.

왜냐하면 바위 모양이 배처럼 생겼는데 나무는 돛대의 형국이라서 배를 돛대가 바람을 타고 내겼기 때문에 나의 아버지가 바람 잘 날이 없는 것이라고 말했다. 그러나 할머니는 얼토당토않는 소리라고 펄쩍 뛰었다. 그리고 집안에 서있는 나무는 함부로 베어 넘길 수 없다고 말했다. 더구나 집안에 있는 나무는 회초리 하나라도 함부로 손을 댈 수 없는 일인데 반백년을 함께 살아온 나무를 베어서 없애다니 천부당만부당한 처사라고 일축해 버렸다. 그러나 해방을 맞던 그해 여름 호된 바람을 만난 다음부터 식구들은 불안함을 떨쳐버릴 수 없었다. 그것은 언제 또다시 큰 바람이 몰아닥쳐 와서 이 키 큰 참나무가 쓰러져 지붕을 덮칠지 모른다는 기우 때문이었다.

할머니는 용하다는 박수를 찾아가서 날을 잡고 부적을 해다 붙이고 참나무를 베어 넘기기로 결심했다. 돌담을 헐어내고 담장 밖 동산 쪽으로 굵은 동아줄로 참나무 밑동을 동여매서 일꾼 십여 명이 밧줄을 늘여 동산 위에서 잡아당겼다. 돌각담 안에서는 팔뚝 굵은 톱질 잘하는 장정 두 사람이 거도를 마주 잡고 앉아서 땀을 흘리면서 톱질을 했다.

키 큰 참나무는 나무 살이 단단해 톱날이 먹히지 않았다. 할머니는 나무가 혹시라도 돌각담 안쪽으로 기울까봐 조바심을 하면서 참나무 밑동이 다 잘라질 때까지 계속해서 빌었다.

나무는 쓰러졌다.

십여 명의 장정들이 동아줄을 나무가 쓰러져야 할 방향으로 힘껏 잡아당기고 있다가 참나무가 밑동이 잘려 중심을 잃게 되자 천천히 동아줄을 늦추었다. 다행스럽게 나뭇가지에 치인 사람도 없었다. 할머니는 베어 넘긴 참나무 그루 턱에다 부적을 붙였고 쇠조각도 박아 두었다. 두레반만큼이나 널찍한 그루 턱에는 수령을 알리는 나이테가 사람의 지문만큼이나 선명하게 드러났다.

그 뒤로 그 그루 턱에는 선홍빛 참나무 버섯이 독사의 혀처럼 넘실거렸는데 할머니는 내가 그 버섯에다 손을 댈까봐 엄하게 금했다. 그리고 할머니는 나에게 말했다.

'나는 회초리 하나라도 땅에 꽂아 돈을 만들었다.'

그 바람 많이 불던 늦여름, 팔월 십오일, 그날은 햇빛이 유난히 밝았다.

그날, 나는 원두막에서 외밭을 지켰다. 그날은 유난스레 비행기가 많이 떴다. 산속 원두막에서 혼자 앉아 푸른 하늘에 은색 편대를 짜고 날아가는 비행기를 나는 무심하게 바라보고 있었다. 그것이 일본 비행기이거나 미국 비행기이거나 상관할 것이 없었다. 시골은 도시에서처럼 공습경보가 울리지 않을 뿐더러 설혹 미국 비행기가 왔다고 해도 이 산골에다 폭탄을 떨어뜨릴 염려는 없을 터였다.

그러나 그날의 여러 대의 비행 편대는 어딘가 좀 분주해 보였다. 비행기는 북으로 북으로 날아갔다. 푸른 하늘에 뿌려진 유리의 파편 같은 B29. 그 B29가 지나간 자리에는 흰 실 떼처럼 길게 꼬리가 매달렸다. 왜일일까.

원두밭에는 그해 참외가 풍년이 들었다. 노란 황금빛 참외가 밭 두렁에 가득히 드러누워 있었고 그해에는 여우가 극성을 부렸다. 그래서 아버지는 참외밭 두렁에 빨간 봉숭아를 노가리고 심어봤다. 여우는 봉숭아꽃을 그러니깐 빨간 봉숭아꽃을 무서워한다고들 말했다. 그래도 여우는 여우였다. 여우는 봉숭아꽃 포기 속에 숨어 있는 잘 익은 황금 참외만 용케도 골라서 감쪽같이 속을 파먹었다. 돈짝만큼 구멍을 뚫고 어떻게 그 속에 들어있는 내용물을 그처럼 말끔하게 긁어 먹었는지 아버지는 불가사의한 일이라고 혀를 내둘렀다. 아버지는 껍질만 남긴 황금참외를 넝쿨에서 따버리면서 여우가 다녀간 참외북에다 빨간 봉숭아꽃 나무를 옮겨 심곤 했다. 그러면 그 다음날은 또 다른 참외북에서 참외를 작살내곤 했다. 화가 난 아버지는 참다못해 덫을 구해다가 참외밭 머리에 설치해 뒀다. 그래서였던지 아버지는 나에게 참외밭을 맡겼지만 결코 외밭에 들어가지말 것을 엄명했다.

'계집애가 외밭에 들어가면 참외가 썩는다.'

이 말은 아버지가 나에게 외밭을 지키게 하면서 단단히 이른 말이다. 참외가 썩어버리면 큰일이었다. 여름 한철 농가에서 돈을 만져볼 수 있는 유일한 자금원이 되고 있는 것이 원두 농사였으므로 참외밭을 망치는 일은 무서운 파산까지도 몰아올 수 있을 것이라는 위압감이 나에게 지배적으로 작용했다. 그러나 그날만은 파산만큼이나 나를 접주고 있는 이 부산한 비행기들의 행렬을 혼자 지키고 있자니 나는 심한 갈등을 느꼈다.

언젠가 학교에서 일본인 담임선생님이 미술시간에 보여주었던 미국 병정들의 그림이 생각났다. 눈이 파랗고 코가 뾰죽한 서양 사람. 그 서양 사람들이 일본군인의 해골과 정강이뼈로 만든 칼을 탁상 위에 놓고 장난치는 그림이었다. 미국에는 여자 병정도 있다고 했다. 여자 군인이 담배를 손가락 사이에 끼고 그 해골을 바라보면서 웃고 있는 그림은 소름이 끼치도록 무서웠다.. 학교에서 배운 대로라면 일본이 꼭 이긴다. 일본이 전쟁에서 이기면 우리 조선 사람도 세계에서 제일가는 대일본제국의 황국시민이 된다. 일본인 담임선생님은 '에라이 에라이'를 연거푸 발음하면서 미국 군인들의 잔학성을 폭로했다. 나는 눈이 파랗고 코가 뾰죽한 서양 사람을 서울에서 가끔 만났다. 교문동에서 서대문에 있는 죽천초등학교까지 학교 가는 길가에서 적십자병원 못 미쳐서 피어선성경학교를 지나칠 때 그곳에서도 자주 맞닥뜨렸다. 그때, 나는 투명한 그 파랑 눈에 놀랐다. 사람의 눈이 어떻게 저렇게 파랄 수 있을까. 그 눈은 사람의 눈이 아니라 고양이의 눈이다. 그리고 그 눈동자는 파랄 뿐 아니라 동공의 가는 핏줄까지도 환하게 들여다뵈는 투명한 눈이다. 그리고 또 한 가지 놀라운 일은 귀를 뚫어서 걸친 황금색 귀고리였다. 끔찍했다. 어떻게 생살에 구멍을 내서 귓불에 고리를 걸수 있을까. 나는 송아지가 어른 소가 될 때 코뚜레를 꿰는 장면을 연상했다. 어른들은 소의 코뚜레를 할 때, 화젓깔을 풀무불에 시뻘겋게 담았다가 지지직 송아지의 코창을 맞뚫었다. 송아지의 영각소리는 애처롭고 무서웠다. 그 영각 소리가 사람의 귀를 뚫을 때도 들린다고 생각했다.

나는 두 귀를 막고 다시 푸른 하늘을 우러러봤다. 또 한 편대의 은색 비둘기 떼가 날카로운 금속성을 울리면서 북쪽으로 날아갔다. 서양인이나 중국인은 어른이 되었다는 표시로 귀를 뚫어 고리를 채운다고 생각했다. 이와 같은 착상은 조선 사람은 여자들의 머리 모양으로 어른과 아이를 구분했듯이 그런 이치일 것이라고 나는 혼자 결론지었다. 또 있었다. 중국인 촌에서 뛰뚱거리면서 걷는 중국 여자들의 조막만한 발이 이상스러웠다. 그 바람이 많이 불던 그해 여름에는 중국 여자들이 길거리에 나왔다가 전신주를 붙들고 울었다는 이야기도 있었다. 나는 뭐니 뭐니 해도 조선 사람이 제일 좋았다. 일본인 담임선생님이 제아무리 '에라이'를 외쳐봐도 일본 사람들은 그 게다짝을 달그락거리면서 넘어질까봐 종종걸음치는 꼴이 우습기만 했다.

　나는 그날의 갈증은 무엇보다도 아버지가 말한 금기사항이 실지로 맞을까 말까 하는 의구심이 컸다. 이 호젓한 산골짜기 속에서 외밭에 들어간 걸 누가 알수 있을까 싶지 않았다. 나는 외밭머리로 살금살금 기어들어 갔다. 여우 덫에 치일까봐 조심조심 살펴보았다. 그리고 외덩굴 속에 숨어 있는 제일 작지만 색깔이 진노랑색을 띤 것으로 하나 따서 먹었다. 노랑 참외는 작은 것이라야 설탕맛이 난다는 사실을 잘 알고 있었다.

　이때, 어머니가 원두막으로 올라왔다. 나는 시치미를 떼고 눈치만 살폈다. 그런데 어머니는 회색이 만면했다.

　"애야, 해방이 됐단다. 아버지가 읍내에 갔다가 지금 오셨는데 읍내는 만세를 부르고 야단들이란다."

　"해방이라니 그게 뭔데, 그럼 일본이 이긴 거유?"

　"아니다. 일본이 졌으니까 우리나라가 해방이 됐단 말이다."

　"일본이 졌는데 우리나라가 해방이 돼?"

　"그래. 이젠 앞으로 고무신도 마음대로 사 신을 수 있고 광목도 흔해 진다더라."

　"엄마. 해방이 좋은 거유. 학교에서는 선생님이 그러셨는데 일본이 꼭 이겨야 좋다구 그랬는데 그럼 이제 그 일본글 안 배워도 되겠네."

　"물론이지. 조선 언문을 배우게 될 것이다."

　어머니는 외밭으로 들어가서 노란 참외를 광주리에 수북하게 다 담았다.

나는 어리둥절했다.

학교에서 배운대로 라면 그 미국이라는 야만인들이 우리의 해골과 정강이뼈를 장난감으로 가지고 즐긴다는데 그럼 나는 어떻게 되는 것일까. 해방이 무엇인지 몰랐어도 어머니가 전에 없이 기뻐하는 걸 보아도 좋은 일임에는 틀림이 없을 것이었다. 그리고 그처럼 돈사보겠다고 끔찍하게 가꾸고 아끼던 참외를 한 광주리씩이나 따서 집에서 먹을 생각을 한다면 해방은 진정 기쁘고 즐거운 잔칫날일 것이 확실했다.

나는 허리를 구부리고 덩굴에 매달린 참외를 일일이 냄새를 맡아보면서 따 담는 어머니에게 말했다.

"엄마두 여잔데 참외밭에 왜 들어가지?"

어머니는 순순하게 대답했다.

"난 괜찮다. 오늘은 좋은 날이니까. 아버지가 좋은 것으로 따오라고 하셨어. 이젠 그 광솔 같은 것은 학교에서 가져오라고 안 할게다. 어서 내려가자."

나는 어머니 뒤를 따라 참외밭을 비워놓고 집으로 갔다. 그리고 참외를 몰래 따먹었던 죄책감 같은 것은 곧 잊어버렸다.

해방은 실지로 풍요로운 물건들을 가지고 도적처럼 찾아왔다.

구경할 수조차 없었던 검정 고무신을 마음대로 사서 신을 수 있었다. 해방 전에는 어쩌다 구장을 통해 한 켤레 배급 나온 검정 고무신을 놓고 동네 사람들이 모여앉아 침을 삼키면서 제비를 뽑고 했는데 이제는 그러지 않아도 됐다. 돈만 가지면 누구든지 아무 때나 장에 나가서 마음에 드는 것으로 골라서 살 수 있었다. 이와 같이 마음대로 마음 놓고 아무 데서나 누구든지 돈만 가지면 원하는 물건을 손에 넣을 수 있는 일은 신바람이 나는 세상이었다. 그때 나의 어머니의 소원은 맨발의 아이들에게 고무신을 마음대로 사서 신기는 것이었다.

해방 전에는 아이들 고무신 한 켤레가 쌀 한 말씩 했었으니까 어지간한 결심이 서지 않으면 만져볼 수조차 없었다. 나의 형제들은 나막신이나 뒷꿈치를 물어뜯는 짚신보다는 아예 맨발로 지냈다. 사 남매가 맨발로 드나들었기 때문에 집안은 항상 흙마당이었다.

나는 집에서 깎은 나막신을 벗어던지니까 홀가분했다. 다른 집 아이들은 아버지가 손수 가벼운 버드나무 토막을 잘 말려두었다가 얄팍하고 갑신하고 발 편하도록 깎아준 것을 신었으나 나는 그렇지가 못했다. 머슴이 팅팅 물먹은 왕소나무로 깎귀 자국이 그대로 남아있어 다듬어지지 않은 투박하고 무겁기 그지없는 나막신. 끈도 그러했다. 다른 집 아이들은 헌 가죽 혁대 끊어진 것을 구해다가 가위질을 해서 매끈하게 잘도 대줬건만 나는 머슴이 피대 끊어진 것을 얻어다가 끈이 자주 끊어지는 것을 방지하려고 함석을 오려대고 왕못질을 했다. 그 때문에 나는 걸음을 걸을 적마다 그 생칠 끝이 복숭아뼈를 갉아 먹었다. 때문에 복숭아뼈가 헐어 상처에서는 고름이 질질 흘러내렸다.

마을에는 설탕가루 배급이 나오고 네이숀 상자, 미제 도롭프스 등 생전에 먹어보지 않던 것들이 배급으로 쏟아졌다. 배탈이 나서 죽을 지경이 이르렀을 때나 한 숟갈 얻어먹을까 말까 하던 설탕가루를 밀가루만큼 흔하게 항아리에 퍼담아 놓고 가족들은 만족해했다. 또 젊은 장정들은 징병에 끌려가지 않아도 됐다. 청년들은 활개를 치면서 마음 놓고 나돌아 다녀도 안심이 됐다. 그야말로 참 좋은 세상이 도래했다.

아버지는 해방이 되면서 농지개혁 때문에 예전같이 지주들이 넓은 토지를 소유할 수 없게 됐다면서 헐값으로 소작인들에게 땅을 팔아 넘겼다. 아버지는 바빴다. 아버지는 아버지의 새로운 세상을 만났다.

마을 사람들은 또한 그들 나름대로 분주했다. 이제는 산림감시원 눈을 피하지 않아도 됐기 때문에 국유림에 가서 마음대로 허가 없이 나무를 베어 넘길 수 있었다. 땔나무도 흔하게 해서 때고 목재도 마음대로 베어서 팔았다. 그리고 새집을 지었다. 누구든지 노동력만 있으면 취하는 사람이 주인이 될 수 있었다. 엿이나 술도 마음대로 빚어서 먹고 마시면서 오붓하게 농사를 지었다.

학교에서도 일본 글은 모조리 자취를 감추었고 애국가와 새로운 우리글을 배웠다. 모든 교과서가 바뀌었다. 나는 일본 말로 외웠던 구구단도 일본 것이었으니까 쓰지 않아도 되는 줄 알았다. 그런데 학교에 정작 가보니까 산수시간은 바뀌지 않고 선생님이 일본 말이 아닌 조선말로 설명을 해주었다. 나는 공부가 재미있었다. 재미있으니까 다른 아이들이 풀지 못하는 산수문제도 손을 높이 쳐들고 칠판에 나가 척척 풀곤 했다.

내가 두려워했던 그 눈이 파란 서양 사람들이 길거리에 지천으로 나다녔다. 지프차라는 포장을 친 자동차를 타거나 아니면 큰 군용 트럭을 타고 미군들이 국도를 쉬지 않고 달렸다.

우리들은 학교길에 그 미군이 지나가면 두 팔을 높이 쳐들고 '헬로 헬로'를 외쳤다. 나는 그때 '헬로'라는 말이 무슨 뜻인지 모르고 그저 상급생들이 말했으므로 그냥 따라서 불러봤을 뿐이었다.

국도를 달리는 미군을 보고 무조건 '헬로'라고 외치면 미군들은 군용 트럭을 타고 가다 자리에서 벌떡 일어나서 뭐라고 꼬부랑말을 하면서 팔을 휘둘렀다. 그러면 상급생 남자아이가 큰 소리로 목청껏 외쳤다.

"헬로우! 찹찹 기브미."

라고 말했다.

그러면 대부분의 미군들은 무엇이든지 우리들에게 던져주었다. 아이들이 그 무엇이 던져진 길섶으로 뛰어가곤 했다. 그때 그 던져진 물건은 내가 서있던 자리에서 멀지 않은 풀섶에 떨어졌다. 처음 있는 일이었다. 나는 다른 아이들보다 먼저 쉽게 그것을 주울 수 있었다. 나는 그 물건을 손에 쥐고 아이들 앞에 자랑했다.

"뭐냐? 초콜릿이 아니구나."

상급생이 실망한 듯 돌아섰다.

"뭘까?"

나는 그것을 손에 쥐고 뒤집어 보고 모로 보고 그리고 뚜껑을 찾아 비틀어 봤지만 앞뒤가 꽉 막힌 통조림이었다. 아이 하나가 그것은 틀림없는 잼일 것이라고 말했다. 잼, 딸기잼, 언젠가 서울에서 먹어본 기억이 있는 그 달고 새콤한 맛을 나는 기억하고 있었다. 나는 그 구두약 통만 한 깡통을 두 손에 넣고 자랑스럽게 집에 돌아왔다. 그리고 나는 그것의 내용물을 어서 빨리 개봉해 보고 싶은 소망으로 벅차올랐다.

그날은 마침 토요일이었다.

서울에서 이종 오빠가 우리집에 왔다. 나보다 세 살이나 위인 사촌에게 그것을 자랑스럽게 내밀었다. 그랬더니 국민학교 6학년생인 사촌 오빠가 내게 말했다.

"너도 거지처럼 얻었구나."

하는 것이었다. 나는 그때 사촌이 한 말을 이해할 수 없었다. 왜냐하면 내가 다니고 있는 학교 상급생들은 모두 내가 미군으로부터 얻은 물건을 가진데 대하여 나를 부러워했기 때문이다. 뿐만 아니라 호기심과 궁금증으로 안달을 했었는데 사촌 오빠는 왜 심드렁하게 생각하는지 그 이유를 몰랐다. 그러나 나에게 '거지처럼'이라고 한 말은 나의 호기심에 찬물을 끼얹는 언사였다. 그러나 그때 나는 오빠에게 왜 거지같다는 말을 했는가는 따지지 않았다. 나는 그보다는 내용물이 궁금했다. 그것은 틀림없이 그 색깔이 곱고 단 딸기잼일 것이라는 기대감에 부풀었기 때문에 마음이 다급해졌다.

나는 부엌에서 식칼을 찾아들고 서둘러 바깥마당으로 뛰어나왔다. 그리고 감나무 밑으로 사촌 오빠를 불렀다. 나는 그것을 납작한 돌멩이 위에 올려놓고 그것 위에 칼끝을 곤두세웠다. 그리고 큼직한 돌멩이로 칼자루를 톡톡 때렸다. 무쇠칼이 생철을 조금씩 쪼아 나아갔다. 나는 칼끝이 내용물 깊숙하게 박혔을 땐 얼른 칼자루를 뽑았다. 그리고 칼끝에 묻어 있는 내용물을 탐지했다.

손가락으로 칼끝을 훑어보았다. 딸기잼이 아닌 것 같다. 딸기잼은 당질이므로 끈적끈적한 점액질이여야 하는데 칼끝에 묻어난 것은 무색이었고 미끈미끈했다. 나는 실망했다. 그래서 사촌 오빠에게 깡통 개봉 작업을 내주었다.

사촌 오빠는 익숙한 칼솜씨로 그것의 윗부위를 원으로 오려냈다. 그리고 뚜껑을 제꼈다. 나의 추측은 맞았다. 그것은 내가 소망한

딸기잼이 아니었다. 잼 대신 노란 고체가 가득 담겨 있었다. 냄새
를 맡아 보았다. 고린내 비슷한 냄새가 조금 났을 뿐이다. 이상하
다 나는 사촌 오빠에게 물었다.

"오빠! 이게 뭐지? 냄새가 고약한데 사람이 먹는 거야?"

사촌 오빠가 웃었다. 큰 소리를 내어 웃었다.

"이 시골뜨기야. 물론 사람이 먹는 거란다. 빠다야 빠다도 몰라?"

"그게 뭔데?"

"미국 사람들이 빵에 발라 먹는 것이란다."

나는 도저히 사람이 먹는 음식일 거라는 생각이 들지 않아 다시
그것을 코에 대보았다. 메슥메슥 속이 뒤집히는 느글거리는 냄새
였다.

"이걸 어떻게 먹지."

"바보야. 이걸 뜨거운 밥에다 비벼서 먹으면 참기름보다 고소한
맛이 난다."

"난 싫여."

나는 그것을 통째로 사촌 오빠에게 내주었다. 사촌 오빠는 그것
을 손에 받아 들더니 잠시 고개를 갸우뚱했다. 그러더니 오빠가 소
리 질렀다.

"얘야. 좋은 수가 생각났다. 이걸 써먹을 생각을 했어. 자 이것
봐라."

하더니 사촌 오빠는 헛간에서 싸리꼬챙이 하나를 구해왔다. 그리
고 버터를 꼬챙이 끝으로 찍어내더니 신고 있던 검정 고무신에 쳐
발랐다. 그리고 그것을 문질러 댔다. 신고 있던 검정 고무신은 반
들반들 윤이 흘렀고 검정색은 점점 더 새까맣게 빛났다. 고무신은

검정 가죽 신발같이 반짝거렸다.

"어때 멋있지?"

사촌 오빠의 고무신은 할아버지의 그 가죽 평화처럼 멋졌다. 나도 오빠가 하는 대로 따라서 고무신을 버터로 문질렀다. 나의 검정 고무신도 가죽 신이 됐다. 우리는 동생의 신발도 모두 가죽 신으로 만들어줬다. 그리고 우리들은 옆집 옥이네 앞마당으로 자랑삼아 뛰어갔다.

해방의 물결은 잔잔하게 파도치면서 산골의 동심을 흔들어 놓았다. 변화무쌍한 해방의 물결은 또 우리집에도 파도치고 있었다.

첫 번째 변화는 할아버지의 임종이었다.

할아버지의 임종은 한 세대의 끝막음이었다. 마을에서 유일하게 불리던 '나으리', '샛님', '주사'라는 호칭은 들을 수 없게 됐다. 아버지는 초상집에 가서 상여도 멨고, 주막에 앉아서 누구하고나 겸상을 해서 밥을 먹고 마을 사람들이라면 누구에게나 선별하지 않고 술을 권하고 술을 샀다. 때문에 아버지 곁에는 항상 사람들이 들끓었다.

3

"너. 정히 이렇게 나온다면 난 네 허리띠로 목을 매겠다."

해방이 되던 그해 여름은 길었다. 대청마루에서 식구들이 아침상을 받는 자리에서 할아버지는 이렇게 말했다. 순간 아버지가 소리 질렀다.

"에—잉."

외마디 소리와 동시에 아버지는 밥상을 발길로 걷어찼다.

"저런 불효막심한 물건 봤나."

할아버지는 체머리를 흔들면서 비척비척 일어섰다.

아버지는 연이어서 엎어진 밥상을 앞마당으로 내동댕이쳤다. 사기그릇 깨지는 소리가 청명한 아침 공기를 어질렀다.

"모두 다 조년 초사야. 조년이 자식을 오냐오냐 치마폭에 싸서 키워 불한당 만들었어. 내 눈에 흙이 들어가기 전에 도장을 내놓나 봐라. 어림없다. 어림없는 소리 마라."

할아버지가 두 주먹을 부르르 떨면서 절규했다. 어머니는 할아버지를 부축해서 큰 사랑방으로 모셨다.

할머니가 할아버지의 뒤통수에 대고 악을 썼다.

"늙은이가 처신없이 안채에는 어째 얼쩡거리고 밥상머리에서 입을 놀려 애비 부애를 돋굴까. 에미야, 앞으로는 밥상 큰 사랑방으로 데밀거라."

"아 조년 저 주둥이를 그냥……"

할아버지는 어머니에게 몸을 의탁한 채 큰 사랑방 턱 높은 문지방을 넘었다.

집안은 숨 막힐 듯 조용했다.

나는 일각문 뒤에 몸을 숨기고 집안에서 벌어지고 있는 일들을 바라보고 있었다. 무섭고 겁났다. 늙은 소처럼 날뛰는 아버지가 또다시 벼락치듯 집안 살림살이를 또 부술까 두려웠다.

잠시 후 할머니가 수수 빗자루와 삼태기를 찾아들고 왔다. 그리고 부서진 그릇을 쓸어 담았다. 사금파리 부딪는 소리가 집안 가득 살그랑거렸다.

"자고로 밥상 치는 놈은 망한다던데."

할머니의 한숨 섞인 탄식이 비질 소리에 섞여 참담함을 더해주었다.

노마가 개다리소반을 한 손으로 받쳐 들고 안채로 들어왔다. 노마는 흘금흘금 주위를 살피면서 밥상을 부엌 마루창에 내려놓고 퉁명스럽게 말했다.

"마님, 오늘 김장 배추밭에 거름내기로 일꾼 얻어놨는데 어떻게 할깝쇼."

"일꾼을 얻어놨으면 일해야지 무슨 소리요. 암말 말고 그대로 진행하시오. 어멈아, 곁두리 늦지 않게 서둘거라."

할머니는 단호했다.

그리고 삼태기를 들고 뒷간 옆 돌무더기 있는 곳으로 갔다. 그곳은 썩지 않는 깨진 독개그릇이나 사기그릇을 버리는 곳이다. 돌무더기는 임금님 산소만큼 불룩하게 높이 쌓여있었다. 할머니는 삼태기를 추슬러서 큰 조각부터 골라 돔 위에 높이높이 던졌다. 하얀 사기그릇에 푸른색으로 새겨진 동강난 복(福)자, 희(喜)자, 수(壽)자가 아침 햇빛 속에서 눈부시게 반짝였다. 햇볕 좋은 날 아침이면 뱀이나와 몸을 말린다는 돌무덤 밑에 할머니는 한참 동안 서서 사금파리가 내뿜는 빛의 경련을 하염없이 바라보고 서있었다.

나는 아버지를 찾아 돼지우리도 기웃거리고 닭장 속도 들여다봤다.

바깥마당 끝에 있는 뒷간에도 가보았다. 아버지가 있을만한 곳을 모두 들러보았지만 허탕을 쳤다. 나는 아버지의 부재를 할머니에게 알리려고 큰 대문 안으로 들어서려다 그곳에서 어머니와 마주쳤다.

어머니는 얼굴이 일그러지도록 화가 나서 혼자 중얼거리면서 큰 광으로 들어갔다.

"애구구 지겨워라. 허구헌 날 일구덩이에 살면서도 시원한 꼴은 커녕 이 수모를 당하다니. 이게 다 저 노인이 아들 길을 잘못들인 탓이라구. 몇 날 며칠 아들 역성 들어주고 쫓아다니면서 뒤치다꺼리해주니 어느 하세월에 정신 차릴까."

어머니는 오지자배기에 보리쌀을 퍼담아 이고 우물 둥치로 갔다. 그리고 어머니는 통보리쌀을 애벌 헹구어 내고 어깻죽지에 있는 힘을 실어서 보리쌀을 으깨고 씻었다.

서그럭 서그럭, 오지자배기는 어머니 주먹에 힘이 실어질 때마다 떨그럭거렸다.

나는 어머니에게 아버지의 행방을 물었다. 어머니가 볼멘소리로 대답했다.

"가서 일러라. 알아볼 것도 없이 개울 건너 술집으로 갔다고 여쭈어라."

나는 구렁굴 고갯마루 턱을 바라보았다.

그날은 일요일이라서 나는 학교에 갈 수 없었다.

옆집 옥이네 집으로 놀러갈 수도 없었다. 며칠 전 옥이는 나 때문에 그 애 아버지한테 매를 맞았다. 옥이는 내가 하는 대로 덩달아서 할아버지 흉내를 냈고 할아버지를 놀려댔기 때문이다. 옥이 아버지는 옥이에게 금족령을 내렸다.

우울한 나날이 계속되었다.

아버지는 그 후 며칠 동안 집에 돌아오지 않았다. 할머니의 성화도 불같았다. 그러나 어머니는 냉담했다. 살아있는 사람 어련히 잘 알아서 다닐까 보냐고 시큰둥했다. 어머니는 이런저런 일을 신경 쓸 겨를이 없었다. 아침에 신을 신고 방을 나서면 어두워서야 그 신을 벗었다. 열두 식구 상차림도 만만치 않았다. 검불 하나 거들어주는 사람 없이 혼자서 물 긷고 불 때 밥하고 아이들만 빼놓고 어른들은 앞앞이 독상 차리는 일쯤은 그래도 힘들다고 할 수 없었다.

허구헌 날 일꾼 얻어 들 일이야 과수원 일이야 들밥 해 때맞추어 밥광주리 이고 밥 해대는 일은 고되고 고된 일과였다. 손이 열 개라도 모자라게 바삐 서둘러 밥해서 머리에 이고 들에 나가면 밥때가 기울었느니 반찬이 시원찮다느니 아버지는 호통을 쳤다.

"아이구 지겨워라. 아이구 몸서리야."

어머니는 못 살겠다는 말을 입에 달았다.

아버지가 사흘 밤을 밖에서 지낸 후 나흘째 되던 날 밤, 눈이 십 리쯤 들어간 초췌한 얼굴로 귀가했다. 할아버지는 용케도 사랑방에 들어앉아서 아버지의 귀가를 알아차렸다.

다음날 아침상을 물린 후, 할아버지는 어머니를 사랑방으로 넌지시 불러들였다.

"어멈아, 내가 널 봐서 이것 애비한테 내 주는 것이니 집안 거덜나지 않게 잘 운용하라구 일러라. 해방이 돼서 좋다만 앞으로는 일

않구는 못 살 세상이 도래할 것이어늘 정신 바짝 차리라고 단단히 이르거라."

어머니는 도장을 손아귀에 거머쥐고 잰걸음으로 할머니 처소로 갔다. 그리고 도장을 할머니 앞에 내놓았다.

"그게 뭐냐?"

"아버님 인감도장이여."

할머니는 대꾸하지 않았다. 아니 거들떠보지도 않았다. 그리고 한참 동안 뜸을 들인 후 맥없이 말했다.

"애비한테 맡기거라."

그리고 또 한참 있다가 할머니는 혼잣말로 한마디 더 했다.

"서른세 살이 되려면 아직도 사 년은 더 지둘러야 하는데."

가족들은 아버지가 하루라도 빨리 서른세 살이 되기를 학수고대했다.

아버지가 서른세 살을 넘으면 그때부터 마음을 다잡을 것이고 하는 일마다 대성을 할 것이라고 모두들 굳게 믿고 있었다. 그 누구의 입에서 이와 같은 말이 나왔냐는 것은 뻔했다. 할머니는 일 년에 한번씩 그러니까 새해에 정초를 비켜서면 서빙고에 유명하다는 단골 박수를 찾았다. 연중행사로 그곳에 가서 식구들의 일 년 동안 일어날 수 있는 일을 미리 알아 오곤 했다. 할머니가 특별하게 귀신을 섬기지는 않았다. 그러나 일 년에 한 번, 아니면 집 울안에 있는 큰 나무를 베어 버린다거나 집을 개축할 때 등등 집안에 대소사를 치룰 때는 할머니 독단으로 일을 결단하거나 처리하지는 않았다.

항상 집안에 평지풍파를 일으키는 장본인은 아버지였다. 아버지는 집안의 성주이며 대들보였다. 아버지가 서른세 살이 되기를 기다리는 것은 누구의 입에서 나왔건 상관없이 그 말의 신빙성을 접어두고 그 말을 믿고 있었고 식구들은 그때를 기다리면서 생활했다. 항상 위태위태하고 불안을 몰고 다니는 아버지를 바라보는 가족들은 가슴을 졸이면서 지푸라기라도 잡는 심정으로 아버지의 서른 세 살 되기를 기다렸다. 또 이와 같은 생각은 아버지를 바라보는 가족들 간의 하루하루를 더없이 더디고 곤욕스럽게 만들었다.

그럭저럭 여름이 다 지나갔다.

해방이 되던 그해 가을은 풍성했다.

집집마다 앞마당에 높이 쌓아올린 노적가리는 그 집안의 형세를 보여주는 상징물이 되었다. 옆집 옥이네는 낟가리가 집더미만 한 것이 두 무더기나 되었다. 우리집은 그렇지 못했다.

아버지는 논농사보다 밭농사에 치중했다.

논은 일 년에 한 번 수확하지만 밭농사는 기본이 이모작이었다. 아버지는 이모작도 부족하다고 생각했다. 마을 사람들은 가을에 보리심어 봄에 수확하고 다시 그 자리에 그루갈이를 했다. 콩이나 팥, 서숙을 붙이고 고랑 사이에 수수 모나 들깨 모를 심는다. 키 큰 수수대와 키 작은 콩포기가 어우러진 가을 들녘은 보기에도 조화롭고 아름다웠다. 논농사가 부족한 집에서는 일손을 겁내지 않고 서숙을 가꿔 양식을 쌀 대신 보충했다. 뭐니 뭐니 해도 품이 많이 들고 공이 드는 서숙 농사는 낟가리와는 대조적으로 빈궁의 상징이기도 했다.

아버지는 그루밭이나 보리밭 따위는 가꾸지 않았다.

토마토 밭을 넓게 가꾸고 무밭을 넓게 갈았다. 토마토 밭은 대나무로 일정하게 지주를 세워놓고 넝쿨을 떠받쳐주고 있었으므로 토마토가 붉게 익을 때면 색다른 전원 풍경을 연출하곤 했다. 그러나 토마토의 수확은 서둘러야 했다. 한여름 삼복 중에는 시간을 다투어 급속히 완숙하기 때문에 하루만 수확기를 놓치게 되면 상품성이 떨어지고 이내 썩어서 자칫 하다가 농사를 그르치기 일쑤였다.

토마토를 수확할 때에 일찍 장마라도 들면 일 년 농사를 태질치게 마련이다. 이럴 때도 아버지는 과감했다. 대나무 지주를 미련 없이 뽑아내고 토마토 덩굴을 걷어버린다. 그리고 그 자리에 가을 왜무 밭을 끝이 안 보이게 가꾼다. 아버지는 땅 한 평에서 뽑아낼 수 있는 작물에 관한 소득을 중요시 했다. 아버지는 수지타산은 생각지 않았고 거둬들이는 소득만 염두에 두었다. 아버지는 오직 일 등 작물만 생산하기 위하여 아낌없이 투자하고 열과 성을 다해서 초식을 가꿨다.

"양식은 돈 주고 사면되지. 그까짓 몇 푼 한다구."

아버지가 대수롭지 않게 여겼던 양식이었지만 그것이 간단한 문제가 아니었다. 대가족과 들밥을 해대는데 소모되는 쌀이 농사지은 것만으로 감당하기 어려웠다. 쌀값이 만만치 않았다. 더구나 농사지어 푹푹 퍼서 먹던 양식을 돈사서 먹자니까 헤프고 감질이 났다.

"양식이 다 떨어졌는데요."

어머니가 말하면 할머니는 어머니를 또 나무랬다.

"네, 시애비는 양식을 동대서 먹지 못하면 망하는 것으로 알았다. 어쩌다가 내가 곡식 퍼내주고 세간이라도 들여놓는 걸 보면 성님이 그러셨는데 밥솥에 돈 삶으면 망한다고 했어. 하면서 장사아

치들을 다시는 못 오게 쫓아냈다. 내가 이 큰 살림살을 장만할 때 모두 다 몰래몰래 사들이고 네 시애비 서울 가면 찬밥 한 대접이면 저녁밥 안 했느니라. 어째 푹푹 퍼서 먹을 줄만 알고 유념할 줄 모르는지."

"애구구, 엄니는 소싯적 말씀만 하시니 답답해라. 일꾼들 밥 모자라봐요. 절구팽이들고 밥솥 밑창 구멍내버릴 성질 몰라서 하시는 말씀."

"할 수 없다. 큰 광 검정 배불뚝이 독 속에 담아 놓은 쌀 헐어서 먹어야지. 양식은 있을 때 아껴야지. 어찌 똑 떨어뜨리고 나서 없다고 말하느냐."

어머니가 말없이 오지자배기를 들고 큰 광으로 들어갔다.

옥이네 집은 우마차로 볏단을 실어 와서 큰 마당 댓돌 밑에 차곡차곡 쌓아올렸다. 옥이 할아버지는 장죽을 물고 서서 볏뭇 쌓는 일을 간섭했다. 노적가리는 너댓간 넓이로 벼이삭을 안으로 모아서 쌓은 후에 웃덮개는 벼이삭 결을 맞추어 사선으로 올려놓았다. 금구슬 같은 벼이삭이 치렁치렁 늘어진 노적가리는 보기만 해도 배가 불렀고 풍성했다.

할머니는 우리집 노적가리를 보고 사랑방 똥뒷간만 하다고 시시하게 생각했다.

"내 한창시절에 비하면 노적가리가 절반도 안 돼. 이것이 다 집안이 주는 형국인데 그나저나 일본으로 건너간 가쓰곤가 뭔가 하는 애어미는 어째서 감감무소식인지."

할머니는 헛간에 앉아서 호박고지를 켜면서 혼잣말을 하며 모퉁이 길을 내려다봤다. 막내 고모는 해방 전전해에 일본으로 건너갔다. 그런데 학수고대하던 막내 고모는 해방이 되어서도 편지조차 없었다.

가을걷이로 한창 바쁜 어느 청명한 날, 향나무 모탱이 길로 미색 양산을 쳐든 여자가 올라오고 있었다.

"애 어멈아, 저어기 저 모탱이 길을 돌아오는 것 뵈지. 우리집으로 오고 있는 가부다. 아무래도 심상치 않다. 저것 봐라. 방댕이를 흔들고 팔을 휘젓는 모양새가 낯은 익다만."

"셩님가분데요."

어머니가 반색을 했다.

그러나 할머니는 입을 다물었다. 내리닫이 쟁반을 층층이 쌓아 올려놓은 계단식 논배미는 그루 턱만 듬성듬성 남은 채 비어 있었다. 이 거무튀튀한 논배미와 대조적으로 백모의 옥색 치맛자락은 화려했다. 백모는 치맛자락을 흡사 겨드랑이 밑에 지른 채 논두렁 길을 가로질러 바쁘게 우리집 쪽으로 올라왔다.

연미색 양산 속에 얼굴을 숨긴 백모 왼손에는 핸드백 하나만 들고 있었다.

할머니는 하던 일을 손놓지 않았다. 지레 뽑아 헛간에 쌓아둔 팥 줄기에서 여문 것과 덜 여문 부둥이 팥 주저리를 하나하나 가려서 따 담고 있었다. 어머니는 넋 나간 사람처럼 양산 속의 여인을 바라보았다. 나는 궁금증이 발동해서 마을로 들어서는 손님이 누구인가 정확히 알아보려고 옥이네 큰 마당을 지나 내리막길로 뛰어갔다.

백모는 나를 이내 알아보고 나를 끌어안았다.

"어린 것이 어찌 큰어미를 알아보고 마중을 나왔냐. 이쁘기도 해라."

나는 좀 멀쑥해져서 백모의 손부터 살폈다. 손에는 조그만 구슬 핸드백이 걸려 있었다. 내가 머쓱해서 한 발자국 뒤로 물러서자 백모는 눈치 빠르게 나를 당신의 등 뒤로 돌려세우더니 업히라고 했다. 나는 백모의 등에 업혀 여나문 발자국 걷도록 있다가 이내 발버둥쳐서 내렸다.

"옥이가 보면 숭봐. 부끄러워."

백모는 풀섶에 나를 내려놓고 내 손을 잡고 마을 안으로 들어섰다.

"엄니, 저 왔어요."

"오냐."

할머니는 백모를 거들떠보지도 않고 짧게 대답했다. 그리고 할머니는 말없이 하던 일을 계속했다. 한동안 침묵이 흘렀다. 어머니가 먼저 말을 꺼냈다.

"셩님, 시장하시겠어요. 안으로 들어가십시다."

어머니가 앞장서서 걸었다. 백모는 치마꼬리에서 휘파람 소리를 내면서 뒤쫓았다. 백모가 저 마치 지나가니까 할머니가 혼잣말로 중얼거렸다.

"똥 뀐 놈이 화낸다고. 돈 없다고 내숭 떨어 빈손으로 탈래탈래 온 년이 틀림없이 뭔 조간이 있어 달려들긴 했겠는데……"

할머니는 부등팥 꼬투리를 따서 미꾸리에 힘껏 던졌다.

백모는 비단옷을 홀홀 벗어놓고 자기방 손그릇에서 검정 몸뻬이를 찾아 입고 머리에는 수건을 접어 쓰고 밭으로 나갔다. 붉은 고추를 굵은 것으로 골라 따고 동부며 광쟁이며 미쳐 타작하지 않은 볏뭇을 손수 홀치개로 털어서 절구질해 햅쌀을 장만했다.

"엄니 셩님이 맴이 변했어요. 유리 찬장 속에서 그릇도 챙기세요. 당신이 방물장수한테 산 것이라며 이쁜 것으로만 골라 짐을 꾸리세요."

어머니가 할머니에게 일렀다.

"놔두어라. 제 맘대로 하게 놔두거라. 제 자식 서울에다 방 얻어 놓고 거두겠다는데 누가 말리겠냐. 지 하자는 대로 내버려 둬라."

할머니는 너그럽게 백모의 거동을 풀어주었다.

그날 밤 할머니는 잠들기 전 그리고 다음날 잠에서 깨어나서까지 주문처럼 내게 이야기를 하고 또 말했다.

"그년이 지 시애비한테 쌀 팔아먹은 년이다. 내 저한테 살림살이 떠맡기고 서울 올라 다닐 때 농사 터지게 지어 방아 찧어 대청마루에 있는 새 가마들이 쌀뒤주에 가득가득 채워놓고 큰광 대독에 그릇그릇 채우고도 그릇이 모자라 쌀가마 대청에 쌓아놓고 돗자리로 둘러놓고 집 비워두고 있다오면 '다 먹었습네다.' '다 떨어졌습니다.' 뭉청뭉청 양식을 헐어냈는데 그때 식구 고작 네 식군데 무슨 양식이 그리 허푼지, 내 그래도 암말 못했다. 청상으로 홀로 사는 며느리 시집살이 호되 못 살고 나갔다는 소리 안 들으려고 그냥 그냥 눈 감았다. 나 없는 동안 박물장수 끼고 살면서 딸년 하나 있는 것 시집 갈 밑천 장만 하겠다고 아홉 살부터 혼수감 유념합네 쌀 퍼주고 물건 사고 네 할아비한테 돈으로 타서 사천 삼고 그년이 제 낭탁 단단히 해두었다. 그나저나 이 집터에서는 쓰잘데 없는 물건은 용서 없이 내모는 터이니 내 건너방에 구렁이가 들어와 똬리 틀고 앉았을 때 알아봤다. 그저 건드리지 말고 가만 놔두면 제풀에 물러날 것이니 그저 건드리지 말고 놔둬야 해."

할머니 예견대로 백모는 챙길 것 다 챙기고 나서 노마에게 바깥마당에 마차를 매 놓으라고 일렀다. 그리고 자작으로 건너방 살림살이를 몽땅 내다 실었다. 마지막으로 큰 사랑방에 들러

"아버님 저 가요."

이렇게 하직 인사를 말로 했다. 그러나 할아버지의 돈궤는 벌써 바닥이 났고 도장마저 내준 터이라 백모 손에 쥐어줄 아무것도 있지 않았다.

"순석이 내년 봄에 학교 졸업하고 취직해서 첫 월급 타면 고기 사가지고 올게요."

"……"

할아버지는 그때도 말없이 체머리만 흔들었다.

아버지는 며칠씩 거푸 집을 비웠다.

아버지는 출타했다가 집에 돌아올 때는 으레껏 아이들 주전부리감을 사들고 왔다. 그중에서 미제 사탕을 상자째 사왔다. 손목시계를 사서 찼는가 하면 며칠 새 보이지 않았고 또 새것을 끼고 있었다.

어머니는 아버지가 기분 좋았을 때 흘리는 말들을 일일이 할머니에게 고해바쳤다.

"엄니, 갈뫼 소작농 팔았데요. 어차피 해방이 돼서 소작은 못 붙인데요. 토지개혁을 하게 되면 소작인들에게서 땅값을 나라에서

받아 지주들한테 야금야금 노나 준데요. 애비 말로는 그럴 바에야 일찍이 싼값에 팔아버리는 게 낫다나요."

어머니의 말에 할머니는 듣는 둥 마는 둥 대꾸 없이 하던 일만 계속했다.

해방되던 그해 겨울 아버지는 소작농을 미리 팔아 대토를 사들이는데 정신을 쏟고 있었다. 두드러지게 대토 사들인 땅은 벌머루 개울 건너 모래땅 일만 평을 평당 일 원씩 사들인 것이다. 아버지는 훗날 그 땅이 대단히 쓸모 있는 땅이 될 것이라고 확신했다.

해방되던 그해 가을은 넉넉했다.

마을 사람들은 면사무소에 공출을 바치지 않아도 된다는 생각만으로도 허리띠를 늦추었다. 농주도 마음 놓고 빚고 떡도 해먹었다. 가을걷이를 마치고 나서 마을 사람들은 양식 그릇을 채워놓고 울바자를 새로 하고 이응도 새로 얹었다. 집단장을 말끔하게 마친 마을은 그림처럼 보기에도 좋았다. 학교에서는 한글을 배워 공부하기가 쉽고 재미도 있었다. 더구나 우리말로 된 새 노래를 배워서 불렀다.

나는 집 안팎을 쏘다니면서 큰소리로 노래 불렀다.

백두산 뻗어 내려 반도 삼천리
무궁화 이 강산에 역사 반만년
대대로 이어 사는 우리 삼천만
복되도다 그의 이름 대한이라네.

큰 사랑 앞뜰을 지나면서 큰 목소리로 노래 부르면 할아버지의 꾸중이 불같다.

"듣기 싫다. 여자가 게걸거리면 못쓰느니라."

어둡고 괴로워라 밤이 길들더니
삼천리 이 강산에 먼동이 텄네

"아스래두 뚝 그치지 못할까."

동포여, 자리 차고 일어나거라
산 너머 바다 건너 태평양 너머
아아, 자유의 자유의 종이 울린다

나는 노래 박자에 맞추어 두 팔을 휘두르면서 앞으로 갓 행진을 했다. 동생들도 나의 동작을 흉내 내고 뒤따랐다. 할아버지는 혀를 끌끌 차면서 고얀 것이라고 되풀이 했다. 그러나 나는 내 하는 짓을 멈추지 않았다. 식구들 아무도 나무라지 않았다. 아버지는 나의 말 안 듣는 행위마저도 귀엽다고 빙글빙글 웃었다.

그러나 나는 때때로 고분고분 굴 때도 있었다. 할아버지의 유일한 심부름꾼이었다. 해방이 되기 얼마 전 순정이라는 아이를 데려다 기르다가 저의 큰집으로 보냈다.

순정이가 백모와 함께 있을 때는 할아버지의 손심부름은 그 애가 했다. 할아버지에게 세숫물도 떠다 바치고 밥상도 큰 사랑으로 들어 나르고 담배 시중과 자질구레한 일은 그 애가 할아버지를 도왔다. 그러나 해방이 된 지 얼마 안 돼서 세상은 맑아져서 누가 누구를 부린다는 것은 계약 없이는 성사되지 않았다. 그저 옷밥이나 얹어주고 남을 부려먹을 수는 없는 세상이 왔다. 순정이를 보내놓고 할아버지는 수족을 잃은 듯 허전해 했다.

나는 마음이 내키면 할아버지 방에 드나들면서 할아버지의 말벗도 되어주고 시키는 일도 곧잘 하곤 했다.

가을 타작마당이 끝나고 콩타작을 끝으로 마당 일은 대충 마루짓기에 이른다. 이때가 되어서 작은 사랑 뒤꼍에 쌍갈래로 우람하게 자란 왕밤나무가 늦게 알밤이 떨어진다. 말 그대로 밤 중에 왕밤이다. 밤송이 한 개가 거짓말 보태지 않고 어린애 머리통만 한 것이 열십자로 자위가 돌고 알밤이 벌면 단연 볼만했다. 밤도 밤이려니와 그 밤송이 한 개가 어찌나 탐스럽던지 누구나 그것을 보고서는 선뜻 손에 쥐고 싶은 마음이 저절로 들게 했다. 나무가 어찌나 높고 우람했던지 어지간한 장정이라도 이 왕밤나무에 오르기를 겁낸다. 때문에 해마다 저절로 알밤이 떨어지기를 기다렸다가 낱알로 밤을 줍는 쪽이 훨씬 수월했다.

왕밤이 익을 때면 할머니는 노마를 시켜 밤나무 밑을 말끔하게 낫질을 해서 알밤이 푸서리에 떨어져도 눈에 잘 띄게 손질해 뒀다. 해방되던 그해 가을에는 밤도 풍년이 들었다. 밤나무 끝가지가 휘어지게 매달린 왕밤송이가 벌름벌름 입을 벌게 되자 왕밤나무를 올려다보는 사람마다 입을 쩍 벌리고 하품을 찢어지게 했다.

"귀한지고 귀물이로다. 내 생전에 이렇게 밤송이가 잘 달린 해는 처음 보는 지고."

할아버지는 사랑채 뒷간을 오고 갈 때마다 왕밤나무를 올려다보고 하품을 했다.

"귀물이로다. 산중귀물이로다."

할아버지는 노마를 구슬러 왕밤나무를 털게 했다. 할아버지는 갈라진 참나무 어린 가지를 분질러 만든 집게로 밤송이를 손수 주워 담았다. 할아버지는 언제나 고의춤이 흘러내려 항상 바지허리를 끌어 쥐고 지척지척 걸었다. 그러나 밤송이를 주울 때만은 어쩔 수 없이 밤송이가 너무 크고 나무집게는 허약해서 한 손으로 감당하기가 버거웠다. 할아버지는 끙끙거리면서 두 손으로 밤송이를 주워서 삼태기에 담았다.

이와 같은 모습을 할머니는 먼발치에서 바라보고 핀잔을 또 주었다.

"늙은이가 방구석에 들어앉아서 밤송이 욕심을 내서 뭣에 쓸려고, 풍월도 좋지만 뒷간 출입이나 잘하지."

할아버지는 귀먹은 척 대꾸 없이 밤송이 삼태기를 내게 들려 큰 사랑방으로 가져오라고 했다.

"아이구 아버님이 망령드셨나 봐요. 밤송이를 방으로 날으시네요."

어머니도 할머니를 거들었다.

"놔두거라. 네 시애비 한창 소싯쩍에 금강산에 다녀와서 사당굴에다 소금광산을 만든다고 일꾼 사서 바위를 옮겨다 세워 논 것 저기 아직 남아 있다. 그때 몇 날 며칠 일꾼들 밥 해대고 시중드느라 나 젊었을 때도 귀찮은 일 많이 했다. 나도 젊어 한때 서방 시집살이 된통했다. 몇 날 며칠 친구 데려다가 큰 사랑방에 묵히면서 시조 창한답시고 맷방석만한 갓 쓰고 달려드는 손님 치를 때 밤잠인

듯 제대로 잤겠냐. 내 직심으로 손님대접했다. 그래도 그때 사랑방 손님들 대접 잘 받고 떠나 두고두고 음식 칭찬 자자했다."

사당굴 개울 건너 검정 바위틈에 비석처럼 우뚝 서있는 솟을바위가 그때 세워둔 것이라고 했다. 할아버지는 방에서 키우면서 아끼던 육손이 사철나무가 죽은 빈 도자기 화분을 내오라더니 그 화분 안에 왕밤송이를 수북하게 담았다.

"귀물이로다. 산중귀물이로다."

할아버지는 윗목 책상 위에 왕밤송이 담은 도자기 화분을 올려놓고 바라볼 때마다 산중귀물을 찬미했다. 그리고 왕밤송이가 누렇게 퇴색하자 알밤을 꺼내 화롯불에 묻어놨다 내게 주곤했다.

"네 할애비는 본시 욕심이 없는 물건이다. 욕심이 조금만 있었더라면 천석꾼은 어렵지 않았으련만."

할머니는 젊은 날의 한창 시절을 떠올리면서 그때를 무척 아쉬워했다.

해방되던 그해 섣달그믐께가 되었다.

전 같으면 양력설을 쇠야 한다구 어거지로 설을 차렸지만 해방이 되자 마을 사람들은 저마다 약속한 듯 느긋하게 음력 정월 초하루를 명절로 꼽았다. 동지가 지나고 햇볕은 투명해져 마을은 한층 더 고즈넉했다.

노심초사 할머니가 기다리던 막내 고모가 한밤중에 들이닥쳤다.

할머니는 막내 고모의 밤늦은 귀가를 심상치 않게 여겼다.

"각죄 무슨 급한 일로 이렇게 야심한데 왔냐. 엄동설한에 어린 것을 둘러업고 왜 순석 에미 방 얻어 놨는데서 하룻밤 자고 밝은 날 내려올 것이지."

할머니는 반가운 일은 제쳐두고 야밤에 오게 된 동기를 캐물었다.

"어머니. 참 내 기가 막혀서 도저히 한시가 급해 이렇게 밤차를 타고 안양역에 당도했다오."

"아니 기막힌 일이 뭐길래."

"글쎄 고년이 의붓애비하고 한 지붕밑에 살고 있지 않겠수."

"그게 무슨 말이냐."

할머니가 다그쳤다.

막내 고모는 업은 아이를 내려놓을 짬도 없이 자초지종을 소상하게 할머니에게 일러바쳤다.

"내 오늘 첫새벽에 경성역에 도착하지 않았겠수. 세상천지 서울 장안에 이른 첫새벽에 찾아갈 집이 어디 있수. 전에 내가 살았던 집이라 찾아가서 대문을 열라고 했지. 아 그런데 이건 사지에서 겨우 목숨 살아 돌아왔는데 순석 에미 반가운 기색은커녕 순석이를 소리 질러 부르면서 막내 고모네 방에 모시라는 게 아니겠수. 내 참 기가 막혀서, 딸년하고 군불거리 어려운데 각방 쓰는 것은 뭐며 수상쩍다 싶어 그 애 에미 방문을 득 열고 들어갈려 했다가 나 기절할 뻔했수."

막내 고모는 그때 정황을 소상하게 이야기했다. 웬 피둥피둥한 남자가 내복 바람으로 엉겁결에 자다 일어나 비단 금침을 팅팅 감고 앉아있더라고 했다. 그러나 고모의 놀라움과는 대조적으로 할머니는 오히려 냉담했다. 그리고 할머니는 말했다.

"내 그럴 줄 알았다. 지난여름 건너방에 구렁이가 들어와서 그

년을 놀래킬 때부터 내 알만했다. 거듭 말하거니와 이 집터에서는 쓰잘데 없는 물건들은 내쫓는 다구. 그 뱀 조간이 있던 다음날 그 년이 분단장하구 큰 사랑에 들러 시애비한테 노잣돈 타가면서 날더러 하는 말이 내일모레 오겠다던 년이 농사 다 지어놓고 타작마당 때 왔질 않았겠니. 한바탕 차릴 살림을 후무려 갈려고 온 것 다 짐작한 일이다. 그러나 당한 일이다. 지도 소년 과부로 수절하란 말 내 못할 짓이고 제풀에 물러났으니 잘된 일이다. 암 저를 보나 이 집안을 보나 썩 잘된 일이지."

"그래도 괘씸하지 않쑤. 그 동춘인가 순석인가 하는 년은 제 뼈를 찾지 않고 에미 쫓아 의붓애비하고 한 지붕 밑에 사니 그년이 배운 것은 고사하고 사람이 아니지 않수."

"놔두거라. 날씨 풀리거든 내 찾아가마."

할머니는 여러 식구들 앞에서는 태연한 척 말했다. 그러나 긴긴 겨울밤 새벽녘에 잠이 깨면 백모에 대한 배신감 때문에 한 소리를 또 하고 또 거푸하면서 날을 밝혔다.

"내가 딸년들은 하나도 안 가르쳐도 순석 어미 하나만은 착실하게 가르쳤다. 살림살이 일습을 똑 떨어지게 잘했느니라. 시아버지 공경은 물론하고 말썽꾸러기 시동생 보비유도 썩 잘했느니라. 네 에비 십 리 밖에 과천 읍내 보통학교 다닐 때 대문간에 들어서면 밥! 하면 득달같이 때그르 굴러 밥상 대령하고 의복은 물론하고 고운 때 묻기 바쁘게 휜칠하게 꿰매 입혔고 그리 잘했어도 심술이 나면 고사떡하려고 팥 삶아놓은 자배기에 흙을 퍼담아도 암말 않고 쏟아버리고 새로 팥 삶아 떡을 앉혔느니라."

할머니의 사설은 끊이지 않았다.

"순석이 아홉 살 되던 해부터 혼수감 유념해 둔다고 해마다 면화 갈아서 상송이로 목화 따서 쟁여두고 핫솜 이불 속을 박속같이 희게 타서 산더미처럼 쟁여놓고 누에 쳐서 풋솜 이불 둥치둥치 마련하더니 그게 다 샛 서방 위해 유념해 둔 걸 모르고 그저 혼자 사는 것만 불쌍해서 말 못 하고 입다물고 살았더니 그년이 끝내 내 뒤통수를 치는구나. 그러나 도리 없구나. 남은 인생 잘 살면 그도 활인하는 거다."

막내 고모는 긴긴 겨울 동안 군식구인 주제임에도 손님 행세를 톡톡히 했다.

어머니는 막내 고모와 고모부를 겸상해서 밥상을 받치면 먹은 밥상 툇마루에다 살포시 내놓고 문 닫으면 그만이었다. 어머니는 혼자서 큰 사랑 작은 사랑 밥상 받쳐 들고 종종걸음 치면서 신세 한탄을 했다.

어머니는 혼자서 푸념만 했다. 또 할머니는 어머니 앞에서 아버지의 잘못을 성토하다가도 막상 아버지 앞에서는 입을 다문다. 어머니는 그러한 할머니에게 말했다.

"엄니. 제발 저한테 성화를 마시고 애비 듣는데서 대놓고 말씀하세요. 장본인이 없는데서 아무리 그래봤자 달보고 짖는 개나 다름없죠." 하면

"이런 답답한 일이 다 있을까. 너는 베개 밑의 송사란 말도 모르더냐."

할머니는 입술을 부들부들 떨었다.

"날더러 첩년처럼 아양떨라고, 난 그런 재주 없어."

어머니가 돌아서며 할머니가 듣지 않는 데서 말했다.

나는 잠 잘 시간만 빼놓고 고모가 거처하는 작은 사랑방에서 살았다.

세 식구가 들어앉아 윷놀이도 하고 일본에서 살았던 이야기도 들었다. 고모는 내 머리에 이가 있다고 흉을 보면서 자기로부터 멀리 떨어져 앉으라고 나를 밀었다. 나는 그러한 고모를 놀려먹으려고 그러면 그럴수록 막내 고모 옆에 바싹 붙어 앉으면서 고모를 약 올렸다. 두 살배기 고종사촌동생 가쓰고는 조선말을 잘못했다. 나는 애기가 일본 말만 하는 게 신통해서 사촌 여동생을 업어주고 광 속을 들락거리면서 맛있는 먹을 것을 갖다 주었다.

막내 고모가 이가 옮는다고 나를 박대하자 고모부가 마침내 이를 잡아주고 내 머리를 깎아주겠다고 나섰다.

작은 사랑 윗방에서 장지문을 닫고 고모부는 바느질 가위로 내 머리를 잘랐다. 나는 어머니 행주치마를 가져와서 목 아래로 두르고 걸상이 없어 말(곡식되는 나무로 짠 네모난 그릇)을 찾아와 그 위에 걸터앉았다. 고모부는 나의 주위를 빙글빙글 돌면서 이발사 흉내를 내어 왼손에는 얼레빗을 들고 오른손에 가위를 들고 머리를 빗질해 가면서 머리를 깎았다.

"서캐를 잘라 버리세요."

고모가 아랫목에 앉아 말로 거들었다.

"가만 좀 있으라구. 내 알아서 할 테니까."

나는 할머니의 손거울을 들고 얼굴을 비춰보았다. 옆머리가 내 친구 옥이보다 훨씬 짧다. 양쪽 귀 위로 5㎝는 되게 바싹 올라갔다. 앞머리도 눈썹 위에서 2㎝는 더 높다. 가뜩이나 넓적팽이라고 놀리는데 내 얼굴이지만 내가 봐도 보기 싫었다. 나는 엉엉 울어버렸다.

"아니 얘는 서캐를 자르다보니 그리 됐는데 일본 아이들은 다들 너처럼 짧게 깎는다. 그리구 네 머리에 이가 득실거리면 우리 가쓰고한테 옮긴단 말야."

나는 울음을 그쳤다. 사촌동생을 업어주지 말라고 하면 싫었다. 고모부는 머리를 높게 자른 다음 뒤통수를 반달 모양 둥글게 판 자리를 면도칼로 밀었다. 뒷목이 서늘했다. 그리고 고모부는 내 머리에 석유를 발랐다.

"이를 없애려면 석유가 직효약이 된다. 당신도 몰랐지. 일본군이 남양군도에 진입했을 당시 원주민들 곱슬머리에 이가 득실거리는 것을 석유를 발라 퇴치한 사실을, 이는 무서운 장질부사를 전염시키지."

이발이 끝나자 고모가 나에게 말했다.

"어디 보자. 이쁜가."

내가 고모를 보려고 돌아서자 고모가 소리 질렀다.

"큰일 났어. 나 오빠한테 야단맞게 생겼어."

고모는 부랴부랴 보퉁이를 끄르고 가쓰고의 털모자를 나에게 씌웠다.

"애야. 머리가 자랄 때까지 당분간 모자를 벗지 말거라."

나는 해방되던 그해 겨울 큰 광을 쥐새끼처럼 들락거리면서 온갖 것들을 다 뒤져다가 작은 사랑방에서 먹었다. 고모는 아홉 살짜리 나를 붙들고 옛날이야기를 해주곤 했다. 내가 알 수 없었던 고모의 성장기를 소상하게 이야기해주었다.

가족들과 얽힌 그 이야기들은 들어도 들어도 재미가 있었다. 나는 내가 태어나기 이전에 일어났던 어른들의 일들을 안다는 것이 나를 으쓱하게 만들었다.

막내 고모의 이야기는 대부분 할아버지에 관한 것들이었다.

고모는 아버지가 너무 늙어서 챙피했다는 둥, 그런데 왜 그렇게 무슨 때가 되면 빼놓지 않고 학교를 찾아왔는지 모르겠다는 둥, 그리고 어렸을 때 글 읽으라는 할아버지의 성화가 진저리 났다는 둥, 특히나 옥이 작은아버지가 보통학교 시절 장마철 통학길에 개울을 업어 건너주다가 개울 복판에서 메어쳐서 떠내려갈 뻔했다는 이야기를 하면서 지금도 그때 생각을 하면 부끄럽다고 말했다. 그리고 고모는 이 말은 너만 알고 있으라면서 나를 붙들고 아버지를 흉보았다.

"애야, 네 아범은 열다섯 살부터 난봉을 피웠단다. 그 좋은 서울에서도 일류학교로 꼽는 제일고보에 들어갔는데 글쎄 친구한테 이 누꼬리 잡혀서 퇴학을 맞았단다."

나는 이누꼬리가 무슨 뜻인지 몰라 물었다.

"이누꼬리가 뭔데?"

"아 그거 친구들하고 술을 먹고 네 아범을 술값 대신 잽힌거야. 그러니까 술자리에서 약삭빠른 놈들은 다 도망친거야. 네 아범은 집에서만 날뛰었지 밖에서는 그 모양이었다니까. 아, 참. 이 이야기는 절대 비밀이다. 아무에게도 말하지마. 알았지."

고모는 그래도 미심쩍었는지 나에게 또 다짐했다.

"애야, 말전주하면 입 삐뚤어진다. 우리 방에서 한 이야기 절대로 네 어멈한테 가서 말전주하면 안 돼. 입 삐뚤어져."

나는 고개를 끄덕였다.

할머니의 군식구 퇴치 방법은 탁월했다.

사위는 백년손님이란 옛말도 일축했다. 사지육신 멀쩡해서 차려 다주는 밥상 따박따박 받아먹고 놀면 못쓴다. 지금은 엄동설한이라 내몰 수 없겠으니 정이월 겨울만 나봐라. 하다못해 등짐이라도 져서 처자식 건사해야 하느니라. 남이 해다 놓은 땔나무 눈치 보며 안아다 땔 것 뭣 있노. 자작으로 뒷동산에 올라가서 저 자는 방 군불거리라도 해봐라. 자유가 얼마나 좋은 것인지 알겠거늘. 이와 같은 할머니의 성화는 그칠 줄 몰랐다.

고모부는 어느 명이라 거역할 수 없었다. 서툴게 지게를 걸머지고 땔나무하러 매일 뒷동산으로 올라갔다.

할머니의 예측대로 언 땅이 녹기도 전에 고모부는 일자리를 찾아 땔나무하는 일보다 문 안을 자주 드나들었다. 그리고 봄이 되기도 전에 처자를 거느리고 서울로 떠났다.

그해 봄, 할머니는 막내 고모네 집을 찾아갔고 막내 고모를 앞세우고 사촌 언니가 다니는 직장을 방문했다.

할머니는 사촌 언니에게 시골집으로 내려와 있으라고 했다. 초등학교 선생으로 취직을 하고 있다가 출가할 것을 종용했다. 그러나 사촌 언니는 끝내 돌아오지 않았다.

4

"할머니, 옛날이야기 해줘."

"나는 옛날 사람이 아니야. 나는 시체 사람이라서 옛날 일은 모른다."

내가 조르면 할머니는 냉정하게 거절한다. 할머니는 항상 손에 일감을 들고 살았다.

날씨가 추운 겨울에는 화롯불을 앞에 놓고 진종일 바느질을 한다. 바느질이라고 해서 새 옷을 짓는 게 아니었다. 그렇다고 손자 손녀들의 양말 꿈치를 깁는 것도 아니다. 오로지 당신의 것만을 그것도 입었던 헌 옷을 개조하는 작업이다. 그 개조작업(아니 수선도 됐다)은 아버지가 입다 버린 헌 잠바를 할머니 몸에 맞도록 그리고 편하게 만드는 것이었다.

양복의 좁은 소매를 뜯어서 배래기를 더한다. 테를 덧 두른 긴 동넓은 윗도리는 한복 저고리보다 기장이 길고 그리고 깃고대는 부드러운 융이나 명주로 덧대서 입었다. 할머니는 신발도 외출할 때만 빼놓고 발에 맞는 남자 고무신을 신었다. 여자 고무신은 됫뚝하니 발에 담기지 않아서 불편하다고 했다.

화롯불은 손수 아침 군불을 땐 다음 질화로에 등걸을 묻고 짚불을 꾹꾹 눌러 담아서 하루 종일 불이 좋았다. 할머니 방 화로는 제 구도 갖추어져 있었다. 납작한 불돌, 부저깔, 작은 부삽 그리고 인두가 항상 꽂혀 있었다. 질화로는 손날 때마다 기름걸레질을 잘 쳐서 항상 반들반들 윤이 났다.

그러나 안방 화로는 그렇지 못했다.

치상 대신 조석으로 삼발이를 놓고 장을 끓이고 덥히느라 화로 가장자리는 지저분했고 아이들이 쑤석거려 불도 좋지 못했다.

겨울에는 주전부리할 것이 시원치 않아 아이들은 생밤을 화롯불에 묻어서 구워먹기도 하고 몰래 계란을 알 둥우리에서 꺼내다 익혀 먹었다. 아이들은 칠칠치 못해 밤 껍질에 칼집을 덜 냈으므로 예외 없이 통밤은 불 속에서 펑 터져 방안은 온통 잿가루로 뒤범벅이 될 때가 많았다.

"알맞게 칼집을 안내고 구우면 폭발해서 눈깔이 먼다"고 할머니는 성화를 댔다. 그런데도 내 남동생은 한술 더 떠서 계란을 구워먹는데 선수가 됐다.

계란을 알둥지에서 훔쳐다가 실로 열십자를 맨 다음 종이에 싸서 화롯불에 묻으면 종이도 타지 않고 잘 익는다. 때문에 안방 화로는 치장은커녕 불마저도 배겨나지 못했다.

할머니는 어머니를 나무랐다. 모두가 보고 배운 것이 없어 화롯불 한 가지도 건사하지 못하는 것이라고 아이들 단속도 허술하다고 탄식했다. 어머니는 어머니대로 구시렁거렸다. 노인의 지나친 기우가 집안에 화근덩어리라고 탓했다. 이럴 때, 할머니는 당신의 살아온 내력을 나에게 되풀이 되풀이 이야기해주곤 했다. 나는 할머니의 그 살아있는 역사를 새벽잠 속에서 경을 읽듯이 되풀이되는 이야기들이지만 싫지 않았다. 그리고 나는 당신이야 말로 우리 가문에 위대한 개척자요 그리고 선각자이신 훌륭한 분이라고 확신하고 있었다.

― 내가 시집왔을 때, 살림살이는 형편없었지. 놋그릇이라구는

담뱃재떨이 하나뿐이었으니까. 너의 할아버지는 어쨌는 줄 아니, 큰집 상청에만 가서 엎드려 있어 삼년상 날 때가 되니까 도포자락이 사시털이 되게 피어서 아랫도리는 다 해어져 떨어져 나가고 등판만 덮게 됐단다. 내가 적적하게 지낸 일은 그만두고라도 돌쇠를 시켜 검정 베자루에다 시골서 용정해 온 현미 서 말을 한 달 식량으로 날라다 주는 것이 고작이었단다. 처음에는 목구멍이 포도청이라 어쩔 수 없어서 그 현미 서 말을 받아 연명하게 됐는데 이건 양반집에 시집왔다고 호강은커녕 가난살이가 말이 아니었었다. 물조차 사먹어야 하는 형편이니 푼푼한 것이라고는 아무것도 없었다. 큰집에는 삼천 석을 바라보는 부자니까 노비가 득실거렸고 찬광에는 반찬이 그들먹하게 쌓여 있었지. 암치며 가조기 갖가지 마른 반찬하며 서산 어리굴젓과 갖가지 젓갈류, 강정하며 서산에서 배로 실어 날라 치쌓였는데 난 북어 꼬리 하나 구경 못하구 살자니 어찌 여자 마음에 부애가 치밀지 않았겠니. 네 할애비는 본래 욕심이 없고 주변머리조차 없는데다가 성미마저 고약스러운데가 있어서 내가 그것을 뜯어고치느라고 여러모로 꾀를 썼단다.

한번은 무슨 일 때문에 다퉜는데 방안에서 세수를 하다가 홧김에 세수하던 물을 방바닥에 태질을 치길래 나는 모르는 척하고 부엌에 나가버렸다. 그랬더니 한참 있다가 들어가 보니까 끙끙대면서 손수 방바닥에 쏟아놓은 물을 훔쳐낸 뒤 그 후 그런 짓을 안터라.

사람이 의심이 많고 잣딴데가 있어서 쌀뒤주에 자물통을 채워놓고 열쇠구멍에다 창호지를 바르고 다니길래 그런 뒤부터 밥을 안 했지. 나야 행랑아범시켜 장국밥 한 그릇 사다 먹으면 그만이었으니까. 할머니는 할아버지를 길들여온 이야기를 하면서 '네 어미는

어째 서방 하나를 구슬리지 못해 집안을 이 꼴로 만드는지 알다가
도 모르겠다.'

할머니는 이렇게 탄식하곤 했다.

나는 할머니로부터 들은 이야기를 어머니에게 가끔 옮기면서

"그러니까 엄마두 할머니처럼 아버지를 휘어잡아 봐."

라고 일러주면 어머니는 화를 내면서 펄펄 뛰었다.

"할아버지하고 네 애비하고는 얼토당토 않다. 쌀뒤주 채워놨기
로 밥 안 해 놨으면 들어와서 아예 도끼로 쌀뒤주를 빠개 놓았을
게다." 하긴 내 어린 생각으로도 할아버지와 아버지는 달랐다.

그때 나는 생각했단다. 아니꼬운 꼴을 보고 이 고생을 하면서 살
바엔 차라리 멀리 떨어져 어디 시골로 내려가 물 흔하고 땔나무 흔
하게 살아보겠다는 결심을 했지. 하루는 돌쇠가 그 검정 베자루에
다 현미 서 말을 또 지고 왔길래 그것을 퇴했다. 그랬더니 저녁때,
돌쇠는 좀 더 큰 자루에다 너더댓 말은 실히 되게 지고 왔길래 내
가 호령을 해서 쫓았다.

"내가 쌀이 적어서 퇴한게 아니고 그 쌀 아니라도 살 수 있겠으
니 냉큼 도로 지고 가거라."

그날 저녁 네 할애비가 등허리만 덮은 중단자락을 흐느적거리면
서 돌아왔더구나. 중단 소매 속에서 상망에 썼던 배 하나를 꺼내
숙인네 큰고모를 주길래 나는 그것을 빼앗아 앞마당 수챗구멍에
내동이쳤다.

"네 이년, 배 하나 못 먹어 죽지 않는다. 이젠 큰집 것은 쌀 한 톨
도 입에 넣지 마라."

하니까 숙인이는 겁에 질려 울지도 못하고 네 할애비는

"에잇 참 고얀 것 다 보겠다. 아버지 상망에 쓴 음식을 수챗구멍에 버리다니……"

혀를 끌끌 차면서 수챗가로 가서 중단 소매를 걷어붙이고 배를 찾더라. 내가 미워서 한마디 더 했다.

"어서 큰집에 가서 된장독에 풋고추 배기듯 푹 배기구려. 제청 앞에만 앉아있으면 죽은 당신 아버지 혼신이 절로 먹여살려줄 테니."

이렇게 핀잔을 주었더니 네 할애비는 암말 못하고 시궁창에서 건진 배를 물에 휑구어 어기적어기적 씹으면서 큰집으로 돌아갔다.

그 뒤로 나는 삯바느질을 했다.

아직 재봉틀이 없었던 때라 당황나 깨끼두루마기 하나 손으로 박아 지어주면 십 전을 받았느니라. 쌀 한 말에 삼 전하던 때였으니까 돈 십 전은 제법 돈 구실을 했다. 익은이 장수가 삶은 고기를 팔러다닐 때 일 전어치만 사도 다 먹을 수가 없었다.

할머니는 그때, 바느질품을 팔던 때를 회상하면서 당대에 풍성했던 물자를 매우 아쉬워하고 있었다.

때마침 친정 오라버니가 배다리에서 밥장사를 하다가 빚을 안어 내가 결단을 내렸다. 내가 오라버니의 빚을 갚아주고 그 집을 사기로 했단다. 그 집은 재목이 좋을 뿐더러 와룡으로 격식을 갖춰서 지은 기와집이니까 후일 그 집을 헐어다가 물 좋은 곳을 찾아 옮겨 지을 심산을 했지. 이렇게 결정을 내려놓고 너의 할애비를 꾀었거든.

"내 이 초가집 속에 들어앉아 이대로 살 수 없으니 어디 살만한 곳을 찾아 옮겨 앉아 보도록 합시다."

했더니 처음에는 펄쩍 뛰더라. 그래서 나는 울림짱을 놓았다. 나는 친정 오라버니 빚을 갚아줘야 하기 때문에 일본 사람한테 팔려가는 도리밖에 별수가 없을 것이라고 부러 울며 말했다. 그랬더니 마지못해 승낙하더구나. 남산골 집은 북향으로 앉은 데다가 옛날 포도청 자리가 돼놔서 집터가 세다는 이유로 어디 팔려야지. 하루는 친구가 찾아왔길래 집을 내놨는데 안 팔린다고 걱정을 했더니 그 친구가 방법을 가르쳐줬어. 집주릅이 막 다녀간 뒤 상기둥에다가 입었던 치마를 벗어 입혀놓았더니 집이 그 길로 팔리지 않았겠니. 집 판 돈 절반으로 오라버니 빚을 갚아주고 절반은 네 할애비한테 맡기면서 어디 집터로 좋은데 나서면 배다리의 친정집을 헐어다가 지을 것이니까 이 돈일랑 잘 맡아 두었다가 그때 내달라고 했지. 그리고 나는 교꾼 하나를 얻어 농짝 하나에다 밥그릇과 수저만 찔러 넣고 숙인을 데리고 배다리 친정집으로 겨울을 나러 떠났다. 그렇게 어렵게 살았어도 살림살이는 꽤 짭짤하게 장만했었다. 장독살림이랑 그 밖의 것들은 큰집으로 가져가도록 기별했더니 평상시에는 코빼기도 얼씬 않던 큰 종, 새끼 종들이 늘어서 반질반질 손때 묻은 그릇을 지고 가더라.

"그때가 할머니 몇 살이였지."

"스물두 살."

나는 (아홉 살 때) 할머니의 스물두 살 분홍 두루마기를 입은 모습을 곧잘 떠올리곤 했다.

늦가을 해는 아직 뜨거웠다.

거문들을 빠져나와 한강을 끼고 동직이 모퉁이를 돌아서면서 나는 그때 눈물이 하염없이 흘렀다. 세상의 부귀영화란 모두 뜬구름

같다는 비감한 생각이 나를 눈물나게 했다. 중매쟁이 말대로라면 네 할애비한테 혼인만 하게 되면 호강을 할 것이라는 말은 고사하고라도 양반집에 시집왔으나 앞으로 살아갈 일을 생각하니 눈앞이 깜깜했다.

나는 교꾼에게 잠깐 쉬어갈 것을 청한 뒤 발을 걷고 바깥을 내다보았다. 한강은 비수처럼 푸른 물줄기를 뒤틀면서 조용히 흐르고 있었다.

뒤로는 첩첩 산, 관악산은 아름드리나무가 울울창창한 숲속에서는 금시라도 호랑이가 뛰어나올 것만 같은 어둑어둑한 숲, '여자 팔자 호박넝쿨 같아서 넝쿨 얹어주는대로 뻗는다는데' 내 그때 소견으로도 남편만 믿고 살았다가는 평생 가난을 면치 못하리라는 생각을 하고 일을 저질렀는데 앞으로 살아갈 일이 내 앞을 가로막은 태산준령만큼이나 험난한 일을 내다봤다.

이때 사린교 앞을 지나가는 낯익은 사람이 있었다.

"최 생원 좀 쉬어가구료."

나는 반가운 마음으로 손짓해 최 생원을 불렀다. 최 생원은 두리번거리다가 날 알아보고 왕골망태기를 벗어놓고 달려왔다.

"아니 마님께서 웬일이십니까. 마님댁 감도 따로 한 접 지고 가는뎁쇼."

"시골로 살러가는 길이라오. 감일랑은 모두 큰댁에 드리구료. 그런데 내 부탁 한 가지가 있는데 생원 사는 동네 어디 물 좋은데 있으면 집터 하나를 물색해주구료."

"그야 어렵지 않죠만, 왜 좋은 서울을 마다하시고 두메로 오실려고 합니까. 하긴 한 군데 있긴 합니다만…… 물이야 썩 좋고 흔합죠."

"조상 묘 근처에서 사는 게 좋지 않겠소. 내 섭섭지 않게 해줄 테니 흥정 좀 해보구료. 조용하구 물 좋으면 그만이오."

"그거야 다들 명당자리라구들 합죠. 집이 한 채 있기는 하지만 오막살이라 어디 마님이 그런데서야 사실 수 있겠습니까."

"집은 내가 지을 생각이요. 지금 배다리에 헌 기와집을 사놓은 게 있는데 그것을 헐어다 지을 것이요. 자 그럼 해가 기울겠으니 어서 가보시오."

나는 배다리 집을 일러주고 묘지기 최 생원을 보낸 뒤 사린교를 배다리 친정집께로 몰았다.

그 이듬해 봄 새 집을 지어 3월에 나는 덕장굴로 이사했다. 우선에 기거할 방 하나만이라도 지레 꾸며놓기를 당부해 두었는데 막상 와서 보니 겨우 구들을 놓고 황토만 쳐놓고 있었다. 나는 툭툭 터진 토방에 지직을 깔고 그날 밤을 보냈다.

개구리가 유난스레 우는 밤이었다.

최 생원 말대로 물 좋고 조용하기로는 더 이를 데 없는 곳이었다. 인가가 멀어 좀 외떨어지긴 했어도 사람들이 오고 가는 마을 복판보다는 한갓져서 좋았다.

산을 등지고 있어서 집 앞뒤로 노적봉을 여럿 안고 있었다. 문전옥답이 즐비하게 내리깔려 있었고 3월이라 논바닥에는 물이 질번질번했다.

이사 온 다음날로 사람 하나를 얻어서 떡방아를 빻아 네 쪽짜리 시루에다 떡을 쪘다. 앞마당가에 큰 검정 바위가 두꺼비처럼 엎드려 있었다. 나는 이 검정 바위를 성주로 모시고 떡시루를 떼어다 놓고 빌었다. 제일 먼저 소원한 것은 부디 문전옥답이 우리 것이 되게 해주십시오. 그리고 아들 낳게 해 주십사고 빌었다. 집안에 먹을 것이라곤 무명 자루에 담은 쌀 너댓 말이 전부였다.

　그해 봄은 산나물로 살았다.
　아름드리나무들이 빽빽이 들이찬 무잿봉 그늘진 곳에서 자란 산채는 살찌고 연해서 기름을 치지 않고서도 부드럽고 미끄러웠다. 집언저리에 따비밭을 일구고 씨앗을 얻어다가 파묻었다.
　봄보리를 갈고 서숙과 수수를 노가리로 뿌리고 집 앞에는 푸성귀도 붙였다. 땅은 걸어서 거름을 하지 않아도 곡식들이 쓰러지게 됐다. 봄에 삭막했을 때와는 달리 가을에는 풍성함을 안겨주었다. 처음 짓는 농사지만 먹서리가 그득하도록 낟알을 거둬들였고 뒷동산 아름드리 밤나무 밑에는 알밤이 조약돌처럼 나뒹굴었다. 밤나무 한 그루만 털어도 밤송가리는 작은 짚데미만 했다. 밤송이를 넉가래로 끌어 담았다.
　할머니는 이 대목에 이르면 바느질손을 놓고 비감해진다.
　— 어찌 네 애비는 날 닮지 않았는지 모르겠다. 남의 빚 무서워해야 하는 법인데 빚을 겁내지 않다니, 내가 이 재산을 일구고 남혼여가 치룰 때는 나도 빚을 얻어 썼다. 그러나 빚이란 쓸 때 마음하고 갚을 때 마음하고 똑같아야 하는 법인데, 동네에서 논밭 내놓은 것을 알면 내가 네 할애비를 졸랐다.
　"서울 셩님댁에 가서 빚을 얻어오시요. 셩님이 천석꾼인데 아우에게 재산을 분배해줄 수도 있는 일인데 그것은 관두고라도 변리

없이 돈이나 좀 취해 주시오. 꼭 갚아드리리다 하우."

내가 이렇게 이르면 네 할애비 고지식한 구석은 있어 형님한테 가서 돈 말을 꺼내봤다하면 기어코 받아 가지고서야 돌아오곤 했다.

나는 그렇게 얻어온 돈으로 땅을 사면 그 이듬해 농사지어 나락을 몽땅 돈 사 큰집 돈을 축내지 않고 반드시 갚곤 했다.

나는 네 할애비가 큰집에 갔을 때 찬밥 한 대접만 있으면 조석을 하지 않았다. 네 큰고모는 배고프게 자랐다. 그래도 다소곳했지. 너희들처럼 밥달라고 악다구니를 떨지 않았다. 어디 그뿐이었더냐. 서울서 돈을 얻어온 그날부터 갚는 날까지 네 할애비의 불같은 성화란 감당하기 힘들었다. 바깥 사랑에서 자다가 밤에는 두세차례 안방 미닫이를 득 열고

"이 끌 방망이로 머리를 터칠 년아, 셩님이 그러셨는데 빚지면 못산다고 그랬어."

나는 미닫이 소리만 나면 아이구 또 성화구나 하면서 진저리를 쳤다. 나는 견디다 못해서

"정 못 갚으면 땅을 도로 팔아서 내주면 되지 뭘 그리 성화슈. 그 돈 땅에 묻어놨지. 어디루 달아났을까봐 야단이슈."

나는 핀잔을 주어 사랑으로 내쫓았지만 그 밤엔 잠 못 잤다. 빚진 죄인이란 말이 있다. 빚을 진 사람의 마음이 편할 리 만무하다. 그러나 일 년 농사지어 가을에 타작을 해보면 어느 해에는 나락 판 돈이 땅값을 치루고도 서너 섬 떨어질 때도 있었다. 그런데 좀 살 만하니까 도둑 떼가 끓기 시작했다.

나는 도둑놈 이야기가 나오는 대목이 제일 재미있었다.

— 도적 떼들은 미리 염탐을 했다. 그 아무개네 기와집은 사랑에서 서울가 있을 때가 많다고 미리 알고 샌님이 안 계신 야밤에 들이닥치곤 했다. 그때만 해도 아이들이 어려서 집은 컸지만 식구는 많지 않아서 무척 적적했다. 작은 사랑채에 묘지기 최 생원이 살고 있었는데 샌님이 없을 때는 그 최 생원댁을 데리고 안방에서 같이 지냈다. 그때나 이때나 난 저녁밥 늦는 게 딱 질색이다. 나는 일찌감치 저녁밥을 해 있을 때 먹고 치우니까 일찍 잔다.

한식경은 됐을까. 한밤중에 누가 대문을 요란하게 흔들더구나. 도적이 담을 뛰어넘어서 들어오는 게 아니라 의젓하게

"애, 이리 오너라."

부르더라. 처음에는 이불을 뒤집어쓰고 벌벌 떨었느니라. 그러나 도리 없지 않냐. 도적이 마음먹고 달라들었는데 그냥 물러갈 리는 만무할 것이고 난 마음을 다부지게 먹었다.

"제 놈들도 사람인데 제 뜻을 거슬리지 않으면 설마 사람을 해치기야 할라구."

이런 생각을 했다. 그래서 나는 최 생원댁을 깨워 옷을 챙겨 입고 관솔불을 댕겨가지고 나가서 대문을 열어주었다.

도적은 검정 수건으로 복면을 했는데 날 보자

"헤헤, 계집년이 당돌하군, 사랑에서는 어딜 갔길래 계집이 대문을 여느냐." 했다. 나는 시침을 뚝 떼고

"샌님께서는 서울 가셔서 아직 돌아오시지 아니했는데 어인 손님들이시오. 이 야심한 밤에."

내가 깍듯이 대하니까 도적들은 들은 척도 않고 우르르 안방으로

짚신 신은 발로 몰려 들어왔다. 내 방안에 들어와 보니까 벌써 농문을 열어놓고 된장질을 하더구나. 나는 자진해서 손가락에 끼었던 옥가락지와 옥비녀를 빼 놓았다.

"약소하지만 이것이라도 거두시오."

하니까 도적들은

"헤헤헤, 겨우 고거야. 돈을 내놓으란 말야. 네 집에 돈 많다는 소문이 자자하던데."

도적의 말이 떨어지기 무섭게 내가 대꾸했다.

"돈을 집안에 놔둘 턱있소. 돈은 하루라도 남을 빌려주면 변리가 붙는 법인데 아무리 찾아봐야 돈을 찾아내지 못할 것이오. 다음날 다시 오시오. 그러면 그때 내 마련해 놓으리다."

도적이 약이 올랐던지

"저년을 냉큼 묶어라."

하더구나. 한 녀석이 내 앞으로 다가서더니 꽁무니에 찼던 오랏줄을 끌렀다. 나는 그놈들의 손이 내 몸에 닿을 것을 생각하니 진저리가 쳐져서 간청을 했다.

"제발 집안에 있는 것을 무엇이던지 다 내 줄 것이니 날 결박만은 말아주오." 했다.

"냉큼 돈을 내놓으란 말이다."

"정말로 지금은 없습니다."

"예잇 요상한 것. 우리가 네년 꾐에 넘어갈 줄 알고."

하더니 최 생원 마누라와 나를 꽁꽁 묶어 이불을 덮어 씌워놓고 꿈쩍하면 방망이로 찜질을 할 것이라고 호통을 치더구나. 농 속을 샅샅이 뒤져보아도 돈은 한 냥도 나오지 않았다. 도적이 씌워 논

이불을 젖히더니

"그럼 네 말대로 다음에 오겠다. 아니 올 것까진 없고 네가 가지고 나오너라. 오는 그믐날 밤, 울알산 빗돌 앞까지 스무 냥 가져오너라. 만약에 소문을 낸다던지 돈을 안 해올 때에는 너의 집에 불을 지르겠다."

나는 꼭 그렇게 하마하고 도적을 달래서 보냈다.

"지금 작은 사랑에는 마을 장정들이 밤 이슥하도록 가마니를 치다가 한잠 든 모양이니 그들이 눈치채지 않게 어서들 돌아가시오."

했더니 도적이 꽁무니를 빼더라.

그믐날 밤이 돌아왔다.

나는 도적과 약속한 대로 돈을 장만했는데 열 냥만 가지고 갔다. 최 생원 아들 수만이를 앞세우고 울알산 빗돌을 찾아갔다.

칠흑 같이 캄캄한 밤중에 관솔불을 댕겨들고 동구 밖에서 오 리쯤 떨어진 빗돌까지는 꽤나 먼 길이었다. 빗돌은 삼발래 길목에 있었느니라. 청계골에서 한잿골을 씻어 내린 물과 관교산 골짜기로부터 학현을 훔쳐 내린 물 그리고 능안에서 오매기 골짜기를 씻으면서 흘러내린 세 곳의 물이 한데 어울리는 곳이다. 이곳은 물살이 소용돌이 쳤으나 안개 자욱한 날에 용이 하늘로 오르다가 도가 모자라 그만 물속으로 떨어졌다는 전설이 있느니라.

여름철이면 나는 그 삼발래 개울에 자주 가 본다. 세 곳의 물이 합쳐 개울은 깊고 소용돌이가 심해 애들은 그곳에서 미역을 감지 못했다. 그곳은 길이 넘는 깊은 물이었는데 어른들은 아이들의 익사사고를 막느라고 그곳에는 물귀신이 산다느니 또 용의 전설을

들먹이면서 그곳에 이무기가 살고 있다고 겁주었다. 그 삼발래 물
은 여느 개울물보다 달랐다. 길이 넘는 깊은 물은 우선 그 색깔부
터 번득이는 초록색이었으므로 여름날 한창 쨍쨍한 땡볕 속에서는
무수한 인광을 번득이고 있어서 정말 무서웠다. 어른들은 아이들
이 그곳에 가는 것을 절대로 금지시켰다. 그러면서도 어른들은 복
날이 되면 그 삼발래에서 천렵을 즐겼고 어른들은 길이 넘는 물속
에서 발가벗고 물장구를 치면서 미역을 감았다.

아이들은 개울가 억새밭에 몸을 숨기고 엎드려서 어른들의 장난
치는 그 해괴한 모습을 바라보면서 침을 삼키곤 했다.

그 울알산 밑 삼발래 물이 흐르는 곳에 용의 머리를 한 검정 바위
가 물속에 잠겨 있었다. 마을 사람들은 그 바위가 물속에서 오랫동
안 살았던 도통한 구렁이가 용으로 변신해 어떤 안개 긴 날 하늘로
오르려고 했는데 꼬리가 뱀에서 벗어나지 못해 그만 물속으로 도
로 빠져버려 바위가 용이 된 것이라고 했다. 그리고 언제부터인가
그 용이 머리를 둔 삼거리 길 한옆에 돌비석이 서 있었다. 언제 누
가 세웠는지 확실하지 않으나 그 빗돌이 하늘로 승천하지 못한 용
의 영혼을 위로하는 비문이 새겨 있다는 것쯤으로 알고 있었다.

빗돌 앞에 와서 멈춘 나는 가볍게 기침을 세 번했다. 그믐밤이라
달도 없었다. 사방은 검은 장막을 두른 것처럼 어두웠고 울알산에
서는 처녀 죽은 귀신이 새가 됐다는 구구새가 군호를 보내듯 '구구
구구' 울어댔다.

아무 기척이 없더구나. 나는 목소리를 다듬어서

"얘야, 얘야, 아무도 없나보다 돌아가자."

불머리를 돌려 다시 동구 앞으로 십여 보를 옮겨놓으니까 갑자기 등 뒤에서

"게 섰거라."

하질 않겠냐. 나는 들고 있던 관솔불을 땅에 떨어뜨릴 뻔했다. 어찌나 무섭고 놀랍던지 다리에 힘이 쭉 빠져 정강이가 후들후들 떨렸다.

"네가 뒤에 사람을 딸려 보냈나 알아보느라고 일부러 그랬다. 해 온 돈을 내놔라."

빗돌 뒤에서 한 놈이 펄쩍 뛰어나오더니 손을 내밀었다.

"자 예 있소."

나는 허리춤에서 수건에 싼 돈 꾸러미를 꺼내 도적에게 내밀었다.

"좋다. 그런데 약속을 어기었어. 나머지 열 냥을 마저 해오너라. 모레까지 안 해오면 그때가선 집을 불지를 것이고 네 집 식구들도 죽여버릴 게다."

나는 식구들을 죽여버린다는 말에 눈앞이 캄캄했다. 그러나 내색 않고 말했다.

"그건 힘들 것이오. 이 돈도 빚을 내온 것이오. 어디서 갑죄 그 많은 돈을 이틀 안에 장만할 수 있겠소. 전답을 팔아서라도 바칠 생각이니 그렇게 급하게 서둘지 말고 말미를 주시오."

말은 천연덕스럽게 했지만 몸은 부들부들 떨렸다. 내 손에 들린 관솔불이 덩달아서 펄럭펄럭거렸다.

"그럼 열흘만 기한을 주마. 열흘 뒤에 이곳으로 꼭 해오너라."

도적이 용머리께로 자취를 감추자 나는 걸음아 나 살려라 집으로

왔다. 제아무리 담찬 나라고 하더라도 참 무서웠다.

그날 밤을 뜬눈으로 밤을 새우고 이튿날 새벽에 사람을 서울로 보내 샌님을 모셔오게 했는데 글쎄 네 할아비 도적 이야기를 듣더니 되려

"거 봐라. 계집년이 방정을 떨고 벽촌으로 들어오더니 도적놈 소굴에서 살게 됐구나. 꼼짝없이 맞아 죽던지 불타 죽게 됐으니 네가 저지른 일 네가 알아서 처리하거라."

이렇게 네 할애비는 날 핀잔주었다.

그리고 오던 말으로 다시 버선을 허리춤에 차고 서울 형님 댁으로 줄행랑을 쳤다.

나는 밤만되면 꼭 저승으로 끌려가는 것만큼 무섭고 싫었다. 도적이 다녀간 뒤로는 내가 사는 집인데도 꼭 도깨비 집처럼 찬바람이 돌고 등골이 오싹오싹한데 참 못 배길 노릇이더라.

옆집 정씨 집에 가서 다 자보았다. 그러나 하루 이틀이지 밤마다 남의 집 신세를 지을 수도 없는 일이고 나는 생각 다 못해 과천 읍내로 나가서 빈집 하나를 얻어서 우선 임시로 몸만 빠져나와 살아보았다. 그러나 나는 그 샘물 생각이 나서 못살겠더라. 산중귀물인 우리집 우물이 이 세상에서 그렇게 맑고 시원한 물은 없느니라. 내술 잘 담근다고 솜씨 자랑을 하지만 그것은 솜씨가 아니라 물맛 때문이라는 것을 나는 잘 알고 있다. 그럭저럭 겨울을 지내고 봄이 되니까 살던 고장 생각이 더욱 간절했다.

그래서 나는 용단을 내렸다. 다시 덕장골로 가서 살기로 작정했다. 과천에서 조선 순사 세 명을 청해다가 건너방에 묵히면서 매일 닭을 잡아 대접을 후하게 하면서 도적이 다시 찾아오기를 기다렸

다. 이런저런 눈치를 챘던지 그 후론 도적이 다시 나타나지 않았다.

할머니는 바느질감을 내려놓고 화롯불을 도닥거렸다.

불 부삽으로 재를 그러모으는 할머니의 손은 갈색으로 거무튀튀했다. 하나 그 손은 할머니가 살아온 만큼 거칠고 그리고 억세었다. 그러나 할머니는 그 손으로 못하는 일이 없었다. 음식이며 바느질 솜씨며 또한 할머니의 그 규모는 세상 아무도 따를 수 없을 만큼 놀라웠다. 그래서 할머니의 손그릇에는 언제나 보화가 가득찬 느낌이 들었다. 모든 사람들이 쓸잘 것 없다고 내버리는 물건도 할머니 손에 들어가면 빛이 나고 윤이 났으며 아주 값진 물건처럼 변화되는 일은 무슨 까닭일까. 아홉 살 때 나는 한없이 신비한 눈으로 할머니의 손길을 어루만졌다.

그때 할머니는 칠순을 넘는 그런 나이었다. 그러나 할머니는 늙지 않았으니 결코 늙지 않는다는 신념이 확고했다. 그래서 할머니가 늙어서 저세상으로 떠나리라는 생각은 아무도 하지 않았다.

할머니는 한숨을 쉬면서 이렇게 또 말했다.

"난 이렇게 해서 살림을 일구고 지켜왔는데 어찌 네 에미는 다 일궈놓은 살림 하나도 지키지 못하는지 모르겠다."

"그건 아버지 때문이지 뭐."

나는 아버지를 탓했다. 그러나 할머니는 들은 척 않고

"어찌 서방 하나도 바르게 휘어잡지 못하느냐 말이다."

"아버지가 누구 말 듣는 사람이유."

"하긴 그렇다. 난 네 애비 등 한 번 밀어보지 않고 키웠다. 그래. 그저 명줄만 길라고 해라."

할머니는 다시 바느질감을 집어 들었다.

"난 눈이 어두워 잘 보이지 않지만 짐작으로 꿰맨다."

그런데도 할머니 손 박음질은 무척 곱고 반듯했다.

5

음력으로 섣달그믐께가 되면 집집마다 가래떡을 한다. 일제 말기 식량난으로 차례도 매해 차례답게 지내보지 못했기 때문에 해방을 맞자 마을 사람들은 비로소 마음 놓고 명절을 지냈다. 전 같으면 양력으로 명절을 지내라고 면서기가 호통을 치는 바람에 그 추운 동짓달에 명절을 지냈다. 그러나 이제는 달랐다. 그 누구가 그렇게 하자고 한 것도 아니었음에도 불구하고 마을 사람들은 저마다 신바람이 나서 음력으로 명절을 지냈다. 더욱 더 신명나는 일은 그 누구의 눈치를 살필 것 없이 내 주장대로 해먹을 수 있는 것이 해방이 가져온 참 의미라고 마을 사람들은 생각했다. 식구가 많고 형세가 넉넉한 집은 떡쌀을 대두 한 말, 그만 못한 집에서는 그보다 적게 떡을 했다. 우리집은 마을에서 제일 많이 했다. 정초에 떡국 잔치를 벌이자면 적게 해서 모자라는 날에는 아버지의 불벼락이 무섭기도 해서였다. 왕자배기 두 개에다 떡쌀을 그들먹하게 담그면서 어머니가 구시렁거렸다.

"사람 성가시게스리 무슨 놈의 흰떡을 닷 말씩이나 하누."

그러나 나는 그 누구네 집보다 가래떡을 제일 많이 한다는 것이 기분 좋았다. 떡쌀이 만 가마나 되니까 떡방아는 큰 일꾼 작은 일꾼 둘이서 빻고 할머니는 옆에서 멍석을 펴놓고 앉아 체질을 했다. 어머니는 그들의 뒷시중을 드느라고 종종걸음쳤다. 네 쪽짜리 대시루를 광에서 찾아내오고 그것을 씻어서 엎어 놓고 시루 방석이며 시룻밑을 챙겨놓고 떡만드는데 필요한 도구들을 모조리 찾아다가 씻어 놓았다.

나는 옥이네로 떡메를 빌리러 갔다. 집에는 메가 하나밖에 없어서다. 옥이네는 잠잠했다.

"떡메 빌리러 왔다. 너네 집은 떡 안 하니?"

내가 옥이에게 묻자

"우리는 한잿골 떡방앗간에 가서 해오기로 했다. 그 방앗간에는 기계를 새로 들여놨는데 떡이 아주 미끈하게 뽑아진데. 기계떡이 더 질기고 맛있다던데."

옥이가 자랑했다.

"우리집은 할머니 살아생전에는 집에서 할꺼라구 그랬다. 우리 할머니는 기계떡은 고무줄 씹는 것 같아 나쁘다고 했어."

"얘. 이상하다. 떡은 다 같은 쌀로 빚는 가래떡인데 왜 맛이 있네 없네 하는 걸까."

옥이가 머리를 갸우뚱거리면서 믿어지지 않는다는 듯이 말했다.

나는 집에 돌아와서 옥이가 한 말을 그대로 어머니에게 전했다. 어머니는 안반과 떡메를 행주질 치면서 중얼거렸다.

"이 집 식구들은 일 만들 궁리만 한다니까. 지겨워라."

바로 이때였다. 왼쪽 손바닥으로 체의 전덕구니를 탁탁 치면서 체질을 하던 할머니가 나와 어머니의 심증 따위는 헤아리지 않고 명령했다.

"어멈아. 시룻번 부치고 불지펴라."

할머니의 목소리는 힘이 있었다.

"아이구 깜짝이야. 노인이 목소리만 들어두 백 살은 사실거야."

어머니는 좀 더 화가 나서 일했다. 네 쪽짜리 대시루는 안방 큰 가마솥에 얹었다. 어머니는 시룻번을 개려고 할머니에게로 갔다. 할머니는 어머니가 들고 서 있는 양푼을 보고 눈쌀을 찌푸렸다.

"아니 너는 시룻번을 개는데 양푼씩이나 들고 왔냐."

"부치다 모자라면 어쩌게요. 아예 손에 묻힌 김에 넉넉하게 개놓아야지 시룻번을 부치다가 모자라면 딸이 시집가서 못 산데요."

할머니가 입술을 씰룩거렸다. 그리고 할머니는 체질을 하고 남은 무거리를 양푼에 쏟아부었다. 어머니는 떡가루치고 남은 무거리를 물 맞추어 반죽했다. 그리고 그것을 두 손바닥으로 비벼서 길게 길게 말아냈다. 그러면서 어머니는 또 혼잣말을 했다.

"시룻번을 곱게 부쳐야 예쁜 며느리를 얻는다고 했는데."

어머니는 길게 말아낸 반죽으로 떡시루 가마솥의 뜬 부분을 곱게 발라 나갔다. 그리고 나서 떡가루를 퍼담아다가 시루에 앉혔다. 또 어머니는 헛간으로 가서 마른 장작을 안아다가 불을 지폈다. 잘 마른 참나무 장작은 오늘같은 날 쓰려고 비켜 놔둔 것이다. 참나무 장작은 불꽃이 좋았다. 푸른 안광을 뿜어내면서 방고래 속으로 꼬드랗게 잘 타들어 갔다. 장작불 타는 소리가 탁탁 튕기면서 집안 가득 활기를 불어넣어 준다. 가마솥의 물이 설설 끓었고 아궁이 가득 숯불이 이글거린다. 부엌 가득 찜통 속처럼 김이 서리고 그리고 이때부터 더 부산해진다.

일꾼들은 떡치는 일이 힘드니까 미리 막걸리로 초벌 배를 채우고 힘을 돋운다. 할머니는 이때만큼은 일꾼들에게 술을 손수 권하면서 부드럽게 말했다.

"내 오늘 임자들 주려고 진국으로 걸러 둔 술이라네. 어떤가 술맛이?"

하니까 이 서방이 말대답을 서슴지 않고 했다.

"그야, 마님 솜씨가 여부가 있겠습니까요. 카―악."

"이건 진짜 진국이라네, 군물이 한 사발도 안 들어갔다네."

"어쩐지 입속에 착착 붙는 게 두 사람이 먹다가 한 사람이 죽어도 모르겠는뎁쇼."

이 서방은 너털웃음을 껄껄 웃으면서 수염을 쓰다듬어가면서 카악 소리를 연신 냈다.

"자아, 이제 그만들 쉬고 힘냄세. 어멈아, 떡밥에 뜸 다 들었는가 부다. 떡밥 내놔라."

"네에―."

어머니는 대답했지만 아궁이 가득한 숯불을 끌어담기에 정신이 없었다. 나무 고무래로 방고래 안창까지 이글거리는 숯불로 뜬숯을 만들어 놔야 한다. 참나무 장작불은 뜬숯도 실해 화롯불에 두서너 덩이 묻어두면 바느질할 때나 다리미질할 때 요긴하게 쓰인다면서 내가 곁에서서 구경하고 있으니까.

"비켜라 비켜. 불멀미 난다. 넌 뒤꼍에 가서 왕소금 한 움큼 집어다 예다 뿌리렴."

어머니의 다급한 목소리가 나를 급하게 몰았다. 나는 굴뚝 모퉁이에 세워놓은 소금 항아리로 가서 왕소금을 움켜다가 어머니가 시키는 대로 했다. 벌건 참나무 숯불 위로 왕소금의 팔각체가 떨어지니까 불꽃은 푸른 인광을 지지거리면서 한풀 꺾였다.

어머니는 오지자배기에다 김이 무럭무럭 피어오르는 떡밥을 퍼다가 안반 위에 쏟았다. 앞마당은 삽시간에 더운 김이 무럭무럭 피어올라 바로 눈앞의 사람조차도 분간하기 어려워진다. 두 일꾼이 떡메를 들고 떡밥을 이겼다. 할머니가 안반 옆에 쪼그리고 앉아서 손을 찬물에 적셔가며 떡밥을 욱여 넣었다. 이렇게 해서 떡밥이 어우러지면 할머니가 명령했다.

"자, 이제 치세!"

떡치는 소리가 담 밖까지 들린다.

철썩철썩 된매를 맞으면서 떡밥은 늘어난다. 널브러진 떡밥을 이불 개듯 접어놓고 할머니는

"또 치게. 메를 골고루 때려야 하네." 했다.

때리고 맞고 두 일꾼은 안반 언저리를 빙빙 돌면서 어깨를 으쓱거리면서 떡메질을 했다. 조금 전에 목을 축인 진국 막걸리가 적당하게 취기를 돋우면서 떡치는 소리는 담장을 넘고 대문 밖까지 들렸다.

"메를 흠씬 맞아야 떡점이 풀솜처럼 맨질맨질하느니라."

일꾼들은 흥이 고조돼 갔다. 할머니는 떡메를 피해 가면서 익숙한 솜씨로 우김질을 했다.

"여보게들, 예전에 머슴이 떡메질을 하면서 평상시 상전에게 품었던 불만을 화풀이했다던 소리가 뭔지 알겠나?"

"뭐라고 했겠는덥쇼."

"왜 다들 흔하게 하는 소리가 있잖나. 떡을 헐! 떡을 헐!이라고 말일세. 안반을 상전의 볼기살이라고 생각했던 게야."

"하하, 참, 그 소리 듣구보니 새겨들을수록 그럴듯한 말인뎁쇼. 그러나 우린 지금 흥이 나는 뎁쇼. 그게 다 진국 막걸리 탓인 것 같습니다요. 어디 그것 또 남아 있습니까, 마님."

"암, 있고 말고, 내 오늘 그 진국을 실컷 마시도록 할 터이니, 이 봐요, 약주가 과하면 술이 술을 먹게 되는 뱁이니 내 이따 떡 다 친 다음에 내줌세."

메질이 끝나면 할머니와 큰고모 그리고 어머니가 안반으로 달려들어 가래떡을 만들었다. 떡밥을 알맞은 크기로 떼어다가 안반 위에 부벼서 실떡을 뽑아냈다. 큰고모 손끝에서 뽑혀나오는 가래떡은 누에가 입에서 명주실을 뽑을 때처럼 고르게 그리고 빠르게 빠져나왔다. 할머니도 그랬다. 할머니 떡은 기계 속에서 금방 빠져나온 것처럼 매끄름하고 보기 좋게 비벼 나아간다. 손끝에서 빠진 떡가래는 일정한 길이로 등분되어서 나무 함지에 담았다. 이렇게 해서 한 판 두 판 세 판을 떡을 쳤고 그리고 마지막 판에 가서는 떡살로 절편을 떴다.

큰고모는 솜씨가 매우 월등하다. 국화꽃과 완자 모양의 빗살무늬 절편을 떡살 속에서 뽑아놓으면 참기름 칠은 어머니 차지였다. 어머니와 큰고모는 소근소근거리면서 할머니를 흉보았다.

"아이구, 유난스러워. 다 뱃속에 들어가 똥되면 그뿐인데."

"지금 같은 이리 좋은 새 세상에서 옛것을 행세하느라 사람을 들볶누."

흰떡은 하루 종일 걸려서 만들었다.

네 번째로 참쌀 인절미를 빚었다. 인절미는 참쌀로 고두밥을 쪄서 안반에다 뭉개고 때려서 만들었다. 인절미는 참쌀로 만들기 때문에 메질이 더 힘들었다. 한 번 때릴 때마다 떡쌀은 거머리처럼 메에 달라붙었으므로 그것을 달래가며 때리기란 참말로 젖먹은 힘까지 용을 써야 할 만큼 힘든 작업이었다. 메를 찬물에 담가가며 메질을 하면 한결 수월한 법이었는데 그것도 할머니는 절대로 허락하지 않았다. 군물이 많이 첨가되면 인절미가 고소한 맛이 감해지고 늘어진다고 질색을 했다.

할머니는 모든 음식을 재료 선택에서부터 까다로웠으며 손수 장만했다.

기름도 집에서 손수 짰다. 가을 시향 때를 겨냥해서 기름 짜는 일부터 서서히 시작된다. 일 년분의 참기름을 짜놓고 시향에 쓸 약과를 지질 들기름을 짠다.

할머니는 약과를 지질 때마다 말했다.

"옛날 대궐 안에서는 약과 한 개가 목침 덩어리만큼 크게 지졌느니라."

하면 나는 깜짝 놀라 되물었다.

"어머나, 그 큰 목침만한 약과를 임금님이 어떻게 드셨을라구."

"얘봐라. 아니 임금님은 입이 커서 임금님인 줄 아는가베. 얘야, 약과를 목침 덩이라만큼 크게 지져 놓구, 잘 드는 칼로 보기 좋고 드시기 좋게 썰어서 썼지. 무식하게 그 큰 것을 통째로 수라상에 올려놓았을라구. 그 헌칠한 약과를 한 개 집어서 절반을 쩍 가르면 정작 입안에서 슬슬 녹았느니라. 약과는 덩어리를 크게 빚어서 넉넉한 기름에서 알맞은 불에다 잘 지져내야 빛깔도 곱고 그리고 속이 바삭바삭해야 제맛이 나느니라."

정말 할머니가 지져낸 약과는 맛있었다. 할머니는 약과 반죽을 다식판에다 박아냈다. 그래서 그 모양은 국화와 완자무늬였는데 특별히 시향에 쓰는 대감 산소에 놓을 것은 네모 반듯하고 큼직하게 두부모를 잘라놓은 것처럼 지져냈다. 이처럼 모든 음식을 정식으로 그리고 순수한 재료만을 사용해서 음식을 장만하자니 많은 물자와 그리고 품이 들었다. 그리고 전 생애를 오로지 그 일에만 바쳐야 했으므로 어머니는 그 뒷시중만으로도 안으로 밖으로 고달픈 나날의 연속이었다.

봄부터 아예 일 년 쓸 것들을 가늠해서 씨를 뿌리고 가꿨다. 그중에서 제일 힘들고 큰 일은 기름을 짜는 일이었다. 가을걷이가 끝나고 나면 아예 기름 짜는 날을 하루로 잡았다. 기름틀은 그 몸체가 컸으므로 앞마당을 온통 차지했다. 장정이 겨우 마주잡아서 들어올렸다. 부릴 수 있는 큰 돌을 십여 개 주워다 기름틀 옆에 쌓아놓고 일을 시작했다.

제일 먼저 참기름을 짜내고 두 번째로 많은 양의 들기름을 짜낸 다음 마지막으로 동백기름을 짰다.

집안에는 동백나무가 세 그루나 있었다. 봄이 되면 동백꽃이 제일 먼저 노랑꽃을 눈송이처럼 가지에 얹는다. 꽃이 지고 나면 서서히 푸른 잎이 돋곤 했는데 동백나무 잎은 손바닥만큼 넓고 부드러웠기 때문에 나는 여름철 그 잎을 따서 봉숭아를 물들일 때 쓰곤 했다. 잎이 순전하게 넓으므로 열매가 언제 얼마나 달렸는지 눈에 잘 보이지 않는다. 그러나 열매는 어느 잎 속에 숨어있다가 가을이 되면 벗찌처럼 까맣게 익는다. 열매가 까맣게 농익으면 벗찌 모양 같아 따먹고 싶은 충동을 못 참아 입에 넣어보곤 했다. 그러나 동백은 단맛은커녕 짐짐해서 구역질이 날 것 같았으나 속씨는 꽤 단단하고 컸다. 동백 따는 일은 내 차지였다. 나는 나무에 올라가서 그 열매를 손으로 하나씩 땄다. 동백은 멧방석에 잘 펴서 널어 두터운 가을 햇볕에 가으내 말려둔다. 잘 마른 동백은 검정 밥밀콩 같다. 그것을 가마솥에 들들 볶아서 기름을 짜면 진하고 향긋한 동백기름이 나온다. 이웃집 옥이네는 벌써 방물장수에게 신식 머릿기름을 사서 발랐지만 우리집에서는 할머니 때문에 동백기름을 해마다 짜야 했다.

할머니는 세상 없는 일이 있다 할지라도 새벽에 일어나서 세수를 하고 머리를 빗고 난 다음 하루의 일을 시작했다. 할머니는 항상 어두컴컴할 때 일어났다. 방안이 어두워도 등잔불을 켜지 않고 어둠 속에서도 빗질을 잘했다. 경대를 내려놓고 유지로 된 빗접을 펴 놓는다. 쪽진 머리를 풀어 얼레빗으로 가린 다음 빗치개로 가르마를 탄다. 빗치개는 끝이 뾰족하고 머리께는 반달 모양으로 동그스름하게 생겼다. 할머니는 왼손을 움크려서 동백기름이 손가락 사이로 새어 나가지 않게 조심스럽게 손바닥에 따른다. 그리고 그 긴 머리채를 앞으로 넘겨서 정수리부터 골고루 문질러 댄다. 머리채 끝부분에 이르러서는 손바닥에 묻어 있는 동백기름을 알뜰하게 그것으로 닦아냈다. 머리채를 잡고 얼레빗질을 다시 하고 난 다음, 긴 머리채를 휘어잡고 곱게 참빗질을 오래도록 했다. 할머니는 머리숱이 탐스럽다. 팔십 고령인데도 흰머리가 드문드문했다. 방바닥에 끌릴까 말까한 머리채를 거머쥐고 참빗질을 공들여서 아주 오랫동안 했다. 그리고 나서 머리채를 뒤로 넘겨서 다시 빗질을 했다. 다시 반듯하게 가르마를 타고 그리고 가르마를 사이에 두고 이마 위로 머리카락이 헝클어지지 않을 때까지 또 참빗질을 했다. 그런 다음 졸음댕기로 머리채를 뒤로 동여매고 그 위에 다시 긴 졸음댕기로 졸라매고 그 긴 끈을 무릎을 세운 오른쪽 발끝에 딛고 팽팽하게 당긴다. 그런 다음 뒷머리채를 앞으로 넘겨서 세 가닥으로 갈라 땋아 내려온다. 머리숱은 밑으로 내려올수록 가늘어진다. 할머니는 숱이 탐스럽다. 처녀 때는 머리채가 너무 길고 탐스러워서 댕기머리를 늘어뜨리기가 부끄러웠다고 했다. 그래서 항상 댕기머리를 한옆으로 질러서 어깻죽지 밑에 끼고 다녔다고 처녀적 수줍음을 자랑삼아 말했다.

나는 아직 미명의 빛이 완연하지 않은 어둑어둑한 방안에 누워서 할머니의 머리빗는 모습을 아주 유심히 오랫동안 바라보았다. 할머니는 머리를 끝까지 땋아 내린 머리채를 어깨 너머로 힘차게 던지듯 넘겼다. 그리고 다시 머리채를 손으로 감듯 서려서 감아 올려 쪽을 비집고 은비녀를 꽂았다. 맨 마지막으로 민빗으로 귀밑에 늘어진 잔머리를 빗질했다.

나의 어머니는 긴 졸음댕기 대신에 짧은 것을 사용했다. 어머니는 그 짧은 끈을 발밑까지 당기지 않고 입에 물었다. 그리고 머리를 땋아 내린 다음 자주댕기를 맸다. 댕기는 꽃무늬가 있는 보들보들한 본견 자미사 헝겊이었다. 그래서 어머니가 머리를 다 빗고 난 다음에 귀밑에서 볼을 지나 입귀까지 굵게 자국이 났다. 그 자국은 어머니 뒤꼭지에 들인 자줏빛 댕기만큼이나 진한 빛깔이어서 나는 그 자국을 볼 때마다 이상한 생각이 들었다. 그 자국은 흉터처럼 진자주 색깔이었으므로 나는 매우 걱정스러웠다. 나는 그 흉터에 대하여 걱정한 나머지 어머니에게 물은 적이 있다. 그럴 때마다 어머니는 웃으면서

"이건 흉터가 아니라 곧 지워진단다."

라고 말했다. 그리고 손잡이가 달린 작은 손거울로 뒤통수에 붙은 쪽을 요리조리 비쳐보곤 했다.

나는 체경 속에서 어머니의 흉터 난 얼굴과 자주댕기를 들여 찐 알맞게 큰 쪽과 뒤통수를 들여다봤다. 앞가르마를 타서 머리를 양옆으로 동백기름을 발라 반질반질하게 갈라 빗은 이마, 어머니는 이마전이 반듯해야 한다면서 솜털이 돋아나기 무섭게 쪽집게로 그것을 제거하던 어머니, 어머니의 이와 같은 모습은 제대로 마음먹은 날의 단장이었다. 그렇지 않고서는 대강 머리를 빗어내려서 풀머리쪽을 찌곤 했다. 할머니는 어머니의 그 풀머리쪽을 흉보았다.

할머니는 머리를 다 빗은 다음 빗접에 떨어진 머리카락을 손바닥으로 모은다. 그리고 그 잔 머리카락을 추려서 엄지와 장지에 걸어서 빗속에 낀 때를 쳐냈다. 참빗, 얼레빗, 민빗의 순으로. 할머니의 얼레빗은 시집올 때 가져온 나무빗이었는데 그 얼레빗은 까맣게 길들어 반질반질 윤이 났다. 끈끈하게 절은 머릿기름 냄새, 나는 그것이 향기로운 동백기름 냄새라고는 분간할 수 없었다.

기름틀은 어느 기구보다 장중했다.

기름틀은 앞마당을 온통 다 차지한다. 할머니는 기름틀만은 아무에게도 빌려주지 않았다. 삼베로 겹곱쳐서 겹으로 손으로 누벼 만든 기름 보자기만도 기름 가짓수만큼 있어야 한다. 큰 무쇠 가마솥

에다 참깨를 알맞게 볶아서 비질을 깨끗하게 한 봉당 위에 펴서 식힌 다음 네 귀가 맞는 기름 보자기에 잘 여며서 싼다. 그리고 칡넝쿨을 떠다가 그것으로 총총하게 동여맨다. 그런 다음 그것을 떡판에 올려놓고 지렛대로 그것을 짓누르게 한다. 기름 짜는 날은 또 두서너 명 장정의 품이 필요했다. 그것은 지렛대 널판 위에 지질을 돌을 올려놓아야 하기 때문이다. 돌은 무너지지 않게 큰 것부터 차곡차곡 쌓아 올려놓았다. 돌이 무겁고 높게 고일수록 기름틀은 삐걱삐걱 소리를 내면서 기름 보자기 속에 쌓인 깻묵을 납작하게 누르면서 칡넝쿨을 동여맨 사이로 기름이 내밴다. 돌을 부리고 다시 올려놓고 기름 짜는 날만은 나를 아니 아이들을 근처에 얼씬도 못하게 했다. 기름틀에 치이면 죽을 것이라고 엄포를 놓았다. 그러나 이처럼 힘들고 어려울 뿐더러 위험한 노릇은 곧 가시었다. 할머니가 아무리 고집해서도 쉽고 편리한 방법을 따르게 되었다. 할머니는 기름 짜는 날은 참깨와 들깨며 호박씨 기름까지 짤 수 있게 준비를 해서 이 서방에게 등짐을 지워서 읍내로 행차했으나 동백기름만은 짤 수 없었다. 기름집에서는 기계를 버린다는 핑계로 할머니의 요청을 들어주지 않았다.

훗날, 할머니는 기계 떡국을 먹으면서 그 풀솜처럼 부드럽고 맨질맨질한 떡국 생각을 했다. 할머니는 떡국을 우물우물 씹으면서 이건 떡이 아니라 고무줄을 씹는 기분이라면서 그때 그 떡국맛을 아쉬워했다.

그해 음력 명절을 전후해서 겨울은 겨울다웠다.

부지런한 집은 겨울이 깊어지기 전에 미리 논둑이 얼어터질 것을 염려해서 논에 물꼬를 미리 터놓는다. 좀 더 부지런한 사람은 춥기 전에 마른 논갈이를 해두면 이듬해, 농사가 더 잘됐다. 가을갈이 해둔 논은 겨울철에 얼음판으로 부적합했다. 가을비가 넉넉히 내려 물이 흥건하게 고였다 할지라도 이랑 때문에 겨울에는 검고 흰 칡무늬를 수놓는다. 벼를 베어가고 그대로 방치해둔 논배미는 겨울에 얼음판으로는 안성맞춤이었다. 우리들은 넓은 논에 물꼬를 어른들 몰래 막아둔다. 논의 물은 가을내도록 출렁거리다가 첫 추위가 오면 얼어붙는다. 첫 얼음이 얼 때, 날씨가 잔잔하면 빙판은 유리알처럼 매끈하고 투명했다. 그렇지 않고 바람이 세차게 불거나 진눈깨비가 쏟아지면서 기온이 급하강하는 날에는 빙판은 무수한 문양을 만들어 냈다. 그럴 때도 우리들은 즐거웠다. 우리들은 썰매는 지칠 수 없었지만 그 대신 천태만상의 문양을 찾아보는 재미가 유별했다. 그 문양은 아기들의 펴진 손바닥처럼 생긴 작은 단풍잎도 있고 삼각형의 은행나뭇잎, 떡갈잎, 얼음판은 여러 종류의 활엽수 나뭇잎들로 꽉 찼다. 또 바람이 몹시 세차게 불면서 기온이 내려간 날 아침, 빙판 위는 파장이 원을 그리면서 멀리멀리 이어지고 있었다. 우리들은 마음속으로 빌었다. 제발 날씨가 조용히 추워지기를, 그러나 일단 얼음이 잘 얼어버린 후에라도 진눈깨비나 눈이 쌓이면 빙판은 아예 포기해야 한다. 진눈깨비 위에서는 썰매가 앞으로 나가지 못한다. 찰눈이 내린 날은 댑싸리로 눈을 쓸어내면 더 매끄럽고 좋았다.

얼음판이 못쓰게 되고 싫증이 나면 우리들은 가을갈이를 해둔 논으로 간다. 그리고 이랑 속을 뛴다. 아이들이 뛸 적마다 얼음은 발길질에 바삭바삭 부서진다. 빨리 뛰는 아이는 얼음이 바지작바지작 금이 갔고 발목이 빠지지 않았다. 느린 아이는 얼음이 무게에

못이기면서 으지직으지직 신음하면서 아이들의 발목을 잡았다. 나는 몸이 민첩하지 못했으므로 발목을 잘 적셨다. 이때 깨어진 얼음 조각을 뒤집어 보면 그 일도 재미있었다. 땅밑에 공간을 두고 언 얼음조각들은 작은 석회동굴을 방불케 했다. 얼음조각의 이면에는 형형각각의 모조품들이 창조돼 있었다. 그것들은 작은 왕국을 건설하고 있었다. 평소에 내가 갖고 싶었던 모든 것들이 얼음으로 조각돼 있었다. 작은 잉크병, 이층 케익, 인형, 그리고 실로폰, 얼음 실로폰을 두드리면 영락없는 실로폰 소리가 음계대로 났다.

아버지는 겨울 동안 농사일을 쉬고 꿩사냥을 했다.

전에는 엽총을 사용했는데 해방이 되던 그 이듬해부터는 아주 수월한 방법으로 꿩을 잡았다. 아버지는 아이들이 모두 잠든 밤중에 호롱불을 밝혀놓고 굵은 마태콩을 어머니더러 가져오라고 해서 그 콩에다 송곳으로 구멍을 뚫었다. 그리고 작은 병 속에 들어 있는 극약을 귀이개로 파내어 그 구멍 속에 넣고 밀가루 반죽을 해서 그 구멍을 막았다. 이렇게 해서 독약 든 콩을 뒷동산 양지바른 곳에 뿌려두었다. 아침 일찍 일어나 아버지는 전날 약을 놔둔 자리에 가 본다. 아버지는 운이 좋은 날은 장끼를 한몫에 두 마리씩이나 들고 왔다.

할머니는 꿩요리를 썩 잘했다.

꿩고기는 뼈째로 난도질을 해 반대기를 지어 무와 함께 익혔다. 나는 꿩고기를 무슨 맛으로 좋아하는지 이해할 수 없었다. 뼈가 으드득 씹혀서 나는 먹지 않았다. 하루는 옥이가

"우린 오늘 아침에 꿩국 먹었다."고 내게 자랑했다. 나는 이상한 생각이 들어서 옥이에게 물어봤다.

"어디서 났는데 그 꿩?" 하니까

"우리집 일꾼이 나무하러 무잿봉에 올라갔다가 주워왔다."고 말했다.

"너희도 꿩약 놓니?"

내가 물으니까 옥이는 고개를 살래살래 내저었다. 나는 그때 비웃장이 좀 상했다. 그 꿩은 틀림없이 우리 것일 터인데 왜 돌려주지 않았는지 나는 속으로 옥이네 집 식구들의 처사가 야속하게 생각들었다. 그 꿩을 가져왔어도 할머니는 주은 사람이 임자니까 도로 가지고 가라고 했을 것이다.

손쉽게 꿩사냥을 할 수 있다는 소문이 나자 마을 사람들은 너도 나도 꿩약을 놓았다. 마을 사람들은 꿩약을 일삼아 놓았고 그리고 극성스럽게도 꿩이 내리는 곳을 더 잘 알고 있었다. 할머니가 아버지에게 타일렀다.

"이제 살생은 그만두거라 애비야. 내 친정 오라버님도 왕포수였는데 사슴이며 호랑이까지 잡았고 나는 꿩을 엽총으로 한꺼번에 다섯 마리씩 쏘아서 잡았느니라."고 말했다. 그리고 덧붙여서

"그러나 늘그막에 너무 살생을 많이 한 죄로 불행한 말년을 살았다."고 아버지에게 말해주었다.

아버지는 그 말을 솔깃하게 듣는 것 같았다. 아버지는 생각보다 겁쟁이었다. 그리고 죄를 무서워했다.

그해 겨울에는 여우가 자주 마을에 내려왔다. 그리고 우리집 닭장에도 곧잘 들려서 닭을 물어가곤 했다. 여우는 닭장 돌각담 굽도리를 헐어 젖히고 홰에 올라앉은 암탉을 잘 알고 물어 갔다. 할머니는 산짐승이 마을로 자꾸 내려오는 일은 상서롭지 못한 징조라

고 근심하고 있었다. 아침에 일어나보면 닭장 굽도리를 또 후벼 놓
았다. 닭장 속에는 흰 레구홍 닭털이 어지럽게 뒹굴었고 핏자국도
있었다. 아무리 단단하게 막고 고리를 채워봐도 소용없는 일이었
다. 그렇다고 밤잠을 설치면서까지 닭을 지킬 수 없는 노릇이었다.
여우의 극성은 그 일만으로 그치지 않았다. 무덤까지도 파헤쳐 놓
았다. 여우 때문에 마을 사람들은 모두들 신경이 날카로워졌고 아
침만 되면 불안해했다. 지난밤에는 또 여우가 누구네 집 묘를 파헤
쳤거나 아나면 닭을 물어 갔을까 하는 의구심은 두려움에 사로잡
히게 했다. 사람들은 불길한 예감 때문에 불안해하면서도 속수무
책으로 어서 봄이 올 것을 기다렸다.

기다리고 기다리던 봄이 왔다.

마을 사람들은 겨울 동안 쌓인 인분을 보리밭에 내다 거름으로
썼다. 인분을 주어야만 봄에 보리가 피어날 때, 탐스럽게 이랑을
덮게 된다. 마을 사람들은 쥐를 잡는데도 극약을 썼다. 그리고 죽
은 쥐는 변소에 쳐넣기 때문에 인분에 섞여 죽은 쥐들이 여기저기
널려 있었다.

이상한 일이 일어났다.

이집 저집에서 죽은 여우를 보리밭에서 주워왔다. 마을 사람들은
떼죽음을 당한 여우들에 대해서 구구한 해석을 했다. 그 의견들을
종합해보면 이유는 극약을 먹고 죽은 꿩이나 쥐를 여우가 먹었기
때문일 것이라고 결론 지었다. 사람들은 여우 때문에 받은 불안함
을 떨쳐버렸고 횡재를 했다는 기쁨으로 죽은 여우를 들고 읍내로
달려갔다. 읍내에 가서 박제를 해볼 생각이었다. 그러나 이미 그때
는 여우털이 박제값에도 못 미치고 있었다. 박제값은 엄청나게 비

쌌다. 그렇다고 여우 가죽을 그냥 내버릴 수 없는 노릇이었다. 여우목도리는 일정 때부터 부잣집 마나님이나 나으리가 아니고는 감히 목에 둘러볼 수 없는 귀한 것이었다. 그러므로 여우를 얻은 사람들은 무리를 해서라도 그것을 박제해 왔다.

그해 봄에는 또 어느 해보다 새 집을 짓는 사람들이 많았다. 우리집 옆 옥이네 뽕나무밭에서도 집터를 닦았다. 옥이는 그 애 작은아버지가 이사올 집을 지을 것이라고 자랑했다. 우리집에서도 아버지가 마차를 큰 마당에 세워놓고 헛간에 쌓아둔 재목을 실었다.

"우리집도 새 집을 지으려나? 그럴려면 먼저 집터를 잡아놔야 할 것이었는데."

나는 궁금했다. 그러나 아버지는 잠자코 재목만 싣고 읍으로 나갔다. 밤이 이슥해진 뒤에 아버지는 싣고 간 재목을 제재소에서 켜서 송판을 마차에 가득 싣고 돌아왔다. 집식구들은 그 누구도 아버지에게 그것의 용도를 묻지 못했다.

그 이튿날 아침, 아버지는 다섯 명의 일꾼들 밥을 하라고 어머니에게 명령했다. 목수가 와서 창틀을 짜고 인부들을 모아들여 짚으로 섬거적을 쳤다.

"갸가 뭣한다는 짓이냐."

할머니가 궁금증을 참다못해 어머니에게 물었다.

"못창(비닐하우스)을 한다나 봐요."

"못창이 뭣하는 게냐."

"온상이에요."

어머니가 말하자 할머니는 입을 다물었다. 어머니는 일꾼들의 곁두리를 해대느라 정신없었다. 일꾼들은 매일 불어나서 장정 십여 명의 밥을 해대는 것쯤 아무 일도 아니었다. 때맞추어 닭 모이를 주고 돼지밥을 주고 닭장에다 물을 떠놔줘야 하고 풀을 뜯어다 넣어줘야 한다. 어머니는 아침에 일어나서 신을 신고 나오면 밤이 되어 잠자리에 들 때라야 그 신을 벗을 수 있었다.

봄은 지겹도록 일이 많았다.
과수원 일만 해도 눈코 뜰 사이가 없었다. 음력 정초가 지나면 곧 나무를 전지해줘야 한다. 그리고 해동이 되면 거름 구덩이를 파주고 거름을 넣어주는 일은 큰 일이었다. 그뿐만이 아니다. 꽃봉오리가 맺힐라 할 때를 놓쳐서는 절대로 안 된다. 해충을 제거하는 소독은 아주 볼만한 작업이었다.
바깥마당 오동나무 옆 빈터에 왕가마솥을 한 대 걸어놓고 유황을 달이는 냄새는 아주 고약스러웠다. 그때쯤이 되면 아버지 눈썹까지도 노랗게 유황가루가 묻은 채로 큰 나무주걱으로 약물이 넘어나지 않도록 저어주었다. 전지한 복숭아 가지를 한 아름씩 안아다가 쉬지 않고 지펴야 했다. 나는 그때면 아버지 곁에서 심부름을 했다. 복숭아 가지도 안아오고 불 땔 때는 일도 거들었다. 복숭아 가지는 피식피식 소리내면서 잘 타들어갔는데 아직 물기가 덜 마른 생가지는 푸르스름한 연기를 뿜어내면서 가는 불꽃을 일으켰다. 나는 그 유황냄새와 복숭아 가지 타는 냄새가 역겨웠다. 그 붉은색 가지와 유황색 약물은 묘하게도 그 어렸을 적 공습경보를 당했을 때의 공포감을 자극해 주곤 했다. 그러나 지금의 공포감은 그때와 달랐다. 지금의 공포감은 그 귀기스런 복숭아나무 가지, 그러니까 귀신을 쫓아내는 힘을 가지고 있다는 그 가지들을 불태우면서 귀신을 쫓아낼 수 있는 힘이 과연 무엇이겠는가에 대한 의구심이었다. 사람들은 절대로 복숭아나무 가지를 매로 사용하지 않았다.

과수원 소독은 아버지가 손수했다. 엿물처럼 잘 고아진 소독약물을 물지게에 담에서 고개 넘어 구렁굴까지 날라야 했고 드럼통이 흔하지 않던 때라 큰 대나무로 테를 멘 나무통을 사용했다. 일꾼 둘이서 펌프질을 하고 아버지는 분무기를 우주인처럼 등에 메고 몰뿌리개를 오른손에 잡고 과수나무 가지가지마다 소독을 했다. 그 모습은 매우 의욕이 넘쳤다.

이와 같은 일과는 계속되었다.

어머니는 들 일을 할 때에는 밥 광주리를 손수 머리에 이고 일터까지 날라다 주어야 한다. 그 일만이 아니었다. 온상을 하면서 어머니가 거느려야 하는 생명체는 자꾸만 늘어갔다. 그 생명체들은 자주 들여다봐주어야 한다. 햇볕이 너무 뜨겁지 않을까 한낮에는 창틀 밑에 돌을 고여놔서 시원한 공기가 소통되도록 해주고 물을 주어 시들지 않게 해야 한다. 해 질 녘에는 괴어놓았던 돌을 빼내주고 해가 지면 창틀 위에 섬거적을 덮어줘야 한다. 어머니는 늘 지쳐있었다.

"왜 이짓을 하는지 모르겠다. 제때가 돼서 밭에 씨를 던지면 하늘이 알아서 키워주고 열매를 맺게 해주는데 무슨 놈의 떼돈을 벌겠다고 이 지랄을 할꼬, 또 돈을 벌었으면 무엇할 것인가. 자기 혼자 쓰고 다니고 계집질에 탕진할게 뻔한 이치인데."

어머니는 일하면서 불평했다.

모를 붓고 때맞추어 이종을 하고 그리고 그 모종한 것들이 어느

만큼 자랐을 때는 날씨가 확 풀리는 한식을 지나치게 된다. 이때가 되면 그동안 온상 속에서 보호를 받고 자라던 오이, 호박, 고추모종들이 자기가 뿌리내릴 땅을 찾아 시집가게 된다. 온상 속에서 곱게 자라던 모종들은 밭으로 나가면서부터 고깔을 쓰고 혼자 자란다.

할머니는 보루지를 산더미처럼 쟁여놓고 고깔을 접는다. 할머니는 싫증 내지 않고 하루 종일 앉은 자리에서 고깔을 접는다. 다 접어놓은 고깔에는 다시 들기름 칠을 한다. 지난가을 품들여 집에서 짠 진국 들기름을 어머니는 사람 먹기도 바쁜데 종이에 웬걸 쳐바를 게 있느냐고 구시렁거렸지만 할머니는 너그러웠다.

"놔둬라. 애비하는 일에 쓰는 것인데 여러 소리 말거라. 여자가 집안에서 구시렁거리면 복이 나간다."

이렇게 해서 벌밭은 하이얀 고깔밭이 된다. 고깔은 싸리가지로 열십자 되게 버팅겨서 씌운다. 그다음부터는 아버지의 책임이다. 아버지는 아침저녁으로 그 고깔 속에 든 생명들을 보살폈다. 성숙한 순은 벌써 그 고깔 속에서 꽃을 피워서 오이를 맺는다. 그때가 되면 아버지는 고깔을 찢어준다. 오이는 덩굴손을 내밀면서 잡고 뻗어 올라갈 차비를 한다. 이쯤 되면 덩굴받이를 꽂아주고 거름을 넣어준다. 날씨가 순조로우면 그해 오이 농사는 그런대로 재미를 봤다. 덩굴받이를 타고 순을 뻗어 올라간 오이덩굴은 마디마디 노랑꽃을 피우면서 씨방을 키운다. 씨방은 그 자라는 속도가 눈에 보일 만큼 신속해서 마침내 까칠까칠한 소름이 돋은 애오이를 광주리에 가득 따 담을 수 있다. 이때쯤이면 제때 땅에 오이북을 돋우고 씨를 뿌린 밭에는 이제 겨우 싹이 떡잎을 가를 때다.

할머니는 처음 딴 오이를 깨끗이 씻어 상을 받쳐 안마당 검정 바위 앞에 놓는다. 그리고 나서 할머니는 말했다.

"나는 갸가 농사꾼이 될 줄 알았다. 갸는 어려서 심술이 나면 괭이로 땅을 팠거든. 그것도 아주 힘차게 퍽퍽 파 제꼈지. 갸는 농사꾼이라도 아주 배포가 큰 농사꾼이 된거야."

할머니는 대견한 듯 말했다. 이럴 때면 어머니는 할머니가 듣지 않는 곳에서 또 구시렁거렸다.

"지겨워라. 딴 집들은 농사를 지어 먹어도 편안하더구먼. 이놈의 팔자는 변소 갈 틈도 없다니까."

일은 계속되었다. 가족들의 얼굴은 검은 가죽처럼 굳어갔다. 그러나 이러한 것들과는 상관없이 모든 농작물은 철따라 변한다. 모두 자기 나름대로 꽃을 피우고 열매를 맺고 그리고 잎을 무성하게 피워서 열매를 키워 익게 한다. 그리고 자기의 분수를 잊는 일이 없이 때가 되면 열매를 완숙하게 한다.

아버지는 소채 씨앗의 시기를 조작하기 위해 안간힘을 쏟았다. 그러기 위해서는 인위적으로 자연과 환경을 조작해야만 했다. 호롱불 아래서 이와 같은 꿈을 실현시키기란 매우 힘에 겨운 일과였다.

6

"얘, 난 고무 구두 사났다."

"어떻게 생긴 것인데."

"참 멋있다. 발목까지 오는 건데 신발에 에리(옷깃)도 달렸다."

"그런데 왜 안 신었니?"

"수학여행 갈 때 신으려고 벽장에 넣어 두었다."

옆집 옥이가 나에게 자랑했다.

해방 그 이듬해이다.

귀했던 생활필수품이 조금씩 흔하게 나돌게 되자 마을 사람들은 서로 시샘하면서 남보다 좋은 것, 남이 가지고 있지 못한 것을 집 안에 사들이고 자랑했다. 노구네 집에서 어떤 물건을 샀는가는 어른들뿐만 아니라 아이들에게도 큰 관심거리였다.

특별히 옥이네와 우리집은 그 시샘이 유별났다. 그 이유는 마을 안에서 쌍벽을 이룰만큼 가진 것이 엇비슷했으며 옥이 아버지와 우리 아버지는 나이가 같은 동년배가 되기 때문에 더욱 심했다. 또 옥이와 나도 똑같이 맏이였으며 학년도 같았고 공부도 석차를 다투는 그러한 관계였다.

그러나 옥이네 가족들은 하나같이 우리집 사람들이 도저히 흉내 조차 낼 수 없이 재주가 뛰어났다. 옥이 아버지대 삼촌들은 모두들 내로라하는 교육계의 저명인사였다. 그런데 비하면 우리집은 아버지가 독자일 뿐더러 저명인사와는 거리가 먼 한낱 농사꾼이었다. 그뿐만이 아니다. 할아버지의 교육의 투자와 열정에도 불구하고 교육의 성과는 한 사람도 제대로 거두지 못했다. 아버지의 방탕함은 고사하고라도 우선 가까이 옥이네 고모들은 초등학교 문턱에도 가보지 않았어도 출가해서 일가를 이루고 남부러울 게 없이 잘 들

살았다. 그러나 우리집은 그렇게 고모들까지도 평탄한 삶을 꾸려 나가지 못했다. 고모들은 친정집에서 친정살이를 하는 고모가 둘씩이나 됐고 사촌 언니마저도 친정과는 발을 끊고 지냈다.

아버지는 과수원 일에 매달려 항상 농자금에 시달렸다.

어머니는 많은 식솔을 거느리고 항상 발을 동동 구르고 바쁘게 돌아갔으므로 일용품의 편리함을 추구하는 것이 고작 소원이었다. 물동이보다는 가벼운 양동이를 선호했으며 뚝배기보다는 양은냄비를 좋아했고 큰 오지자배기나 질동이보다는 다소 험하게 다루더라도 파손되지 않는 양은다라이가 쓰기에 편하고 힘을 덜어주었다. 이러한 생필품의 구입은 양식을 퍼서 구입할 수 없는 일이어서 나의 어머니는 나름대로 가축을 몫지어 길렀다. 강아지를 먹이고 닭을 놓고 해서 가축을 길러서 팔아 일용잡화를 구입했다.

마을에는 서울로부터 아이들 옷가지나 생필품을 날라오는 단골 방물장수가 다녔다. 나는 옥이가 자랑하는 그 고무 구두를 어떻게 구입했는가. 곰곰이 생각해 보았다. 어디서 어떻게, 아니 누구가 그 고무 구두를 사왔는가는 궁금했지만 묻지 않았다. 그것은 알아보나마나 방물장수를 통해 구입한 것이 뻔했기 때문이다. 나는 옥이의 것보다 더 좋은 것을 사 신을 수 있다는 자신감이 있었다. 그 자신감이란 다름 아닌 나에게 내 마음대로 쓸 수 있는 신발값 정도의 돈이 있기 때문이다.

그 돈은 내가 가을 내도록 알밤을 주워 모아서 판 돈이었다. 어느 해이나 가을만 되면 할머니는 아이들에게 각각 조그만 항아리를 하나씩 비워서 내주었다. 그 항아리는 아이들 각 개인이 가을 동안 알밤을 주워다가 모아보라는 것이었다. 우리 형제들은 할머니로부터 배당받은 자기의 항아리를 각자 자기만이 알고 있는 광 속 으슥한 장소에 숨겨두고 알밤을 주워다가 모았다. 추석을 전후해서부터 한 알 두 알 모아지는 알밤은 된서리가 내리고 밤 타작이 끝난 다음 낱밤송이까지 다 떨어진 후이면 항아리에 가득 채워진다. 나무 위에서 완숙이 되어서 자연으로 된 낙과는 껍질이 반질반질 윤기가 흐른다.

할머니와 어머니는 큰 대독에다 알밤을 모았다. 할머니는 가을 한철은 밤동산에서 지냈다. 밤갓을 지키기도 하려니와 뒷동산에 백여 그루가 넘는 밤나무의 낙과 시기를 모두 기억하고 있었기 때문에 밤 타작은 할머니 소관이었다. 밤송이가 누릇누릇해지면서 밤가시에 열십자가 선명하게 그어지고 송이는 이내 벙싯벙싯 벌어져 순식간에 알밤을 쏟아놓기 때문에 그 적기를 알아서 밤을 따야 했다. 할머니의 알밤줍기는 주로 밤 타작을 할 때, 밤나무 밑에 장대로 맞아 떨어진 것이었으므로 윤기가 좀 덜했다. 그러나 어머니와 아이들은 순수한 낙과였으므로 한 번 알밤의 맛을 본 사람이면 해마다 우리들이 모은 알밤을 사 가기를 선호했다.

밤 타작을 하는 날은 특별히 아침 밥상에 고깃국이 오른다. 물론 할머니의 배려로 미리 장에서 장만해온 쇠고기 배춧국으로 일꾼의 배를 두둑하게 배불려 놓는다. 밤 타작은 아무나 할 수 없었다. 밤을 따는 장대는 초가을부터 꼿꼿하게 자란 아카시아나무를 베어다가 껍질을 벗겨서 그늘에서 잘 건조시킨 것이라야 좋았다. 손쉽게 긴 대나무 장대도 있었지만 그것은 가볍고 매끈해서 손에 잡기가 수월했지만 대신 매의 힘이 적어 귀질긴 밤송이는 한두 번에 딸 수 없었다. 또 장대 끝이 매에 못 견뎌 이내 갈기갈기 찢어지는 통에 쓸모가 덜했다.

밤 따는 날이 일요일일 때는 아이들은 제가끔 밤주머니를 허리춤에 차고 밤나무 밑을 기웃거렸다.

할머니는 일꾼을 앞세우고 밤동산으로 간다. 앞서가는 큰 일꾼은 장대를 서너 개 울러매고 그 뒤로 작은 일꾼이 바소쿠리가 얹힌 지게에다 삼태기를 두어 개 지고 따라간다. 좀 멀찍하니 떨어져서 나의 형제들이 뒤따라갔다.

뭐니 뭐니 해도 사당굴 개울 건너 큰 바위 옆에 선 쌍갈래 왕밤나무의 밤 따는 날이 가을의 절정기였다.

큰 일꾼 이 서방은 왕밤나무 밑에 도착해서 장대를 세워놓고 하염없이 왕밤나무를 한참 동안 올려봤다. 나무는 밑동부터 쌍갈래로 벌어지면서 늠름하게 위로 뻗어 올라갔다. 이 왕밤나무는 곁가지가 보통 밤나무의 밑동만큼 굵다.

할머니의 말을 빌자면 밤알이 하도 굵고 잘생겼기에 이 자리에 파고 심었더니 이처럼 우람하게 나무가 장성했노라고 했다. 이 서방이 세수수건으로 이마를 질끈 동여매고 고의를 추슬러 허리띠를 고쳐매고 정강이 무릎께를 행전 친 것처럼 접어서 새끼줄로 동여맸다. 그리고 나서 양 손바닥에 침을 "퉤퉤" 서너 번 뱉어서 문지른 다음 쌍갈래 중 오른쪽 가지를 탔다. 양팔로 한아름이 버거운 둥치를 감싸 안으면서 두 발로 밤나무 밑동을 끼고 발바닥을 밤나무 표피에 밀착시키면서 기어 올라갔다.

"조심하게."

할머니가 저만큼 비켜선 자리에 서서 말했다. 아침 이슬이 선득선득한 밤동산은 가을 풀벌레들의 합창이 팡파르처럼 요란했다.

"작은 장대 올렷!"

이 서방이 나무 중턱에 올라앉아서 허리를 밤나무 가지에 비스듬히 기대서서 작은 일꾼에게 명령했다. 작은 장대를 올려주면 이 서방은 제일 먼저 가까운 위치에 매달린 밤송이부터 탁탁 두드렸다. 다음은 중간, 그리고 맨 나중에 긴 장대를 받아 쥐고 먼 가지 끝에 달린 밤송이를 명중시켜 두드린다.

이럴 때 아이들이 밤나무 밑에 얼쩡거렸다가는 혼꾸멍이 났다.

"비켜라! 비켜."

"밤송이에 눈 맞으면 눈이 먼다."

"아이들은 얼씬도 하지 말거라."

그렇다고 어디 아이들이 말을 잘 듣지 않았다.

아이들은 밤송이가 우지끈 우박 쏟아질 듯 할 때를 피하였다가 뜸해지면 날렵하게 밤나무 밑으로 침범해서 알밤을 줍곤 했다. 그러나 헛수고였다. 밤 딸 때 밤나무 밑에서 알밤을 주웠다가는 할머니에게 모두 압수당했다.

"이렇게 되면 약속이 틀린다. 너희들은 순수한 알밤을 주워라."

"왜 할머니는 주워도 되는데 우리들은 말리는 거지?"

내 바로 밑의 말 잘하는 여동생이 따졌다.

"나는 밤송이를 주우니까 그 품삯이다."

할머니는 밤을 따고 있는 나무 밑에서 밤 줍는 일을 절대로 금지했다. 그래도 내 동생들은 몰래 슬금슬금 줍거나 아니면 알밤이 벌어진 밤송이째 들고 눈을 피해 알밤을 까가지고 도망치곤 했다. 그러나 나는 그렇게 비겁하지 않았다. 나는 가끔씩은 할머니를 거들어 밤송이를 집게로 주워 삼태기에 담아 붓곤 했는데 그때마다 할

머니는 나에게 수고한 값이라면서 그때 주운 알밤은 네가 갖도록
하라고 허락했다.

　나의 어머니와 남동생은 한 그릇에다 모았다. 남동생은 아직 취
학 이전이어서 알밤을 잘 주울 수 없었다. 그런데도 빈 항아리를
하나 차지했는데 그 항아리에는 항상 알밤이 바닥에 겨우 깔려 있
었다. 그런 일로 하나밖에 없는 남동생은 시무룩해 있으므로 해서
나의 어머니는 내 남동생과 동업을 했다. 남동생은 누이들보다 큰
대독에다 모으고 있다는 자부심이 대단했다. 그리고 날마다 부쩍
부쩍 알밤 차 올라오는 밤 항아리를 수시로 열어보고 팔뚝을 넣어
서 부피를 가늠해 보았다. 이렇게 알밤을 모아 놓으면 방물장수가
여러 가지 물건을 보따리에 싸서 이고 마을을 찾아왔다. 보따리 속
의 물건들은 어른들과 아이들의 호기심을 자극할 만한 물건들이
잔뜩 있었다. 색깔이 현란한 필목에서부터 일용잡화에 이르기까지
산골 마을에서는 보고 듣지 못한 물건들을 방안 가득 풀어 놓을 때
는 이것을 구경하는 것만으로도 즐거웠다. 방물장수는 대개는 옥
이네 집에서 묵었다. 옥이네 집에서 첫 번째로 보따리를 풀었기 때
문에 나도 할머니에게 방물장수를 우리집에 머물게 하자고 했지만
번번이 혼줄만 났다.

　자유 천지 살기 좋은 세상, 새 세상을 만나자 학교에서도 봄·가
을로 소풍을 갔다. 고학년은 수학여행도 떠났다. 그래서 새해를 맞
고 새 학년으로 진급하게 되면 그해 우리들의 관심사는 소풍이나
수학여행을 어디로 가느냐는 것이 큰 관심거리였다. 청계산과 관
악산은 벌써 다녀왔으므로 금년 가을에는 먼 곳으로 기차를 타고
갈 차례였다.

봄소풍은 쓸쓸했다.

농번기도 되고 또 보릿고개라서 푼푼한 것이라고는 아무것도 없었다. 그러나 가을은 그렇지 않았다. 가을은 풍성한 계절이다. 가을 소풍이나 수학여행을 접어두고 우리들은 일 년 동안 준비했다. 기차표 값은 물론 집에서 주었겠지만 그날에 얼마나 멋지게 차리고 가느냐는 제가끔 숨겨진 자기들만의 비밀이자 소망이었다.

그때문에 나는 새벽 일찍 일어났다.

제일 먼저 어머니가 대문 빗장을 여는 소리에 벌떡 일어나 미명 속이라도 무엇이 보일 만큼 환할 때를 기다렸다가 밤나무 갓으로 달려갔다. 밤나무 숲은 꽤 깊은 골짜기까지 이어져 있었다. 골짜기는 더디 밝는다. 그래도 나는 무섭지 않았다. 나는 밤나무 밑을 샅샅이 뒤져가면서 알밤을 주우러 다녔기 때문에 무잿봉 골짜기 어디께쯤 서 있는 밤나무가 아람이 벌었는가. 잘 알고 있었다. 그리하여 그 정보를 할머니에게 일러주었다. 밤나무들은 고목이었다. 모두가 할머니가 회초리만한 것들을 꽂아놨는데 거목이 된 것이다. 바로 집 뒤에는 큰 왕밤나무가 서 있었다. 할아버지가 심은 나무라고 했다. 그 왕밤나무는 너무 높고 가지가 길게 뻗어 나갔기 때문에 제아무리 장사라도 장대로 딸 수 없었다. 그래서 그 왕밤나무는 손 닿는 이웃 가지만 겨우 털고 그냥 자연대로 알밤이 벌어서 떨어지게 놔두었다. 사발만큼씩 탐스러운 밤송이가 알밤이 쩍 벌면 반들반들한 세 톨의 알밤은 호랑이 입속의 이빨만큼이나 단단하면서 날카롭게 가시 속으로 삐져나왔다. 내가 그 알밤송이를 탐내면서 올려다보면 할머니는 나를 꾸짖었다.

"애야, 오르지 못할 나무 쳐다보지 말라는 말을 잊었느냐. 밤송이에 눈탱이 맞으면 일 난다. 알밤 떨어지거던 줍거라."

할머니는 알밤이 떨어질 무렵 해서 일꾼을 얻어 밤나무 밑을 말 끔하게 깎아 둔다. 그렇기 때문에 풀섶 사이사이 숨어 있는 알밤은 여지없이 눈에 밟혔다.

이웃집 옥이네는 우리집과 딴판이었다. 옥이네 집에서는 아이들 이고 어른이고 자기네 집 밤밭에서 줍는 것은 모두 한 그릇에다 모았다. 그리고 모든 재량권은 옥이 할머니가 쥐고 있었다. 옥이 할머니는 모든 것을 맡아서 주관했고 식구들 개개인의 용도를 찾아서 필요한 것을 장만해 주었다. 그렇기 때문에 우리집의 각자 주장을 흉보았다. 한솥의 밥을 먹으면서 어째서 아이들까지 네것 내것을 따지면서 살 수 있느냐고 해괴한 처사라고 혀를 찼다. 그것은 집안이 망할 징조라고 내가 있는 앞에서도 옥이 할머니는 대놓고 비난했다. 그랬어도 나는 나의 밤 항아리만 열어보면 마음이 뿌듯했다. 가을 동안 주워모은 알밤은 두 말 들이 항아리에 가득하다. 그것들은 한 알 한 알 주을 때마다 나를 반갑고 기쁘게 해주던 것들이다. 그 알밤은 쭈그렁이 한 알 없이 모두 다 똘똘하고 잘 영근 것들이다. 밤장수가 마을에 들어오면 장사치들은 아이들이 주워모든 알밤을 먼저 사갔다. 그리고 밤을 넓은 맷방석 위에 밤 항아리를 쏟아놓고 됫박질을 할 때 밤 말은 말 위에 또 말이 올라가야 한다면서 양팔로 말을 감싸 안은 팔 위로 알밤이 철철철 흘러내리도록 담았다.

그때마다 말 위로 올라가는 밤알이 아까워서 어른들의 욕심을 나무라고 싶었다.

나는 방물장수에게 진옥이가 산 고무 구두보다 더 좋은 것으로 가져오라고 부탁했다. 그리고 나는 내가 주워 모은 알밤으로 값을 치루겠다고 약속했다.

　방물장수가 가져온 고무 구두는 인상이 꼭 흑염소 같았다. 신발 앞부리부터 발목 솔기까지 세 개의 단추가 달린 것이 생전 처음 보는 신이었다. 나는 신발을 받아서 숨겨놓고 진옥이네 집으로 달려갔다.

　"나도 고무 구두 샀다."

　나는 옥이를 만나자마자 자랑삼아 말했다.

　"그러니?"

　그러나 옥이는 별로 반기거나 그렇다고 시샘하는 빛이 전혀 없이 시시하다는 듯이 대꾸했다.

　"얘 그 구두 난 생전 처음 보는 것이야. 참 멋지던데."

　하니까

　"그러니? 근데 말이야. 읍내에서 사촌 언니가 왔길래 자랑했더니 글쎄 그 구두는 비 올 때만 신는 비신발이란다."

　"어머, 그러니. 비 올 때 신는 신발이 따로 있었다니?"

　나는 실망했다. 나는 비가 올 때만 신을 수 있는 비신발을 사기 위해 가을 내도록 주워 모은 내 알밤을 몽땅 내준 생각을 하니까 방물장수가 얄미웠다. 그러나 그 비신은 너무나 내 마음에 꼭 들었다. 그래서 나는 수학여행을 떠날 때, 비가 오지 않더라도 꼭 그 검정색 고무 구두를 신고 갈 것이라고 굳게 마음먹었다.

　그해 가을, 수학여행은 인천으로 가기로 결정됐다. 당일 코스로 안양에서 첫 통근 기차를 타고 영등포에서 인천행 열차로 갈아타고 갔다가 저녁 통근 기차로 안양에 닿기로 계획되어 있었다. 수학여행 일정이 담임선생님으로부터 발표되는 날, 우리 반 모두는 그 날을 손꼽아 기다렸다. 일 년 내내 멋지게 차려입고 나설 것을 꿈꾸고 있었지만 정작 차려입고 나섰을 때는 시골티가 줄줄 흘렀다. 검정 인조견 통치마를 치맛단까지 주름을 잡아 다려서 입었고 진솔 옥양목 흰 저고리는 희다 못해 푸른빛이 돌았지만 그 천은 방물장수에게서 구입한 미제 홑이불감에 불과했다. 그래도 알밤 판 돈으로 검정 스타킹을 자작으로 사 신고 검정 고무 구두를 사 신은 옥이와 나는 그해에 학급에서 가장 멋진 차림이 됐다.

떠나기 전날 밤은 잠이 오지 않았다. 어떻게 한숨 잤는지 말았는지 나는 자리에서 벌떡 일어나서 밖을 살펴보았다.

맑게 개인 밤하늘은 달빛만이 청청했다. 달빛이 너무 밝아 하늘에는 별도 숨어버렸다. 나는 어머니를 깨웠다. 그리고 늦었다고 재촉했다. 그때 마을에는 시계 있는 집이 없었다. 모두들 첫닭이 울 때를 가늠하고 달과 별을 보고 시간을 헤아렸다. 나의 어머니는 멀리 떠나가는 기적소리를 듣고 때를 짐작했다. 우리집에는 시계가 아주 없는 것은 아니었다. 시계가 대청마루 상기둥에 매달려 있지만 그것은 있으나 마나한 시계였다. 그 시계는 언제부터인가 제멋대로 가고 제멋대로 서고 또 제멋대로 시간을 쳤기 때문에 할머니는 시계가 미친 것이라고 말했다. 그래서 낮 시간은 해와 산그림자로 짐작하고 지냈다.

어머니는 내 성화에 받쳐 일어났어도 아직 늦지 않았다고 했다. 어머니는 막차 지나가는 소리를 얼마 전에 들었다고 우겼다. 그래도 나는 막무가내로 듣지 않았다. 어머니는 하는 수 없이 새벽밥을 짓고 밤을 삶고 준비를 서둘렀다.

어머니가 옥이네 집까지 나를 바래다주었다. 옥이네 집은 잠잠했다. 나는 대문을 흔들면서 옥이를 불러냈다. 옥이도 잠결에 일어나서 늦었다고 방방 뛰었다. 옥이 아버지가 우리들을 학교까지 바래다주었다.

조용한 가을밤이었다.

가을걷이가 모두 끝난 들밭에는 키 큰 수숫대만이 바람 지나갈 때마다 서걱거렸다.

"아직 이른가 보다. 집으로 돌아가자."

옥이 아버지가 집 쪽을 바라보면서 말했다.

"괜찮아요. 학교에 가서 기다릴게요."

옥이가 말했다. 그러나 학교에 와보니까 터무니없이 일찍 왔음을 곧 알 수 있었다. 학교 건물은 캄캄했다. 옥이 아버지가 숙직실 문을 두드렸다. 숙직을 하던 담임선생님이 우리를 보자 놀랐다.

"이 망나니들아, 지금이 새벽 한 시다."

옥이와 나는 숙직실로 들어갔다. 그리고 그곳에 앉아 출발시간을 기다렸다.

십여 리를 샛바람 속에 걸어서 안양역까지 가보기는 처음이다. 그리고 생전 처음 기차를 세 시간씩이나 타게 되니까 정작 여행 동안은 졸기만 했다. 나는 너무 피곤해서 고무 구두를 신고 자랑하고 뽐내는 일마저도 모두 잊어버렸다. 그리고 난생 처음 바라보았던 인천 앞바다도 시커먼 갯벌밖에 구경 못했다. 우리들은 수학여행을 다녀온 며칠 후까지도 기차를 탔을 때 느꼈던 진동을 계속 느끼고 있었다. 우리들은 수업시간에 교실에 앉아 있는데도 몸은 깜짝 깜짝 놀랐고 기차가 멈추고 떠날 때의 충격을 재현하고 있었다. 이 때마다 담임선생님은 '촌놈들, 촌놈들' 하고 연거푸 놀려댔다.

옥이네 집은 참 단란하게 살았다.

특히 여름에는 바깥마당에 넓은 두레 방석을 깔아놓고 다림질도 하고 가족들이 둘러앉아서 찐 옥수수도 먹었다. 옥이네 집은 논농사가 많았기 때문에 우리집보다 일이 적었다. 그래도 대가족이 살고 있어서 항상 바빴다. 여름철에는 빨래가 잦아 다림질이 많았다. 낮 동안 끓는 햇볕에 진풀을 먹여서 바싹 말려놨다가 해가 지면 빨래를 우물 두렁 위 풀밭에 널어놓는다. 저녁 설거지를 마치고 나면 어둑어둑해지는데 그때쯤이면 풀밭에 이슬이 촉촉이 내려서 널어놓은 빨래는 다림질하기에 알맞게 축여진다. 옥이가 빨래를 걷어다 결대로 개켜서 꼭꼭 밟아놓으면 옥이 어머니는 모닥불 속에 묻어둔 참숯불을 손다리미에 담아 들고 멍석 깔아놓은 댓돌 위로 온다.

호롱불이 없어도 옥이 엄마는 다리미질을 잘했다. 오른쪽 무릎을 일으켜 세우고 그 한쪽 발끝을 빨래 보자기로 감싸 빨래를 지르밟고 왼손으로 빨래를 잡으면 옥이는 맞은편에 앉아 두 손으로 빨래를 잡는다. 옥이하고 옥이 엄마하고는 손이 잘 맞아 일이 수월했다. 옥이와 그 애 엄마는 빨래를 거머쥐기만 하면 올이 반듯반듯 사각형이 된다. 적삼이나 베잠방이까지도 구김살 한 군데 없이 붕어 배때기가 그대로 살아난다. 빨래는 가족들 서열대로 다림질을 했다.

하얀 빨래 위로 오르락내리락하는 다리미 불은 철길에서 역원이 흔들거리며 신호를 보내는 탐조등만큼이나 신속하고 명확하게 흔들거렸다. 댓돌 밑에서는 반딧불이 어둠 속에서 숨 쉬듯 꽁지에 형광불을 반짝거렸다. 그리고 가족들은 오순도순 이야기를 꽃피웠다.

나는 저녁마다 몰래 집을 빠져나와 그 애네 집 멍석 한 귀퉁이에 앉았다. 옥이네 식구들이 찐 옥수수나 밀개떡을 먹을 때는 겸연쩍기 때문에 나는 몰래 집에서 복숭아를 숨겨와서 그 애하고 바꿔서 먹었다. 우리집 복숭아는 참 달고 탐스러웠다. 나의 아버지는 아낌없이 투자를 해서 과실을 일등품으로 수확하는데 전력을 쏟았다. 우리집은 과수원과 초식을 대대적으로 경작했기 때문에 과일을 지천으로 먹을 수 있었다. 그러나 옥이네 집 사람들은 복숭아를 일년에 한두 개 맛보기도 힘들었다.

덕장골은 모두 네 집뿐이었다. 그 네 집 중에 세 집은 모두 친척이고 나머지 우리집 한 집만이 성씨가 달랐다. 성씨가 다를 뿐 아니라 옥이네와 우리집은 풍속도 아주 달랐다. 풍속이 다르니까 관습도 달랐다. 또 관습이 틀리다보니 생각하는 것이 아주 달랐다. 옥이네 집 식구들은 멍석 밑에 모여 앉으면 사람 사는 이야기들을 주로 했다.

"자고로 사람이란 성격이 원만해야 팔자가 순탄한 법이니라. 성질이 유별나면 또 거기 맞춰서 유별나게 살게 마련이니 좋을 게 없느니라."

옥이 할머니는 곰방대를 연신 빨면서 나를 흘끔거리면서 이야기 서두를 시작했다.

"거 아무개네 딸들 보거라. 도양스럽고 유별나더니만 시집가서 잘들 사나. 여자가 제아무리 학식이 높은 들 복을 잘 타고 나야지 소용없느니라. 수족다욕이라고 여자가 아는 것이 너무 많으면 팔 자가 기박한 것이거늘!"

그 소리는 우리집을 빗대놓고 하는 말이었다. 나는 그게 모두 우 리집 고모를 두고 하는 말인 줄 뻔히 알고 있었지만 못 들은 척 옥 이하고 멍석 귀퉁이에서 장난을 쳤다. 하긴 우리집 고모들은 남편 이 죽지 않았으면 가난했고 그렇지 않으면 본인이 일찍 죽었다.

"그게 다 왜 그런 줄 알겠느냐. 그 집 마님이 덕이 부족한 탓이렸 다."

나는 옥이 할머니의 훈계를 한 귀로 흘리면서 언젠가 나의 할머 니가 새벽잠에서 깨었을 때 독백처럼 읊던 말을 생각했다.

"내가 밭일하는 법을 언제 배웠는 줄 아느냐. 네 큰애비 죽고 난 뒤부터였다. 처음에는 기가 막혀 머리를 싸매고 곡기를 끊고 죽기 를 각오하고 누웠는데 그 짓이 무슨 소용이더냐, 그때가 봄이었는 지라 밭에 나가 열심히 보리밭 김을 매다 보니까 차츰 잊어버려 지 더라. 그때부터 나는 열심을 다해 밭일에 매달리게 됐다. 지금은 몸에 인이 배겼지만 서두."

나의 할머니만큼 참척을 많이 본 사람도 드물었다. 그러나 나의 할머니는 꿋꿋했다. 할머니는 우두커니 두 손을 놓고 앉아있는 적 이 없었다. 무슨 일이든 찾아내어 했고 항상 손이 움직이고 있었 다. 일거리는 얼마든지 있었다. 겨울철에는 밥밑콩을 일일이 개다 리소반 위에 펼쳐놓고 벌레배기 쭉정이를 하나하나 골라냈다. 제 일 굵고 실한 것으로 골라두어 씨앗동이에 담아 놓고 그 나머지 것 을 따로 담아놓고 먹도록 했다. 그리고 나의 할머니는 결코 가족들 앞에서 눈물을 흘리지 않았다. 그것은 나의 아버지를 위하는 마음 때문이었다.

"그저 애비 한 사람 명줄 하나만 길라고 일러라. 그 밖에 내 소원은 없느니라."

옥이 할머니는 마을에서 복이 많은 사람으로 널리 호가 났다. 3남 2녀가 모두 끌밋하게 장성해서 큰아들은 아무개하면 시 동을 통틀어서 알아주는 유지였고 둘째 아들은 군수까지 지내 그 당시 우리 마을을 드나드는 유일한 승용차는 옥이네 집 앞마당에 세워졌다. 셋째 아들은 초등학교 선생님이었다. 그야말로 아들 삼형제가 한다 하는 양복쟁이였다. 그러했기 때문에 마을에서 출산이 있을 때나 혼인잔치가 있는 날은 마을 사람들이 옥이 할머니를 모시러 왔다. 옥이 할머니가 갓난아기를 받고 삼을 갈라주면 새로 태어나는 아이도 그 집 자손들처럼 잘 될 수 있다고 믿었기 때문이다. 또 잔칫집에 가서 신부가 들어올 때, 그 가마 문을 열어주길 바랬다. 옥이 할머니처럼 다복하게 3남 2녀를 낳고 잘 살기를 소원했기 때문이다. 그뿐만이 아니다. 옥이 할머니는 초상집에도 잘 찾아다녔다. 초상집에 찾아가서 모든 두서를 잡아주고 수의를 격식대로 마름질할 줄 아는 사람으로 마을 안에서 오직 유일한 존재였다. 이처럼 마을에서 길흉사를 모두 보살폈기 때문에 옥이 할머니는 매우 바빴다. 그리고 뉘집 일이 되던 간에 가장 정확한 소식통이었다. 옥이 할머니가 나에게 대한 특별한 배려도 나를 받아준 삼할미였기 때문이다. 특히나 옥이 할머니가 가장 금기로 여겼던 것은 여자가 혼자되는 것이라고 말했다. 그래서 옥이네 집에서는 집에 드나드는 방물장수까지도 과부는 들이지 않았다. 뿐만 아니라 층층이 크고 있는 손녀들이나 며느리에게까지 과부라는 낱말은 과자도 비치지 못하게 했다.

나는 옥이네 집의 그 화목이 무척 부러웠다. 온 가족이 대청에서 두레반을 펼쳐놓고 동그랗게 둘러앉아서 식사를 하는 모습은 더없이 보기 좋았다. 나는 어머니가 상차림을 할 때마다 구시렁거리는 소리를 늘 들어왔다.

"에구, 지겨워라. 지금 시상에서 무슨 놈의 양반을 찾아 먹겠다고 식구 수대로 상을 차지하려 드는지. 한 상에서 식구가 두런두런 앉아먹으면 어디가 덧나는지."

그러나 나의 할머니는 독상은 아니 외상은 고사하고라도 당신의 밥상머리에서 우리 형제들이 앉는 것도 별로 달가워하지 않았다. 그래서 할머니는 김칫국물은 꼭 당신만 먹을 수 있도록 따로 놓아 달라고 어머니에게 못 박았다. 그리고 아이들이 애비 밥상머리에서 반찬을 널름널름 다 집어먹는다고 어머니의 본데없이 자란 것을 나무랐다.

그러나 누구보다도 나의 아버지의 생각은 달랐다. 가정교육 가정교육했지만서도 선대에 가정교육이 잘 되어서 오늘날 잘 된 사람이 있느냐고 반박했다. 모든 것은 다 제 할 탓이라고 아버지는 가정교육을 일축해 버렸다. 그럴만한 이유는 지금 애들은 공부하라는 말 한마디 없어도 제대로 알아서 공부만 잘하고 있으니까 어른들의 간섭과 잔소리는 오히려 가정교육을 백해무익한 것으로 만든다고 일축해 버렸다. 어쨌거나 우리들대로 갈리면서 우리집 형제들은 옥이네 집 형제들보다 학교 성적만은 월등하게 앞섰다. 옥이는 참참이 그 애 아버지가 집에서 가정학습도 시키고 연필도 그 좋은 솜씨로 상품처럼 손수 깎아주고 했지만 나는 그렇지 못했다. 책보를 대청마루에 내던지고 실컷 과수원으로 쏘다녔다.

나이 들어가면서 옥이와 나는 점점 더 친해졌다. 우리가 둘이서 붙어 다니는 것을 보고 마을 사람들은 "쟤들이 어멈 팔아서 동무 사고 동무 따라 강남가겠다"하면서 놀려댔다. 하루는 학교 가는 길에 옥이가 나에게 말했다.

"이건 비밀 이야긴데 우리 엄마가 어제 미술단 저고리 한 감 샀다. 할머니가 모탱이 잔칫집에 가셨을 때, 방물장수가 왔는데 우리 엄마가 할머니 몰래 쌀 퍼주고 샀다. 나 시집 갈 때 줄 거라고 말했어. 너한테만 이야기해준다."

"어머, 이제 네가 겨우 열 살이 넘었는데 벌써 시집 갈 때 옷감을 사둬?"

"얘는 그렇잖구, 벌써 두 번쩬데."

"그러니?"

그날, 나는 학교 수업을 끝내고 집에 돌아오는 맡으로 책보를 동댕이쳐놓고는 안방으로 들어갔다. 마침 집안에는 아무도 없었다. 나는 어머니의 농을 뒤졌다. 농은 까만 옻칠을 한 이층장이었는데 아래 칸에는 속옷과 치마 그리고 버선들이 들어 있었고 위 칸에는 저고리와 두루마기가 차곡차곡 개켜 넣은 채 빨간 보자기가 덮여 있었다. 농 밑까지 뒤져 보았어도 옷들은 홑것, 겹것 그리고 솜을 둔 옷들뿐이었다. 나는 조금은 실망했다. 나는 목침을 찾아다 딛고 서서 농 위에 얹어 놓은 함을 내려 보았다. 함뚜껑을 열어 보는 순간 나는 깜짝 놀랐다. 흰 창호지에 싸서 둔 옷감의 꽃분홍색이 내

비쳤는데 내 눈이 환해지는 것 같았다. 나는 떨리는 손으로 그것을 펴보았다. 고단 무늬의 자미사 저고릿감이다. 한지에 돌돌 만 것을 풀어보았다. 겨자색의 생필모시이다. 나는 그것들을 얼른 있던 자리에 놔놓고 함을 다시 농 위에 얹어놓았다. 그리고 나는 옥이네 집으로 달려갔다.

옥이는 대청마루 끝에 앉아서 그 애 할머니와 맷돌질을 하고 있었다. 그 애 할머니가 나를 보자마자 못마땅한 어투로 내게 말했다.

"왜 또 왔냐? 다 큰 년이 쓸데없이 여자가 남의 집에 다니는 게 아니다. 어여 가서 네 에미 혼자서 콩 튀듯 팥 튀듯 바빠서 야단인디, 어여 가서 네 에미 불도 때 주고 거들어 주거라."

내가 무안해서 얼굴이 빨개지자 옥이가 나를 보고 눈짓을 했다. 바깥마당으로 나가 있으라는 신호였다.

여름날, 저녁 해는 아직 높다랗게 떠 있었다. 옥이네 우물 두렁 앞 화초밭에는 삼색 분꽃이 이제 막 꽃잎을 벌리고 한참 필려고 할 때였다. 저녁밥 짓기에는 아직 일렀다. 나는 좀 풀이 죽었다. 집에서는 식구들에게 듣기 싫은 소리를 전혀 듣지 않다가 옥이 할머니로부터 받은 핀잔이 나를 기죽게 했다.

잠시 후, 옥이가 큰 대문을 빠져나와 내가 서 있는 화초밭 가로 왔다.

"무슨 일이니? 내가 뒷간에 간다고 거짓말 치구 나왔다. 얼른 할 말 있으믄 해봐."

"아냐. 그냥 심심해서 놀러왔어. 얼른 들어가 봐."

나는 집으로 힘없이 돌아왔다.

그러나 나에게도 숨겨둔 비밀이 있다는 사실은 생각할수록 나를 흐뭇하게 해주었다.

그 뒤로 나는 집안에 아무도 없는 틈을 타서 그 함 속을 뒤져보곤 하였는데 그때마다 보지 못하던 새 것이 한 가지씩 늘었다.

그해 겨울부터 옥이는 바느질을 배웠다. 처음 바느질을 배울 때는 남동생 저고리의 길을 꿰매고 동을 붙이고 인두질을 쳐두는 정도였다. 다음에는 저고리 등솔기며 길의 꺾음새가 제대로 되었나 살피고 안팎 네 가닥을 겹치게 접어놓고 인두로 소매 배래기 금을 긋는다. 동의 배래기부터 솜씨가 드러난다. 얼마나 붕어 배때기처럼 둥글고 곱게 금을 긋느냐가 솜씨에 달렸다. 옥이는 글씨도 잘 쓰고 그림도 잘 그렸다. 그림을 잘 그렸으니까 그까짓 붕어 배의 선을 긋는 것쯤 문제 없었다.

저고리의 맵시는 뭐니 뭐니 해도 깃고대로부터 자연스럽게 흘러 내리는 깃을 얼마나 예쁘고 편안하게 앉히느냐에 달려 있었다. 깃을 곱게 꺾어서 깃 귀가 날렵하면서도 반달처럼 매끈하게 붙어야 한다. 그리고 마지막으로 도련선이 고와야 옷맵시가 잘 빠지게 마련이다. 도련은 날렵하게 내려오다 섶께로 오면 둥글리면서 채이듯 삐쳐야 옷 입은 매무새가 곱다고 옥이 할머니는 말해주곤 했다.

나는 긴 겨울 동안 어머니 곁에서 바느질하는 것을 지켜봤다. 길이며 동을 꺾는 법이나 깃 섶 따위는 이미 알고 있었다. 마지막 관문은 저고리가 되는 뒤집기였다. 도련까지 다 홈질을 하고 나서 안감을 빼내어서 소매부리까지 맞추는 법도 알만하다. 그런데 한 가지 의심스러운 것은 그 깃고대께 내놓은 창구멍으로 손을 넣어서 뒤집으면 시접이 다 감추어지고 솜저고리일 때는 솜이 안감과 속 감 가운데 들어가는 이치가 요술 같았다. 아무리 눈여겨보아도 신기할 뿐 이해가 되지 않았다. 어떤 날, 나는 농을 뒤져서 물색 지리맨 저고리를 빨아둔 것을 찾아내서 시험해 보았다. 할머니가 잠든 다음 등잔불 밑에서 꿰맸다가 뜯고 다시 꿰매고 천신만고 끝에 그 신기한 묘기를 터득할 수 있었다.

우리들은 이렇게 서로가 시샘하면서 자랐다. 그리고 한 가지 한 가지씩 집안일을 익혔다. 우리들은 서로서로 비밀을 간직하였고 그 비밀은 우리 둘만의 이야기로 꽃이 피고 있었다.

또 여름이 왔다.

저녁때, 다리미질이 다 끝난 다음 어른들이 모두 잠자리에 들고 나서도 우리들은 남아있었다. 우리는 남아서 이야기했다. 이야기 는 해도 해도 끝나지 않았고 아쉬웠다. 저만치 여름 하늘 복판에는 은하수가 걸려 있었고 북두칠성의 국자 모양이 뚜렷했다. 이따금 별똥이 검은 비로드 휘장 위에 박힌 보석처럼 빛나다가 굵은 선을 쩍 긋다가다 지워진다.

별 하나 나 하나, 별 둘 나 둘, 별 셋 나 셋……

"별똥이 떨어질 때는 그 별의 임자가 죽는다지?"

옥이가 고개를 뒤로 활짝 젖히고 밤하늘을 우러러 보면서 말했 다.

"정말 누가 죽었을까?"

하늘에는 쉴 새 없이 운하가 흘렀다. 밤중에 죽음 이야기를 하니까 우리는 무서웠다. 죽음은 무서웠다.

"애, 우린 무서운 이야기는 하지 말자. 애, 넌 이담에 커서 뭐가 될 꺼니?"

"난 말이다. 학교 여선생님이 제일 좋더라. 나는 선생님이 되고 싶어."

옥이가 하늘의 별을 우러러 보면서 꿈꾸듯이 말했다.

"넌?"

옥이가 선생님이 되겠다기에 나는 생각해 보지도 않고 즉흥적으로 말해버렸다.

"나는 과학자가 되고 싶어. 우리가 책에서 배웠잖니. 퀴리 부인 말야. 라듐을 발견한."

"참 너는 꿈도 크다. 넌 할 수 있을 거야. 너는 너의 아버지가 상급학교엘 보내줄 테니까."

내가 상급학교에 간다는 것은 기정사실에 불과했다. 그것은 그전부터 그러니까 고모들을 비롯해서 사촌 언니까지 모조리 여자들도 중학교에 진학을 했기 때문이었다. 그러나 옥이네는 달랐다. 옥이네 집은 할아버지가 살림살이 맡아서 주관했을 뿐만 아니라 여자가 외지로 공부를 하기 위해 집을 떠나간다는 것은 엄두조차 낼 수 없었다.

"애, 그런 사람은 책에서만 나오는 사람이다."

옥이가 이상하다는 듯 내 얼굴을 쳐다봤다.

"그래두 난 공부할 거야. 퀴리 부인은 거짓말로 꾸며낸 이야기가 아니라 실지루 살았던 사람인데 뭘."

나는 내가 노력만 하면 이 세상에서 안 되는 일이 없을 것이라고 자신만만하게 생각하고 있었다.

"난 서울 가서 공부할 거야."

옥이가 내 말에 대꾸하지 않았다.

"애, 그럼 네 신랑감은 학교 선생님이 되겠구나. 너네 작은아버지처럼!"

나는 옥이 삼촌을 떠올리면서 장래에 옥이 신랑감을 생각했다.

"그럴 수도 있겠지. 그렇담, 네 신랑은 당연히 과학자일 거야. 퀴리 부인 남편도 훌륭한 물리학자였으니까."

우리들은 어느새 신랑감 이야기를 입 밖으로 냈으므로 서로 얼굴을 붉히면서 웃었다.

무잿봉 골짜기 숲속에서 군호 새가 울었다. 구구구구.

"애, 무섭다. 저 새는 총각 죽은 혼이 새가 되어서 밤마다 처녀들한테 군호를 보낸다지 않니. 청승맞다. 하필이면 왜 저런 새가 됐을까. 꾀꼬리나 종달새가 됐더라면 좋았을 텐데."

"그러게 말야."

옥이가 치마를 털면서 일어났다.

"내일 만나자."

"그래 그래, 잘 자."

옥이는 맷방석을 둘둘 말아서 추녀 끝에 세워놓고 우리는 헤어졌다.

군호 새는 여전히 구구구구 울었다.

7

텃굴에 사는 그 아무개네는 이불이 없어서 밤에 잘 때 여편네 치마를 덮고 자느니 그 누구네 집은 가난해서 아무개 처는 속 고쟁이를 못 입고 홑치마만 두르고 다닌다는 소문은 그럭저럭 들리지 않았다. 해방이 되고 새 세상을 만나서 어쨌거나 물자는 흔전만전 넘쳤다. 중고이지만 군용담요, 군복, 장교용 사지쓰봉, 워커 등등 비록 그것들이 남이 입던 것이라 할지라도 마음만 먹으면 손쉽게 구할 수 있었다. 농사꾼들도 자신이 부지런하기만 하면 하오개에 가서 땔나무만 긁어다 팔아먹어도 이불을 못 덮고 자거나 홑치마를 입지 않아도 됐다. 적어도 몸을 움직이기만 한다면 절대 가난에서 헤어날 수 있는 구멍은 사방 군데 있었다. 남들보다 부지런하고 머리만 잘 쓰면 살림살이는 오순도순 불어났다.

동네 소문은 누구네가 땅을 사고 누구네가 땅을 내놨다는데 민감했다. 자체 노동력이 있는 집은 발전하였고 그렇지 못한 집은 현상 유지가 어려웠다. 마을 사람들의 생각은 두 가닥으로 갈렸다. 한편은 손가락 하나 까딱 않고 살고자 하는 축과 또 한 편은 서 푼 되는 품삯이라도 그 돈의 소중함을 알고 뼈가 휘도록 일하는 축이었다. 마음이 헙헙해서 손에 쥔 것이 없어도 결코 노동을 천역으로 알고 남의 집 품팔이를 하지 않는 사람들의 수효가 일을 하는 숫자보다 우세했다. 이 사람들은 버러지같이 일꾸러기로 사는 사람들을 동정했다. 이 좋은 세상에 태어나서 나그네 인생된 동안에 거저 편하게 살다 죽으면 그뿐인 것이라고 인생 끝나면 저승에도 일감을 가지고 가겠는가 회의했다.

아버지는 봄부터 가을까지는 그럭저럭 유지됐지만 가을에는 여름내 묵을 품삯 때문에 식량을 팔아서 갚았고 그것도 모자라서 농토를 한 귀퉁이씩 팔아서 대봉쳤다.

마을 안 소문은 우리집에서 내놓은 농토에 관하여 말이 많았다. 아버지는 겨울 동안 주막에 앉아서 농토를 방매했다. 땅을 내놓은 사람은 많았지만 살 사람은 없었다. 그래서 서울에 돈 많은 연고자를 알고 있는 사람들이 뻔질나게 문안을 드나들면서 흥정을 붙였다. 집식구들은 소문을 듣고 아무 곳의 농토가 아무개네 손으로 넘어간 것을 알곤 했다. 농토를 산 사람 쪽은 으레 우리집 과수원 일로 매일 출근하다시피 품일을 다니던 사람 중에 한 사람이었다. 그 사람은 품삯을 모았다가 변리를 놓았고 이렇게 늘린 돈으로 농토를 장만하곤 했다.

마을에는 새로운 부자가 등장했다. 그 새 부자는 두말 할 것 없이 노동력이 많은 집이었다. 삼부자사부자(三父子四父子)가 합심을 해서 열심히 일하는 집은 돈이 모였다. 가족들은 탄식했다.

"은지고 빌어먹다니, 어찌 그 많은 가대(땅)를 가지고 빚 속에 묻혀 산담. 이것은 다 집안이 안 되는 징조다. 이 집안에 복 없는 물건이 들어선 때문이야."

할머니의 복타령은 험구에 가까웠다.

"사람들이 모두들 새 세상을 만나서 활개치면서 사는데 우리집은 웬일로 살림이 조여 들어가니 이런 변고는 받을 복이 없는 탓이렷다."

할머니는 입술을 떨면서 말했다.

"아이구. 지겨워라. 밑도 끝도 없는 일만 허구헌날 하면서 살아도 속시원한 꼴이 없으니 내 팔자도 고약해라."

어머니는 어머니대로 탄식이 하늘까지 닿았다.

이 무렵, 나는 서울에 명문여중에 수학하게 되었다.

어머니의 함 속을 뒤져보던 호기심도 시들해졌다. 옥이는 그의 예감대로 진학을 포기하지 않으면 안 되게 되었다. 그 애 할아버지는 단호히 옥이의 진학을 거절했기 때문이다.

"계집애가 소학교 했으면 바느질이나 잘 배워 시집가는 게 제일이지 여자가 글을 배워 뭣에 쓸 것이여."

이와 같은 옥이 할아버지의 뜻은 아무도 꺾을 수 없었다. 옥이는 우리 아버지를 부러워했다.

"애야. 울 아버지는 할아버지 말씀이라면 꼼짝도 못한단다. 너는 참 좋겠다."

옥이는 우리 아버지를 진심으로 부러워했다. 옥이 아버지는 마을에서 소문난 효자였다. 그러나 우리 아버지는 부모 뜻에 순종하지 않을 뿐더러 세상 누구도 아버지의 뜻을 막지 못했다. 그러나 한편으로는 마을에서 어느 한 사람도 엄두내지 못하는 일들을 잘 감당해냈다. 그리고 아버지는 말했다.

"지금 세상에 아들딸이 무슨 상관이냐. 누구든지 능력만 있으면 잘 가르쳐 훌륭하게 되는 것이지."

하면서 아버지는 나의 진학에 관해서 자부심과 그리고 지대한 관심을 가지고 있었다.

그 당시 아버지는 한 평에 일 원씩하는 개울 벌판 만 평을 사들였다. 그 땅은 거의 모래땅이어서 박토에 가까웠지만 아버지는 그 땅을 대단히 사랑하고 그리고 앞으로는 긴요한 땅이 될 것이라고 믿고 있었는데 그 집에는 큰고모가 기거하고 있었다. 소싯적부터 아들 하나를 데리고 친정살이를 하다 말다 하던 큰고모는 해방이 되고 토지개혁이 되자 아버지는 농지 상한선을 웃도는 토지를 큰고모의 명의로 바꿔놓고 그 집에서 살도록 내주었다. 고종사촌 오빠는 소학교만 나온 뒤, 집에서 아버지 심부름을 하면서 지냈는데 내가 서울로 상급학교에 진학하게 되자 사촌은 나의 짐을 들어다 주곤 했다. 그 당시 큰고모는 나와 사촌이 동행하는 것을 심히 못마땅하게 생각하고 있었다. 그때 나는 큰고모가 왜 그러는지 정확하게 그 심증을 알아차리지 못했다. 나중에 알게 된 일이었지만 그것은 큰고모의 자존심이었다. 그랬다. 부모의 마음은 모두 같은 것이었겠는데 배우지 못한 자기 자식이 계집애 짐보따리나 들어다 주는 일은 그 꼴이 결코 마음 편할 리 없었기 때문일 것이었다. 그래서 큰고모의 그러한 마음을 알고 난 후부터 어머니는 어머니대로 다 큰 사내아이란 핑계를 대서 사촌과 나를 격리시켰다. 이처럼 어머니와 고모는 서로 견제하면서도 약자들끼리의 통사정을 서로 털어놓으면서 잘 지내던 터였다. 그러나 나의 상급학교로의 진학에는 어려움이 많았다. 그 첫 번째로 뉘집에 기거하느냐는 문제가 가장 컸는데 그때 학교에는 기숙사가 있었지만 기숙사에 들어갈 만큼의 재정적 여유가 없었다. 그저 양식과 땔나무와 양념거리를 보태주면서 있을 수 있는 집을 물색했는데 그래도 제일 만만했던 집이 둘째 고모네 집이었다. 둘째 고모네 집은 삼청동에 있었다. 나는 삼청동에서 서대문까지 걸어서 학교에 다녔다. 초등학교 이

학년 때 시골로 전학을 갔다가 오 년 만에 다시 돌아온 서울은 낯설고 그리고 마음 붙일 만한 곳이 못되었다. 친구도 없었다. 나는 학교에 가서 내 책상에 앉으면 화장실 갈 때나 그 자리를 떠났을 뿐, 하루 종일 앉아 있었다. 도시 아이들은 밝고 명랑했다. 그 애들은 기고만장해서 떠들어대고 또 까불었다. 선생님도 어려워하지 않았다. 선생님마다 별명을 붙여놓고 아이들은 기회 있을 때마다 놀려대곤 했다. 내가 다니던 학교는 미션스쿨이었는데 자유와 평화와 사랑을 존중했으므로 아이들은 결코 벌 세우지 않았다.

나는 이 낯선 도시의 낯선 아이들 틈에서 말 못하는 촌뜨기로 앉아 있었다. 모두 다 총명하고 공부 잘하는 천재들만의 교실인 것 같았다. 그 당시 학급에는 종교부장이 있었는데 그 아이는

"구하라 그러면 열릴 것이요. 문을 두드리라 그러하면 열릴 것이니라."

는 성경 말씀을 자주 들먹였다. 내가 앉은자리에서 대각선으로 바라보이는 벽 위에서 액자가 한 점 걸려 있었다. 그 액자 속의 그림은 예수님이 문 앞에서 노크하는 모습이 걸려 있었다. 중학교 일학년 때 나는 구할 것도 없었고 그리고 문을 두드리지 않았다. 그때 나의 생각을 전부 차지하고 있었던 것은 어서 빨리 토요일이 오는 것이었다. 나는 오로지 토요일을 기다렸고 토요일은 집에 간다는 기쁨으로 충만해 있었다. 나는 그때 왜 그토록 집이 그리운 것인가도 알지 못했다. 그렇다고 학교생활이 싫은 것도 또 고모네 집에서의 생활이 불편한 것도 몰랐다. 다만 학교는 다녀야 하는 것이고 고모네 집에서는 저녁은 으레 죽을 먹고 있었는데 왜 죽을 먹고 있는지도 알지 못했다. 그리고 집에 돌아와서는 아무렇지도 않게

고모네 집은 저녁에 죽을 먹는다고 이야기하곤 했다.

집에는 먹을 것이 지천이었다. 과일도 많고 곡식도 흔했다. 그런데 왜 고모네는 먹을 것이 귀할까. 물론 고모부가 안 계셨지만 사촌이 직장에 나가고 있었다. 그러나 할머니는 나의 이야기를 듣고도 함구무언이시다. 그리고 이따금씩 한마디 했다.

"그게 다 없는 표적 내느라고 그런다. 갸는 갸 먹을 것 가지고 가 먹으니 상관 말거라."

그러나 어머니는 달랐다.

"집에 먹을 것을 지천으로 놔두고 그것이 도시락도 못 싸가지고 다니다니."

어머니의 애석함은 대단했다. 그러나 나는 그때 배고프지 않았다. 나는 배가 고프거나 집 생각이 뼈저리게 난 것이 아니었다. 왜 그런지 마음이 울적하고 별로 신바람이 나지 않았다. 그리고 막연한 열등감 속에서 한 학기를 마치게 되었는데 그 기고만장한 아이들도 한 학기가 지나니까 모두들 그 실력의 판도가 드러나고 있었다. 한 가지 불가사의한 일은 모두들 일등짜리 우수한 학생들만 모여 있었는데도 또다시 열등생과 우등생이 생겨난다는 현상이었다. 그나마 나는 상위권에 속해 있었다. 그러므로 아버지의 자부심을 충족시키기에 만족했으므로 아버지의 나에 대한 배려는 특별했다.

그 이듬해부터 구월학기가 봄 학기로 바뀌어서 나는 곧 이학년이 되었다. 집에서는 고생이 되겠지만 남의 집보다는 집에서 다니는 것이 나을 것이라면서 통학할 것을 권유했다. 나는 그러지 않아도 낯설은 객지생활에 싫증이 나려던 터였으므로 그렇게 해보겠다고 나섰다.

청계에서 안양까지는 십 리를 잡았지만 꽤나 먼 거리였다. 어른이 부지런히 걸으면 역까지 한 시간이면 족했는데 그때, 나는 한 시간 반이 걸렸다. 그때까지도 집에는 시계를 비치해 놓지 않았다. 어머니는 새벽 첫차의 기적소리를 듣고 일어나서 새벽밥을 짓는다. 나는 이른 봄철인데도 어둑어둑해서 집을 나서곤 했다. 아버지가 날이 샐 때까지 바래다준다. 안양까지 거리의 삼분의 일이 되는 부림마을까지 오면 날이 완전히 밝는다. 그곳부터는 신작로이다. 아버지는 나에게 차 조심할 것을 이르고 되돌아 간다. 나는 이른 아침 자갈이 구르는 신작로를 걸으면서 여러 가지 생각을 했다. 그 생각들은 다름아닌 마을 사람들이 아버지를 깔볼 수 없게 나 자신이 떳떳하고 훌륭하게 되는 길이라고 생각했다. 그러나 그 훌륭하게 되는 길이란 그저 막연한 것이었다. 그 길은 어쩌면 열심히 학교에 잘 다녀서 졸업을 하면 그 영광스러움은 곧 나에게 찾아올 것만 같은 그런 기대감이었다. 그러기 위해서는 나에게 따른 어려움 따위는 결코 이겨내야 할 것이라는 신념만은 확고부동한 것이었다. 그래서 그때 나는 왕복 이십 리를 넘게 매일 걷는 일과 기차 타는 것과 기차에서 내려 또 학교까지 이십여 분 걷는 거리를 강행군하면서 조금도 지칠 줄 몰랐다.

이렇게 해서 나의 도시로의 나오고 싶은 욕망은 일단 이루어진 셈인데 마음은 흡족하기는커녕 오히려 자신을 잃은 쪽이었다. 시골생활에서 나의 오만감은 여지없이 뭉개져버리고 나는 얼굴이 봄볕에 탄 보잘것없는 촌뜨기에 불과했다. 마을 사람들이 선망의 눈길을 나에게 보내주면 그럴수록 나는 오히려 기가 죽었다.

그해 봄 일손이 뜨악했다. 왜냐하면 초식에 지친 아버지가 벌밭에는 모두 갈보리와 밀을 갈았다. 그해에는 보리 풍년이 들었다. 보리는 탐스럽게 이삭을 벌어서 여느 해보다 소출이 월등했다. 보리타작은 농사일 중에 매우 힘드는 일이다. 절구통을 눕혀놓고 일꾼들은 번갈아가면서 보리뭇을 밧줄로 묶어 들고 태질한다. 잘 마른 보리 이삭은 태질할 때마다 쏟아진다. 보리 이삭이 알뜰하게 털어질 때까지 태질을 계속해야 하기 때문에 더운 여름, 일꾼들의 등걸이는 소금자루처럼 땀에 절었다. 이렇게 진종일 태질이 끝나면 낟알은 도리깨질을 해서 수염을 바숴버린다. 그리고 금쪽같은 낟알을 풍구에 돌린다. 풍구질을 하고 노련한 일꾼이 키에 나락을 담아서 날린다. 그 노련한 일꾼은 나락 담은 키를 모로 들고 일렁거리면서 조금씩 조금씩 쏟아놓는다. 나락이 너무 많이도 너무 적게도 말게 알맞게 흘려야 했다. 보리 가락은 겨와 같이 바람에 날아가 버리고 알곡만이 땅 위에 오붓하게 쌓인다. 키질과 풍구질은 서로 걸맞게 바꾸어가면서 진행된다. 일꾼들은 고함을 지르면서 좀 더 센 바람을 일으키도록 부추긴다. 그리고 풍구질이 끝나면 그 노련한 일꾼은 키를 잡고 나락 더미를 키로 부친다. 두 사람이 마주서서 맞바람을 일으키는 장면은 볼만하다. 그들은 몸을 옆으로 활처럼 휘어지게 구부렸다가는 펴면서 높이 쳐들었던 키를 밑으로 내려치곤 했다. 그 모습은 춤을 추는 것 같았다. 보리 가시는 사방으로 날린다. 보리 가락은 몸에 베기면 깔끄러워 피부가 약한 사람은 두드러기가 돋곤 한다.

풍구질은 날이 어두워서까지 계속됐다. 일꾼이 횃불을 만들었다. 그리고 횃불 속에서 풍구질과 키질은 계속했고 또 한편에서는 나락을 가마에 담아서 저울에 달았다. 대형 손저울의 손잡이를 장정

두 사람이 목도로 들어올려서 목침 덩어리만 한 무쇠 추를 수평으로 놔주고 있었다. 목도를 메고 있는 두 남자는 목덜미에 힘줄을 일으켜 세우면서 힘을 주었고 아버지는 바가지를 들고 가마 속의 나락을 덜어내기도 하고 퍼 담기도 했다. 이렇게 저울질이 다 된 나락 가마는 아구를 보리짚으로 막고 새끼줄로 동여서 한옆으로 던졌다. 일꾼들은 보리 가마를 져다가 고방 속에 쌓았다. 일꾼들은 지칠 줄 몰랐다. 그날 저녁은 특별히 닭을 세 마리나 잡았다. 그리고 일꾼들은 밤늦게까지 술을 마시고 집으로 돌아갔다.

그 이튿날 새벽, 나는 전처럼 십 리를 걸어나와서 통근차를 기다렸다. 역에서 상급생들이 수군거렸다. 그 수군거림은 수상했다. 일요일인 어제 삼팔선이 무너졌다는 소식이었다. 그러나 그날 그때 그 아무도 학교에 가지 말아야겠다는 생각을 한 사람은 없었다. 그리고 모두들 평상시처럼 기차를 탔다.

나는 마을 사람들이 예사로 흘리던 말이 생각났다.

"개나리꽃이 봄 가을로 일 년에 두 번씩 피면은 난리가 난다던데."

"그려, 큰일났구먼."

"지난여름 그 아무개네 고구마밭에 고구마꽃이 핀 것 봤나? 영락없는 메꽃인 줄 알았는데 그게 고구마꽃이었다네."

"세상이 시끌시끌한 게 불안해 뭔일이 터질 것 같구먼."

소문처럼 난리가 기어이 났다. 그런데도 유월의 아침해는 밝고 기름지게 황금 빛깔로 빛났으며 산에 들에는 초여름을 맞는 신록이 흐드러져서 훈풍에 일렁거렸다.

학교에 가니까 아이들이 이야기했다.

"얘들아. 전쟁이 일어났다."

"어디서?"

"얘는 어디긴? 인민군들이 일요일 국군들이 휴가 나간 틈을 타서 삼팔선을 넘어 쳐들어왔단다."

"어떻게 알았니?"

"라디오에서 방송했다."

"전쟁이 일어나면 우린 어떻게 되는 거지?"

"몰라."

선생님은 교실에 들어오지 않았다. 첫째 시간부터 자습시간이 계속되었다.

"왜 선생님이 안 들어오실까?"

"직원회의 중이시다."

반 아이들이 물으면 반장은 교무실을 들락거리면서 안타까워했다. 셋째 시간이 시작할 무렵에 담임선생님이 들어왔다. 선생님의 얼굴은 긴장돼 있었다.

"얘들아. 전쟁이 일어났다. 우리는 당국의 지시가 내릴 때까지 수업을 계속할 것이다. 만약에 적기의 침공이 있을지 모르니 그때는 모두들 책상 밑으로 숨도록 할 것이다."

평소에 떠들기로 소문나 있던 반 아이들도 그때만은 죽은 듯 숨죽였다. 그리고 선생님의 말 한마디 한마디를 주의 깊게 경청했다. 담임선생님이 나간 후, 교실 안은 술렁거렸다. 우리들은 공포심 때문에 수업 같은 것은 생각지도 않고 있었다. 모두들 가까운 자리 애들끼리 동그랗게 무리를 짓고 이야기하고 있었다. 아이들 모두 전쟁과 난리에 관한 것보다는 전쟁이 일어났어도 계속 수업이 진행될 것인가에 대해서 의견이 분분했다. 우리들은 모두들 학교가 쉬기를 희망했다. 그것은 전쟁에 대해 아는 바가 없었으므로 전쟁에 대한 공포심보다는 지난가을처럼 뇌염 경보가 내려서 당분간 학교가 휴업했을 때같이 그렇게 잠깐 쉬는 것으로 착각하고 있었다. 셋째 시간부터 수업은 정상대로 운용됐다. 수업 시간에는 아무도 전쟁에 관해서는 언급하지 않았다. 수학 시간이었다. 수학선생님은 얼굴이 동그랗고 희고 단아한 외모에서 풍기듯 수업 분위기를 흐트러짐 없이 이끌었다. 아이들은 조용했으나 그러나 반응이 없는 차분한 수업이었다. 그런데 넷째 시간이 끝날 무렵이었다. 아주 가까운 곳에서 폭격 소리가 났다. 그 굉음은 하늘 위에서 들렸는데 깜짝 놀란 아이들이 고함을 질렀다. 굉음소리는 요란했다. 귀청이 찢어질 것만 같은 공기를 탄력있게 가르는 비행기 소리와 함께 그 소리는 아주 가까운 곳에서 들려왔다. 반 아이들이 한꺼번에 또 "악ー" 소리를 지르면서 책상 밑에 숨었다.

"조용히들 하고 있어."

선생님이 교무실로 달려갔다. 물상 시간이었다. 물상 선생님은 유난히 희고 번듯한 이마가 인상적이어서 아이들은 두부찌개라는 별명을 붙여놓고 선생님이 듣거나 말거나 두부찌개 선생님이라고 불렀다. 두부모처럼 네모 번듯한 이마는 항상 포마드칠을 한 머리카락 밑에서 번쩍번쩍 빛났다. 웃음을 잃지 않는 선생님의 얼굴에서 순식간에 웃음이 싹 가시더니 기름진 이마도 한순간 빛을 잃고 창백한 마스크로 변했다.

아이들의 장난기는 사라지고 몇몇 아이들은 소리내어 울었다. 잠시 후, 담임선생이 뛰어들어왔다. 아이들이 한꺼번에 소리 질렀다.

"무서워요."

"무서워요. 빨리 집에 보내주세요."

울면서 소리 지르는 아이도 있었다.

선생님의 얼굴은 핏기를 잃었다. 담임선생님은 떨리는 목소리로 말했다.

"빨리 책가방을 싸가지고 집으로 돌아가라. 절대로 길에서 지체하면 못쓴다."

"선생님, 내일 학교에 와요?"

숫기 좋은 아이가 질문했다.

"등교일은 라디오로 방송을 할 것이다. 별도로 지시가 있을 때까지 휴업이다."

아이들은 모두들 조금 전의 공포심을 깜빡 잊고 반가움의 함성을 질렀다.

"와아—"

"선생님. 질문 있어요."

그 숫기 좋은 아이가 또 말했다.

"청소해요?"

"오늘은 그냥 가도 좋다. 대신 각자 자기 자리에 떨어진 휴지를 줍도록 해라."

"와—"

아이들이 또 한차례 함성을 지르면서 교실 밖으로 뛰어나갔다.

거리에는 사람이 없었다.

거리에는 유월의 황금빛 태양만이 충만하게 반짝거렸다. 나는 그 날처럼 청명했던 날씨는 느껴보지 못했다. 하늘은 푸르렀고 햇볕은 투명했고 그래서 거리는 더욱 어둡다고 느꼈다. 가로수 밑의 그늘이 그랬고 건물들의 그림자가 더욱 그랬다. 나는 그 노란 햇빛 속을 혼자 뛰어 서울역까지 왔다. 남대문 로터리를 돌 때였다. 그 빈 행길 한복판을 유월의 녹색이 찬란한 나뭇가지를 꺾어 덮은 군용 지프차 몇 대가 질주했다. 그 군용 지프차는 방금 전선으로부터 달려온 듯싶었다. 진흙 묻은 차바퀴이며 걷어올린 군인들의 긴장된 팔뚝에서 전쟁의 흔적을 읽을 수 있었다. 달리는 지프차의 속력 때문에 철모에 꽂힌 그 녹색의 나뭇가지들은 한결같이 질주하는 반대쪽으로 나부끼고 있었다.

역사 안에는 사람이 없었다. 나는 개찰구 맨 앞에 서서 개찰을 기다렸다. 낮 차부터 기차가 운행되지 않고 있었다. 저녁 통근차 시간까지 나는 텅 빈 대합실 안에서 서성거렸다. 사람들이 수군거렸다.

"용산역을 인민군 전폭기가 폭격을 했다지?"

"그렇다나 봐. 왜 서울역이 아니고 하필 용산역이었을까?"

누군가 회의를 품자 한 남자가 이야기 속으로 끼어들었다.

"그거야 뻔하지 않소. 병정들을 실어 나르는 데가 욕산역이지 않소."

의문을 표명했던 사람이 겁에 질려서 끼어든 남자 곁에서 슬금슬금 멀어졌다.

"빨리 떠나야 할 텐데."

사람들은 불안해서 서 있었다. 사람들은 여느 날처럼 대합실 의자에 걸터앉지 않고 서성거렸다.

폭격은 한 번 그렇게 있었다. 그리고 아무렇지 않았다. 통근차 시간 임박해서 역사 안은 학생들로 꽉 찼다. 개찰구 앞으로 종전처럼 긴 행렬이 늘어서고 우리들은 이야기하고 떠들었다. 그러느라고 텅 빈 거리라던가 질주하는 군용차의 행렬 같은 것은 무관하게 돼버렸다.

안양역에 내리니까 석양 무렵이었다.

그날은 노을이 유난하게 빨갛게 물들었다. 그 노을 속에서 점점 짙어지는 유록색 산그늘은 고즈넉하기까지 했다. 나는 그 노을 속을 터덜터덜 걸어서 집에까지 왔다. 어머니가 반색을 했다. 아버지가 걱정하던 참이다.

"참 잘 다녀왔구나."

할머니가 말했다.

"내일부터 학교에 안 가도 돼."

나는 시무룩해서 말했다. 왜 그런지 학교에서처럼 신나지 않았다.

"그러냐. 며칠 쉬게 됐구나."

어머니는 서슴없이 며칠이라고 말했다. 그러나 그 며칠은 너무 길었다.

그 다음날 아침부터 비가 내렸다. 가랑비가 진종일 조용조용하게 내렸다. 그 빗속을 뚫고 멀리서 아주 은은하게 포성이 들려오기 시작했다.

그 포성은 마을 사람들의 마음을 사로잡고 있었다. 그리고 사람들은 각자 자기의 추측대로 앞으로 닥칠 시국을 점쳤고 그리고 전쟁을 어떻게 대비해 나갈 것인가를 궁리하고 있었다. 그 시국의 대비란 별로 특별한 것이 아니었다. 때는 바야흐로 모내기철이었으므로 난리가 쳐들어오기 전에 어서 서둘러서 모내기를 끝내야겠다는 계획이었다.

할머니는 아버지의 선견지명에 대해서 감탄했다.

"뭐니 뭐니 해도 그 애는 선견지명이 있다. 난리를 대비해서 올해에 보리농사를 푸지게 지은 것만 봐도 알만하다. 난리가 나면 뭐니 뭐니 해도 식량이 있어야 한다."

서둘러서 보리타작과 밀타작도 모두 끝났다. 곡식 가마는 광에 가득 차 있었고 대문간 한옆에는 보꾹까지 치쌓여 있었다. 보리, 밀을 합쳐서 백여 가마의 곡식섬은 보기만 해도 흐뭇했다. 그러나 만일 난리가 마을 안에까지 쳐들어온다면 아버지는 앞으로 닥칠 세상을 겁내고 있었다.

피난민들이 밀어닥치기 시작했다.

피난민들은 서울 사람이 아닌 그보다 더 북쪽 삼팔선 근처에 있는 농부들이었다. 그들은 너무 갑자기 밀어닥친 독난리에 모심다 말고 식구들을 데리고 빈 몸으로 우리 마을로 들어왔다. 피난민들은 살림살이를 고스란히 놔두고 떠나온 데 대해서보다 모를 다 심지 못하고 떠나온 고향을 걱정하고 있었다. 모만이라도 다 꽂아놓고 왔더라도 좋을 것이라고 가슴을 두드리고 안타깝게 생각했다. 모만이라도 꽂아놓았어야 난리가 평정되고 고향에 돌아가 볍씨라도 건져야 할 것이라고 근심에 쌓여 있었다.

아버지는 그들 피난민들과 조석을 함께 지어먹도록 어머니에게 지시했다. 난리 속에서도 어머니는 평소 일꾼들의 밥을 할 때보다 더 많은 식구들의 밥을 가마솥 가득히 했다. 피난민들은 빈방을 모조리 차지했다. 그리고 피난민들은 날이 갈수록 점점 그 수가 불어났다. 그래서 방이 없어도 헛간이나 외양간에서도 살았다.

포성은 점점 가깝게 들려왔다. 사람들은 포소리를 듣고서 전선의 이동을 가늠하곤 했다. 피난민들은 아무 곳에서나 무조건 짐을 풀고 묵었다. 피난민들이 제가끔 자신들이 겪고 떠나온 전황 등을 소상하게 말해주었으나 그것들은 믿을 만한 것이 못되었다. 왜냐하면 피난민들은 자신이 겪은 처지에서 나름대로 전쟁을 평가하고 있었기 때문에 겁을 주는 사람들과 그렇지 않은 사람들과의 벽은 암암리에 진실의 입을 막아버렸기 때문이다.

아버지는 보리 가마를 가득 싣고 정미소로 갔다. 아버지가 집에 없는 틈을 타서 할머니가 피난민들을 대청으로 모아놓고 말했다.

"이 난리를 당해서 우리가 언제까지 당신네들과 함께 조석을 같이 먹을 수 없는 일이니 오늘 저녁부터 각자 따로 끓여먹도록 하오. 내 보리쌀 한 말씩을 줄 것이니 그것을 먹는 동안 살아나갈 방도를 마련하시오."

피난민들이 큰 광 앞으로 줄을 섰다. 할머니는 뒷마당 가운데 둥근 두레방석을 펼쳐놓고 그 안에 다시 맷방석을 놓고 말을 들여놓고 어머니에게 보리쌀을 퍼서 담으라고 지시했다. 피난민들은 할머니의 말됨질에 서운한 눈치를 보였다. 기왕에 줄 바에는 고봉으로 줄 것이지 보리쌀이 말 전더구니에 찰랑찰랑하게 퍼주는 됨질을 나무랬다. 그러나 할머니는 단호했다.

"이 나락 농사 지어 밥솥에 들어가게 만들기까지 얼마나 땀흘려

노고가 많았는 줄이나 아오. 가난 구제는 나랏님도 못한다구 했는 데 이만 것도 당한 줄이나 아오. 이 집 쥔장이 선견지명이 있어 난리 날 것을 미리 알고 보리농사를 푸지게 지어놨게 망정이지 그렇지 않았으면 보리쌀 가마 소출이 고작이었다오."

피난민들은 양재기를 들고 와서 장을 좀 달라 양념을 달라 푸성귀를 달라고 기가 죽어서 간청했다. 어머니는 할머니의 눈치를 흘금흘금 살피면서 거절하지 못하고 퍼냈다.

아버지가 보리방아를 찧어 왔다. 피난민들이 밖에서 한댓솥에서 밥을 끓이는 것을 보고 어떻게 된 일이냐고 다그쳤다. 그리고 아버지는 할머니의 결단을 듣고 화를 냈다. 아버지는 겁이 많았다. 기왕에 세상은 딴 세상으로 바뀌었는데 할머니는 어쩐 일로 독단으로 예전대로 세상을 살까보냐고 나무랬다. 세상은 달라졌으니 이 달라진 세상에서는 모든 백성들이 다 같이 일해서 다 같이 나누어 먹고사는 세상인데 어째 네것 내것을 구별짓는가고 할머니의 행위를 위험한 처사라고 꾸짖었다.

"그저 어머니는 가만히만 계세요. 잘못하다가는 불똥이 튀면 위험합니다."고 거듭 강조했다.

그러나 할머니는 아버지 앞에서는 묵묵부답으로 듣고만 있다가 아버지 없는 틈을 타서 뼈있는 말을 했다.

"제아무리 네것 내것이 없는 불한당 같은 세상일지라도 사람 사는 세상은 달라질 게 뭐 있을라구. 제 서방이 제 자식 거느리고 살지 서방 지집 자식까지도 네것 내것이 없을 수는 없지. 제 서방 제 자식 구미에 맞게 밥 끓여 먹으라는 게 무슨 큰 죄가 될까."

그러나 아버지는 서둘렀다. 어차피 공산주의 세상이 되면 있는 사람이 내놓아 없는 사람에게 나눠주는 것인데 그럴 바엔 미리 아우성치는 피난민들에게 식량을 분배해주겠다고 나섰다.

아버지는 땀과 품을 들여 묶어놓았던 보리쌀과 밀 가마를 풀어서 피난민들에게 무상으로 퍼주었다. 이 소문은 타동 마을까지 소문이 퍼져서 식량은 단박에 바닥이 났다.

가족들은 아무도 아버지의 처사를 막을 수 없었다. 식량은 가족들이 먹을 것도 부족했다. 그런데도 불구하고 아버지는 대독에 감춰둔 곡식을 퍼내서 마차로 실어다가 이장집에 주었다. 이장이 알아서 분배해줄 것을 위탁했다.

마을 사람들은 피난민들에게 물건이나 돈을 받고 식량을 바꾸었다. 제일로 값나가는 물건은 재봉틀이었다. 어머니가 아버지에게 불평했다.

"남들은 물건하고 바꾸는데 왜 우리는 피땀 흘려 지은 곡식을 거저 퍼주누." 하면 아버지는 소리 질렀다.

"아니. 사람의 목숨이 중하지 난리통에 목숨이 왔다 갔다 하는 판국에 남의 물건을 탐내서 뭣해."

"탐내는 게 아니라 안에서 좀 편해보자는 게 뭐가 잘못됐다구 저럴까. 하여간 남의 사정 모르기는 모자가 똑같다니까."

어머니는 아버지의 등뒤에 대고 입술만 달싹거리면서 중얼거렸다.

포성은 점점 가까이 들렸다. 때때로 문창호지가 부르르 떠는 굉음도 간간이 들렸다. 이럴 때는 안방의 지개문이 저절로 열리곤 했다. 비는 계속 내렸다. 날씨가 궂어 포성은 한결 가깝게 그리고 세

밀하게 들을 수 있었다. 점점 가까이 들려오던 포성이 어느 날 새벽 한강철교를 폭파하는 굉음을 기점으로 남쪽으로 이동해 왔다. 흑석동이나 영등포 근처에 살던 주민들이 새벽녘에 잠자던 채로 달려왔다. 개중에는 팬티 바람으로 달려나온 사람들도 있었다. 그때 한강 인도교가 끊어지는 그 굉음 때문에 우리집 미닫이에 바른 문창호지는 모두 찢어졌고 안방 지게문의 돌쩌귀가 물러났다.

피난민들이 이동했다.

피난민들은 보따리를 이고 지고 아이들 손목을 잡고 소롯길을 따라 남으로 남으로 내려갔다. 아버지도 피난을 서둘렀다. 색에다 간단한 짐을 챙기고 그 색 위에는 네 살짜리 동생을 얹고 어머니와 함께 동생들을 앞세우고 떠났다. 피난을 따라나선 어린 동생들은 소풍을 가는 것쯤 알고 뛰면서 집을 나섰다.

나는 할머니하고 집에 남아 있기로 했다. 옆집의 옥이네도 아버지만 피하고 식구들이 모두 남아 있었기 때문에 나는 아무렇지도 않았다. 피난민들이 떠난 마을은 텅 비어 있었다.

과수원의 복숭아는 칠월로 접어들면서 무르익어 갔다.

난리 중이었지만 피난민들은 남의 집 농작물에 대해서 아주 엄격했다. 네것 내것이 없는 세상으로 바뀌고 있다고 했음에도 불구하고 피난민들은 소금밥을 먹을지언정 남의 것에 손대지 않았다. 때는 바야흐로 초여름이라서 채마밭에는 푸성귀가 한창 어우러지고 있었다. 그 숱한 피난민 중 어느 누구도 주인 모르게 풋고추 한낱 감자 한 알도 훔치는 사람이 없었다. 그들은 모두 필요하면 주인에게 말해서 얻었고 그렇지 않으면 자신이 가지고 있는 물건과 바꿨다. 그러던 어느 날, 국방색 군복을 입은 국군들의 무리가 마을을 거쳐 모퉁이로 가는 소릿길 향나무 그늘에서 쉬고 있었다. 그들은 한결같이 풀죽어 있었다. 그 국군들이 과수원을 지나가면서 천신도 안 한 올복숭아를 몽땅 따먹었다고 이 서방이 와서 말했다.

"암말 말게나. 전쟁하다 지친 병정들의 짓인데 누가 말리겠는가. 그저 암말도 하지 말게나. 그게 다 뉘집의 귀한 아들들이 아니겠는가. 그까짓 게 뭐 대수겠소."

할머니는 그 다음날부터 과수원을 나에게 지키도록 명령했다. 그리고 나에게 엄하게 일렀다.

"애비가 돌아오기 전까지는 복숭아가 물러 떨어지는 한이 있어도 손대지 말아라. 애비가 와서 알아서 처리할 때까지는."

나는 낮에는 과수원에 나가 앉아 있었다. 아버지 대신 과수원을 관리한다는 임무는 그때 나를 으쓱하게 했다. 나는 하루에 몇 차례씩 과수원을 순회했다. 그리고 농익어 떨어진 낙과를 바구니에 주워 담았다. 울타리 없는 과수원이지만 피난민들이 함부로 들어서지 않았다. 그리고 피난민들 중에 나이든 남자들이 시원한 원두막을 찾아왔다. 나는 그들에게 인심 좋게 바구니에 담긴 농익은 복숭아로 선심을 쓰곤 했다.

그 과수원 원두막에서는 안양 읍내가 멀리 바라다보였다. 그 도시는 우뚝우뚝 솟은 공장 굴뚝이 보였고 개인 날이나 흐린 날이나 보라색 안개 속에 잠겨 있었다. 그 안개 속에는 어떤 날은 황진이 국도를 따라 연기처럼 일었다. 사람들은 그 몽실거리는 황진을 보고 인민군 부대가 계속해서 남쪽으로 이동하고 있다고 말했다. 피난민들은 한결같이 십 리 밖 국도를 바라보면서 전황을 점쳐 보는 것이 고작이었다. 과수원을 찾아오는 피난민 중에서 유일하게 전쟁의 경험을 가지고 있는 사람이 한 사람 있었다. 그 사람은 대동아전쟁 때 중국 대륙을 거쳐 남방지방까지 일본군과 함께 진출했다가 다리에 부상을 입은 바람에 살아서 돌아올 수 있었다고 전쟁 무용담을 늘어놓곤 했다. 그의 말은 설득력이 있을 뿐만 아니라 무용담이 무궁무진해서 그의 이야기를 들으려고 매일 출근하듯 찾아오는 사람들도 꽤 있었다.

"남양군도 밀림지대에서 내 왼쪽 허벅지에 관통상을 입고 병원에 누워 있는데 날씨는 어찌나 더웠던지 상한 허벅지는 사정없이 곪아 터졌고 그뿐이던가 붕대로 처맨 상처에서는 구더기가 우글거렸잖았겠나. 군의관이 와서 보더니 살이 썩어 들어간다고 무조건 톱을 들고 내 다리를 자르겠다고 달려들더군. 내가 펄펄 날뛰었지. 누가 내 다리를 감히 자르겠다는 거냐구. 나는 죽어도 좋고 다리가 썩어도 좋으니까 제발 내 다리에 관해서 상관하지 말라고 욕지거리를 퍼부었더니 그때 젊은 군의관이 벌쑥해서 되돌아 갔다구. 뭐니 뭐니 해도 전쟁 중에는 구더기가 명약이더라구. 구더기가 더러운 고름을 다 파먹으니까 곧 새살이 돋아나질 않았겠는감."

그는 당황사로 지은 바지 아랫도리를 치켜올려 그때 입은 상처를 내보였다. 상처는 광솔옹이처럼 붉고 황소의 눈처럼 우멍한 부위가 전쟁의 처참했던 상흔을 보여주었다. 그는 자기가 다리를 잃을 뻔한 경험을 되살리면서 전쟁터에서는 무조건 부상병들에게 톱을 들고 달려드는 군의관들의 횡포에 대해서 기염을 토했다. 그리고 그는 목이 마르다면서 나에게 농익은 수밀도를 청해 먹었다.

그는 모든 피난민들의 리더였다. 그는 마을에서 유일하게 소형

레시버를 가지고 있었으므로 그날그날의 전황을 신속하게 알고 있었다. 그 때문에 원두막은 항상 남자들이 들끓고 있었다. 그들은 피난생활의 곤욕스러움을 무용담을 들으면서 견뎌냈다.

　서울이 인공치하로 함락되고 전황은 낭보보다는 매일매일 비보로 잇달았다. 오늘은 수원, 내일은 오산, 전선은 물밀 듯이 남쪽으로 남하했다. 사람들의 희망은 하루 빨리 바다 건너에서 미군이 우리를 육해공군으로 지원해줄 것을 기다렸다. 그래서 사람들은 미소 양국 중 어느 누가 전투력이 더 강할 것인가에 대해 논쟁을 벌였다. 사람들은 소련군의 탱크부대는 세계 제일이라는 것을 알고 있었고 또한 공군력도 막강한 것으로 믿고 있었다. 때를 같이하여 전투기가 네 대씩 편대를 짜고 국도를 샅샅이 훑고 지나갔다. 그 전투기들은 남하하는 국군들을 용케도 찾아내어 땅밑으로 곤두박질치면서 백발백중으로 표적을 명중시켰다. 비행기 양날개 밑으로 연료통을 매달은 X자형의 전투기는 작고 그리고 그 빛깔도 은색이 아니었다. 사람들은 저것이 소련제 미그기라면서 그 명중률에 떨었다. 자유자재로 날개를 엎치락뒤치락하면서 그 비행기에게 발각이 되는 날이면 그때는 영락 없이 폭탄 세례를 받기 때문에 사람들은 그 쌕쌕이 비행기를 제일 무서워했다. 그래서 그 비행기가 하늘에 떴다 하면 사람들은 나무 밑에나 콩밭 골짝에 납작 엎드려서 죽은 듯이 머리를 땅 위에 쳐박고 숨었다. 그때의 오폭은 아군에게 많은 피해를 입혔다.

　십 리 밖에서 바라보는 전쟁은 마을 사람들에게 액자 속의 그림과 같았다. 처음에는 쿵쿵거리는 대포 소리 때문에 불안해하고 떨었지만 얼마쯤 시간이 경과되니까 사람들은 폭발음이 터지면 그것을 바라보고 구경할 만큼 대단해졌다.

멀리서 바라다보는 화염은 초등학교 때 도화지에 그렸던 그림과 매우 흡사한 것들이었다. 부채살처럼 퍼지는 불꽃 부채나 검은 연기와 흰 연기는 불꽃을 둘러싸는 배경이 되고 있었다. 나는 초등학교 일학년 때, 그러한 그림을 곧잘 그렸었는데 사실에 가까운 이와 같은 광경을 어떻게 보지도 않고 그릴 수 있었는지 모를 일이다. 그러나 곧 전쟁을 실감할 수 있는 일들이 마을을 점령했다. 액자 속의 그림은 현실로 찾아왔다.

8

전황이 바뀌어지자 피난 나갔던 아버지가 돌아왔다. 언제 끝날지 모르는 전쟁이었으므로 무작정 집을 떠나 피난민 생활을 할 수 없었던 터였다. 그리고 아버지는 덕장골이 바로 피난처일 것이라고 확신하고 있었다. 그것은 일제 말엽에도 아버지는 전쟁을 피해 과감하게 서울 살림살이를 내팽개치고 이곳에 왔었다. 덕장골이 피난처일 것이라는 확신은 그저 막연한 생각에서가 아니라 그렇게 믿을 수 있는 지리적 조건을 갖추고 있기 때문이었다.

덕장골은 무잿봉 기슭에 자리 잡고 있었다. 무잿봉은 제법 높은 산봉우리를 이고 있었다. 그 봉우리 끝에 올라서서 바라보면 안양 시내는 물론 멀리 한강 건너 서울까지도 넘겨다 볼 수 있는 높이였다. 그리고 산의 능선은 호랑이의 잔등같이 완만하게 흘러내려 마을 안자락까지 뻗어 내려와서 호랑이의 뒷발과 앞발을 쭉 뻗은 것 같은 야산이 삼태기 속처럼 아득한 분지를 이루고 있었다. 그래서 무잿봉 때문에 덕장골은 절대로 폭격은 당할 수 없을 것이라는 확신은 신념처럼 굳었고 그리고 이곳이 피난처라는 확신은 또 다른 이유도 있었다. 그 또 다른 이유는 다름 아닌 사람들이 철석같이 믿고 말하는 정감록에 기록돼 있는 우물정자 세 개가 있는 마을이 난세의 피난처가 될 것이라는 예언의 확신이었다. 덕장골은 금정 화정 독정리를 가에 두고 있었다. 이 밖에도 살아있는 역사적인 근거로도 그 이유가 합당했다. 즉 청계리나 능안에는 모두 당쟁에서 밀려났던 왕족들의 후예였다. 그들은 한결같이 난을 피해 서울 근교인 관악산 넘어 이곳에 은닉하면서 자연을 벗 삼아 조용히 은둔 생활을 하던 곳이기도 했다. 국도가 나기 이전 그러니까 도보나 필마로 서울을 넘나들던 그 당대에 있어서는 과천이 서울로 통하는 남쪽의 대표적 관문이었음은 말할 나위도 없었다.

서울로 통하는 관문 중에서 마지막 준령이 남태령고개이다. 양쪽으로 깎아지른 절벽으로 감싸인 이 고개는 내가 어렸을 때만 해도 대낮에도 도둑이 들끓었다는 소문으로 들어왔던 터였다. 거꾸로 서울에서 덕장골까지는 동직이를 돌아서 신방뜰, 사냉이고개 남태령고개를 넘어서면 허허 벌판 과천 읍내가 나선다. 할머니는 교통수단이 발달한 뒤에도 서울을 걸어서 다니곤 했는데 문원벌을 제일로 여겼다. 새 술막을 사이에 둔 앞뒤로 펼쳐진 완만한 들은 꼭 쟁반에다 물을 담아놓은 듯한 형국이라고 칭찬했다. 이 문원리를 가로질러서 구리안 구리안에서 샛말, 제비울, 이미, 덕장골까지는 크고 작은 고개가 무려 아홉 개나 됐다. 이 아홉 개의 고개는 바꾸어 말하면 산의 능선이 아홉 겹으로 둘러친 것이나 다름없으니 적은 틀림없이 이와 같은 오지로 달려들 까닭이 절대로 없다고 믿었다. 이처럼 겹겹이 산으로 둘러싸여 있으면서 이곳은 또 청계산 관악산의 준령을 넘나들 수 있는 유일한 통로가 열려 있는 곳이다. 언뜻 보기에는 첩첩산중 같아서 이곳으로 빠져들면 움치고 뛸 수 없는 독안에 든 쥐일 것 같았지만 사실은 그러하지 않았다. 멀리 안양이나 부림 마을에서 청계를 바라보면 산속으로 들어가는 것 같겠지만 산자락이 포개지고 이어지는 곳이라서 하오개를 넘어서면 일사천리 판교로 빠져 용인으로 달음질칠 수 있는 평야가 앞길을 훤하게 터주고 있었다.

이 산자락 밑에는 어김없이 마을이 있었다. 여름날 소낙비 끝에 돋아난 버섯 송이 같은 초가집들이 띄엄띄엄 자리 잡고 있었는데 그 집들은 너무나 고즈넉해 그곳에서 정말 사람이 살고 있지 않다는 생각을 불러일으킬 만큼 조용했다. 이 원터 마을은 겉보기에는 그처럼 조는 듯 마는 듯 조용하고 평화스럽게 보였지만 천주박해 때 천주교도들의 학살로 그들이 이곳에 와서 터 잡고 옹기를 구워서 피난살이를 했다던 마을이었다. 지금도 그곳에는 공소가 서 있고 이곳 마을 사람들은 천주교 신도들이 태반을 넘었다. 하오개는 잣나무가 울울창창했다. 땔나무 흔한 고장에서 옹기 그릇을 구워서 팔아먹고 살았다고 해서 지금도 독쟁이 또는 독정리로 사람들은 불렀다. 지금까지도 그곳의 집 뒤켠을 파보면 독 깨진 파편들이 수북하게 쌓여 있었다.

　덕장골을 찾아온 피난민들이 여름 동안 정착하게 되었고 그들은 어느새 마을의 일원으로서 친숙하게 되었다. 피난민들은 대부분 서울 사람들이었다. 피난민들은 한결같이 날로 심해지는 폭격으로 견디기 어렵다고 말했다. 피난민들은 거의가 다 마을 사람들보다 유식했기 때문에 마을 사람들은 그들과 함께 지내는 동안 좋은 말동무가 될 수 있었다. 세상살이에 새로운 면도 알게 되고 눈 뜰 수 있게 되었다.

　서울로부터 친척들이 찾아들었다. 그들은 한결같이 식량을 구하러 왔거나 아니면 함께 지내기를 희망했다. 친척들을 만날 때마다 할머니는 말했다.

　"바로 여기가 피난 곳이니라. 난리는 조용히 지나갔잖냐?"

　사실 그러했다. 난리는 국도와 말죽거리를 거쳐 용인으로 조용히 빠져나갔다. 또 마을 사람들은 거의 모두가 사상이 온건하였기 때문에 한 달이 넘도록 이렇다 할 변화가 없었다. 때문에 마을 사람들 모두가 바로 이곳이 피난 곳이라고 자부하고 있었다.

　"뭐니 뭐니 해도 사람의 목고개가 제일 무서우니라."

　고모네 집 식구까지 합해서 이십여 명이 넘었다. 처음에는 언제 죽을지 모르는 판국인데 네것 내것을 따질 때가 아니다. 사는데 까지 살아보자고 했다. 그러나 시간이 지날수록 그런 게 아니라는 것이 판명이 됐다.

　"난리가 다른 게 난리가 아니다. 여러 집 식구들이 한 곳에서 아우성치는 것이 난리로구나."

　"그 많던 식량을 지레 다 퍼주고 나니 정작 내 집 식구들 먹이가 간데 없구나."

할머니는 여름 내내 헛간에 앉아서 애벌털이 밀 집단을 다시 풀어서 부지깽이로 털었다. 그래서 칠월의 유일한 양식은 헛간에 보꾹까지 쌓인 밀짚이었다. 그때 이렇게 난리가 나서 궁색하게 될 줄 알았더라면 일꾼들에게 밀짚을 대강대강 태질해 두라고 했을 것을. 할머니는 밑단에 묶인 띠의 마주잡이로 이삭이 그대로 실하게 남은 것을 골라내면서 아쉬워했다. 이렇게 골라낸 밀알을 일일히 씻어 멍석에 펴서 말렸다가 맷돌에 갈았다. 맷돌질은 세 사람씩 했다. 할머니는 손잡이를 잡고 맷돌을 슬슬 돌리면서 아가리에 밥을 먹였다. 할머니는 통밀을 한 움큼씩 움켜쥐고 맷돌 아가리가 앞으로 당겨질 때마다 조금씩 끌어넣었다. 두 사람은 맞은편에서 깔판을 깔고 앉아 T자로 된 지게 끝을 맷돌 손잡이에 매고 그것을 피스톤처럼 움직거렸다. 지겟대는 대청 대들보를 걸어서 밧줄을 늘어뜨려 손이 닿는 높이에서 고정시켜 단단하게 묶어 놓았다.

할머니는 알맞게 통밀을 멕였다.

통밀은 곱게 갈렸다. 맷돌 가장자리로 밀가루가 눈가루처럼 부슬부슬 흘러내렸다. 예전에는 하룻저녁에 통밀 두 말씩 갈았느니라. 이렇게 갈아서 고운 채로 쳐서 밀가루 항아리 항아리에 가득 채워두고 일 년 내내 먹었느니라. 할머니는 언제나 소싯적 일을 회상했다. 집에는 맷돌도 세 질을 놓고 썼다. 두부나 녹두를 갈 때는 쑥돌로 만든 매를 썼고 통밀을 갈거나 팥이나 메밀을 탈 때는 구멍이 숭숭 뚫린 고석매를 썼다. 그리고 깨나 그 밖에 규모가 적은 것을 갈음질할 때는 냄비뚜껑만한 아기 고석매를 썼다. 할머니는 집안에 이처럼 용도에 알맞은 제구들을 구비해놓고 있기 때문에 정미

소를 싫어했다. 쌀이나 보리쌀은 분량이 많기 때문에 힘에 부쳐 집에서 일일이 도정을 할 수 없지만 그렇지 않은 소규모의 것들은 집에서 손수 마련하는 것을 낙으로 삼았다. 방앗간에서 빻아온 밀가루는 먼지 같다. 어디 밀의 제 맛을 내야지. 맷돌에 질근질근 갈아서 고운 채로 받친 것이라야 밀 맛이 제대로 나느니라. 할머니는 난리 중인데도 불구하고 입맛을 찾았고 그리고 격식대로 모든 일의 두서를 처리하려 했다. 그래서 할머니는 방아 중에 제일로 힘든 고추방아를 집에서 빻도록 고집했다. 이럴 때마다 어머니는 힘들어 했다. 유별나기도 해라. 다 목고개 넘기면 그뿐인걸. 사람 들볶는 궁리만 하신 다니까. 어머니는 힘이 들어 끙끙거리면서 승복하곤 했다.

난리 중에는 이런 맛 저런 맛을 가려서가 아니라 거리가 먼 정미소까지 들고 갈만한 일감이 되지 못했을 뿐만 아니라 한 움큼의 삯도 떠낼 수 없는 그렇게 궁색한 처지였다. 그래서 그날의 양식은 그날그날 맷돌에다 갈아서 먹었다.

아침에는 꽁보리밥이지만 밥을 먹었고 낮에는 감자나 옥수수로, 저녁은 맷돌에 간 막밀가루 수제비였다. 막밀가루는 할머니가 붙인 이름이었다. 할머니는 명령했다. 난리 통에 채에다 받쳐서 먹을 것 없다. 밀은 내가 손으로 떨어서 깨끗하게 일 씻은 것이니까 기울 채 반죽을 하거라. 할머니는 어머니에게 이렇게 지시했다. 그러나 그 막밀가루 수제비도 태반이 부족했다. 그래서 수제비보다 더 느루먹을 수 있는 방법이 호박풀데기로 연명하는 것이었다. 식구가 20여 식구가 넘다보니 큰 가마솥에 절반 이상 솥 전더구니에 철멍철멍하던 호박죽도 흰 사기사발이나 대접에 스무나문 그릇 담고 나면 정작 주걱잡이 어머니 차지는 솥 바닥에 눌어붙은 누룽지 뿐이다. 부뚜막 가득 놓을 자리가 없을 만큼 스무 그릇쯤 촘촘하게 죽그릇을 늘어놓고 나면 어머니는 허리에 통증을 참느라고 한동안 엉거주춤 서 있곤 했다.

머슴은 두 그릇을 개다리상 위에 올려놓고 나머지 식구들은 체구대로 큰 그릇 작은 그릇을 차지했다. 식구들 중 아무도 배부르다거나 맛이 없다고 남기는 사람이 없었다. 할머니까지도 자기 몫은 모두 비웠다.

사람들은 전쟁이란 이처럼 먹는 일에만 급급한 것이라고 생각할 만큼 무위도식하며 나태되고 있을 무렵이었다. 개울 건너 주막에 내무소가 설치됐다는 소문이 나돌았다. 그리고 그 주막의 여급이 내무소원의 길잡이가 되어 천렵도 함께 다니고 마을 유지가 누구 누구라는 것을 고자질한다는 소문이 돌고 있을 때였다. 마을 사람들이나 피난민들은 이제야 정말 닥칠 것이 닥친 것이라고 여기면서 가능하면 몸을 숨겼다. 눈에 띄는 사람들은 노인네나 아니면 어린애들과 그리고 그 애들의 어머니였다. 젊은 여자들은 되도록 자기 나이보다 늙게 보이기 위해 매무새를 모양 없게 꾸몄고 그리고 일부러 반편인 양 행동했다. 이러한 몸사림은 누가 그렇게 하자고 하지 않았지만 모두들 자신의 신분을 되도록 감추려고 한 무언중에 나타난 거동들이었다.

하루는 그 여급이 내무소원을 앞세우고 우리집엘 찾아왔다. 그때 바깥 사랑방에는 먼 친척뻘 되는 남자 고등학생이 들고 있었는데 그들은 재빨리 자리를 피하고 없었다.

내무소원이 아버지를 찾았다. 나는 그때, 마침 바깥사랑 툇마루에 앉았었기 때문에 내가 말했다.

"아버지 집에 안 계신데요."

"……"

내무소원은 나의 말 따위는 안중에도 없다는 듯 대뜸 큰 사랑방으로 들어섰다. 나는 그들의 말없는 냉담에 질려버렸지만 이미 마을 안의 장정들은 은밀하게 아이들이 알 수 없는 곳으로 가서 숨어서 지내던 터였다. 그날은 아무 일도 일어나지 않았다. 그들은 집 안과 집 주위를 휘둘러보고 가는 것으로 그쳤다. 그들은 집의 구조며 피난민들 상황이며를 조사하고 있는 동안에 그 술집 여자가 나를 은밀하게 부르더니 가만히 일러주었다.

"아버지 빨리 피신하도록 일러라."

나는 고개만 까닥거렸다. 내무소원은 장총을 거꾸로 메고 있었다. 그래서 그 총신은 그들이 발걸음을 옮길 때마다 쩔그럭거리면서 금속음을 냈다. 그들이 다녀간 뒤 그동안 산에 몸을 숨겼던 남자들이 나타나서 내게 물었다.

"그치들 왜 왔드랬냐?"

"우리 아버지를 찾으러요."

내가 말하니까

"이크! 드디어 발악이 시작되는군!"

했다.

아닌 게 아니라 내무소원들은 예상했던 대로 여러 가지 구실을 붙여서 집에 자주 들렀다. 그리고 그들이 첫 번째로 트집을 잡은 것은 집에 머슴을 두고 사는 사람은 제일 큰 반동이라는 것이었다.

할머니는 이와 같은 그들의 결단은 생트집이라고 말했다. 우리네

풍속이 일거리가 많으면 사람을 두고 살아왔는데 그가 싫다는 것을 억지로 결박지어다 공으로 부려먹지 않았는데 그게 뭐 죄가 될 수 있겠는가고 내무소원들이 듣지 않는데서 말했다. 그리고 지금 세상은 머슴이 부리는 사람이 아니고 오히려 상전이고 주인은 그의 눈치를 살펴가며 사는 일을 꼬치꼬치 들추어냈다. 그러나 세상이 뒤집혔다고 해서 갑자기 머슴을 상전 대접하는 것도 우습고 해서 우리집에서는 전처럼 대해주었고 그도 주인이 피신해 있는 동안 자신이 바깥일을 알아서 도맡아서 처리해주곤 했다. 그래서 벌밭에는 그루도 중요하지만 난리 중에는 뭐니 뭐니 해도 식량이 으뜸이라면서 서숙을 많이 가는 것이 바람직할 것이라고 했다. 그래서 벌밭의 절반은 서숙을 갈았다. 이 서방은 벌밭에 매달렸다. 전투기가 날아오면 공밭 골짝에 숨었고 다 지나간 다음에 다시 밭으로 나와 일꾼들을 데리고 서숙 밭을 맸다. 서숙 밭의 김은 여자들의 몫이었다. 늦여름 뙤약볕 아래 서숙 밭을 김매기란 일 중의 그 중 고약스러운 일이기도 했다. 그러나 그때 모두들 너 나 할 것 없이 먹을 것이 없고 빈궁한 형편이었음에도 불구하고 마을 사람들은 품값을 나중에 받으마 하고 일을 해주었다.

우리집 이 서방을 농민위원장을 시켰다. 농민위원장은 토지를 분배해주는 권한을 가진 사람이라고 믿고 있었다. 그렇다면 이 너르나 너른 포일리의 모든 전답을 깡그리 이 서방 차지가 된다는 말인가. 할머니는 이러한 말들을 믿지 않았다. 그게 어디 공산당이냐, 불한당이지. 남의 소유를 강목수생으로 빼앗으니 불한당과 진배없지. 내 이 논답전지를 사 모을 때 찬밥 한 대접이면 저녁밥 안 하고 견디면서 살았는데 착취라니 남의 것을 강목수생으로 빼앗는 게 착취이지. 우리집은 보다시피 빈 독뿐일세. 밀 보리 농사 터지게 지어서 피난민들에게 돈 안 받구 퍼주고 나서 이 늙은이가 밀 이삭을 골라서 연명하고 있는 것을 보면은 모를까.

그러나 농민위원장이 된 이후부터 이 서방은 우리집의 상전이었다. 식구들은 그의 눈치를 슬슬 보면서 일을 시키지 않았다. 그러나 그는 시키지 않아도 농사일만은 어느 누구에게도 빠지지 않게 잘 해내었다. 이 서방이 농민위원장 감투를 쓰더니 달라졌어. 아주 재구 걷는 걸. 사랑방 학생들이 듣지 않을 때 놀렸다. 그러나 그는 이 고장에서 잔뼈가 굵은 사람이었다. 아무리 세상이 뒤바뀐다고 해도 그렇게 하루아침에 배은망덕해서 나부댈 사람은 아니었다. 그는 본래가 거만스러웠다. 벗어진 대머리며 떡 벌어진 어깨며 힘깨나 쓰는 장골인데다가 성질이 불같은 데가 있어서 고분고분하지 않았다. 그는 쟁기질이며 마차 끄는 일이며 센 일을 모두 잘했는데 그는 특별히 자기가 부리는 황소를 끔찍이 사랑했다. 그는 소를 지성으로 가꾸었던 사람이다. 그는 마을 안에서 제일 잘생기고 좋은 황소를 자기가 부린다는 일에 자부심을 가졌다. 그래서 자기가 마차를 꾸며 밖으로 끌고 나가면 그 좋은 소와 잘난 마부가 어우러져 사람들의 이목을 집중시키고 있다고 생각해 어깨를 더 으쓱거렸다. 소문에는 이 서방이 농지개혁위원장이니까 우리집 토지의 소유권은 모두 이 서방 것이 될 것이라고들 했다. 그러한 소문을 들어서인지 그의 걸음걸이도 전과 달라 보였다. 딱 벌어진 어깨를 뒤로 젖히고 팔자걸음으로 어슬렁거렸다. 식구들은 이 서방이 밀고자가 될 수도 있을 것이라고 의심하기 시작했다.

음력으로 칠월 보름께였다. 쌀미봉 위에 덩실하니 올라 뜬 달이

유난히 부드러운 밤이었다. 한더위가 가신 칠월의 야밤은 한기가 돌아 방문을 닫고 잘 때였다. 난데없이 내무소원들이 담을 뛰어넘어 안마당에 우뚝 서서 소리쳤다.

"도망가면 쏠 테다. 모두 밖으로 나오거라."

밝은 달빛은 총을 멘 내무소원들의 그림자를 괴물처럼 어른대게 했다. 안방에서는 할머니가 건넌방에서는 어머니가 덜덜 떨면서 대청마루로 나왔다.

"주인은 없느냐. 내무소로 자진 출두하라고 여러 차례 연락을 했는데도 감감무소식이야. 왜 아무 연락이 없었지? 반동새끼 같으니라구."

키가 작달막한 내무소원이 악을 썼다. 건넌방에서는 아버지가 자고 있었다. 어머니는 얼굴이 백짓장처럼 바래 가지고 어찌할 바를 몰랐다.

"왜 대답이 없어? 우리가 다 알고 왔는데. 빨리 나오지 못해!"

작달막한 사내가 어깨에서 총을 벗어 들고 지붕을 향해 방아쇠를 당겼다. 귀청을 찢는 총성이 추녀 끝에 빗물받이 차양을 뚫고 나갔다. 그 총소리는 등골이 오싹할 만큼 요망스러웠다. 총소리에 놀란 것이 또 있었다. 건넌방 뒤창 밖에 있는 닭장 속의 닭들이다. 닭들은 난데없는 총소리에 놀라 일제히 홰를 치고 꼬꼬댁거렸다.

"이래도 안 나올 참이냐? 좋소. 그럼 우리가 끌어내겠소."

작달막한 사내를 선두로 사람들이 신발을 신은 채로 대청마루 위로 올라섰다. 이때 어머니가 건넌방 문고리에 매달리면서 단호하게 말했다.

"주인은 집에 안 계십니다."

"없다구? 우리가 미리 정보를 다 듣구 왔는데두!"

그 남자가 어머니를 밀치고 건넌방 문을 열려고 했다. 이때 할머니가 그들의 앞을 썩 가로막았다.

"무슨 무례한 짓들이오. 어디라구 외간 남자가 남의 집 내방에 함부로 들어간단 말이오. 방에 있을 것 같으면 내가 데리고 나오겠소."

할머니는 시간을 끌어보려고 그들과 실랑이를 했다.

"아니, 이 늙은이가 정신이 나갔군. 당신 아들은 반동이오. 우린 반동을 체포하러 왔는데 무슨 잠꼬대를 하고 있소."

그 남자는 총대로 할머니를 힘껏 밀어붙이고 건넌방 문을 활짝 열어젖혔다. 그리고 방안으로 저벅저벅 들어서서 손전등으로 방안 구석구석을 살폈다. 건넌방은 작은방이었다. 간반방인데다가 누마루가 달린 옹색한 공간에 의거리와 반다지를 들여놨으므로 사람이 은신할 수 있는 여지는 보이지 않았다. 총소리에 놀라 잠이 깬 동생들이 영문을 모르는 채 오들오들 떨면서 홑이불 자락으로 얼굴을 감쌌다. 이상한 일이다. 방금까지 방안에 있던 아버지가 흔적조차 없었다.

"이상한데, 분명히 오늘밤 집에서 자고 있다는 정보를 듣고 왔는데."

그들은 고개를 갸우뚱거리면서 이번에는 사랑채에 들어있는 피난민들 방을 뒤졌다. 그러나 남자들은 이미 모조리 숨어버린 뒤였다. 그들은 일일이 집안 구석구석을 확인한 다음 돌아갔다.

밤의 정적은 모든 불안을 빨아먹은 듯 달빛만 밝았다. 성급한 벌레들이 가을의 전주곡을 연주했다. 풀벌레 소리와 더불어 밤의 영역은 아무 일도 없었다는 듯 고요하게 이어졌다. 그러나 이 정적 속에는 정말 무슨 일이 꼭 일어날 것만 같은 밤이었다. 할머니도 어머니도 화석처럼 굳어버려 누구도 입을 열지 못했다. 혹시 낮말은 새가 듣고 밤말은 쥐가 듣기라도 하는 것처럼.

새벽녘에 뒷문으로 아버지가 살며시 돌아왔다. 어머니가 떨면서 물었다.

"어찌된 일이유."

"닭이 홰를 칠 때, 뒤 미닫이문을 살짝 열고 담을 넘어 산으로 도 망갔었지."

아버지는 태연스럽게 말했다. 어머니가 안도의 한숨을 내쉬었다.

"몸을 피신해야겠소."

아버지는 간단한 여장을 꾸려들고 서울에 사는 막내 고모집으로 피신했다. 이렇게 해서 서울 사람은 시골로 시골 사람은 서울로 피 신처를 찾아 남자들은 모두들 숨어서 지냈다.

마을 사람들은 마음이 합쳐져서 피난민 중에서도 좌익사상을 가 진 사람을 용케 알아냈다. 빨갱이는 눈을 보면 안다. 눈빛이 틀려. 빨갱이는 말이 많다. 그들은 정말 눈에 핏발이 서 있었고 이유가 많았다. 마을 사람들이 이처럼 은연중에 마음이 일치된 것은 그럴 만한 참상을 목격했기 때문이었다. 그들이 제일 먼저 마을 안에 내 무소를 설치해 놓고 마을 사람들을 설득시킨 것은 반동들은 미리 자수하라는 선전이었다. 반동은 첫째로 대한민국의 군인이나 경찰 관, 그리고 지주계급과 머슴을 부리는 부르주아계급, 그리고 두 번 째로는 일본놈의 앞잡이였던 과거의 경찰관, 세 번째가 월남한 이 북 사람이었다.

그들이 큰 죄목으로 간주한 것은 고리대금업자였다. 우리 마을에서 반동은 세 집뿐이었다. 그 나머지 집들은 모두 자작농이었고 그들의 성분 조사에서 제외된 사람들이었다. 그러나 피난민들 중에서 그들이 삼팔선을 넘어온 이북 사람들일 경우에는 사정이 달랐다. 그들은 북쪽 정치가 싫어 이남으로 도망 나온 자들이라고 간주했기 때문에 이를 갈았다. 장덕초등학교 선생님 한 분이 해방 후에 삼팔선을 넘어온 사람이었다. 가족이 딸린 남자 선생님이었다. 키가 크고 평안도 사투리를 쓰는 안창남 선생님이었다. 그는 이남에 연고자가 없었으므로 사변 중에 그대로 학교 숙직실에서 살림을 살았다. 학교에서 내무소까지의 거리는 빤히 건너다볼 수 있을 만큼 가까웠다. 그는 모든 죄상을 참작해줄 것이라는 술수에 넘어가 내무소로 자진 출두했다. 그러나 그는 돌아오지 않았다. 그리고 그는 총살당했는데 그것도 인근 마을 야산으로 끌고가서 처형했다. 이 사실을 목격한 마을 사람들은 이를 갈았다. 어떻게 동족끼리 이북 사람이었다는 죄목 한 가지로 그처럼 무참하게 죽일 수 있을까 하고 머리를 흔들었다. 그때부터 마을 사람들은 콩을 메주로 쑨다고 해도 곧이 듣지 아니했다.

농민위원장이며 토지개혁위원장의 임무를 띤 이 서방은 바빴다. 제일 먼저 착수한 일은 곧 수확기에 접어든 서숙 밭에서 소출을 계산하는 일이었다. 그 난리 중에도 농부들은 농사일을 중단하지 않았다. 농사꾼이 농터를 묵히는 일은 천벌을 받는다고 생각하고 있었기 때문에 마을 사람들은 폭격을 피해가며 여름 내 들판을 가꾸었다. 그 끝에 아득하게 먼 벌밭에는 가을그루를 갈았고 그리고 상당히 넓은 평수에다 서숙을 심었다. 까마득한 서숙 밭은 가꿀 때는 신경질이 나도록 풀매기가 까다롭고 힘들었지만 잘 된 서숙 밭은 그 이삭이 패자 장관을 이루었다. 그해에는 굶주린 백성들의 배를 채워주기 위해서 거름하지 않고 제때 김매주지 않았음에도 불구하고 이삭은 탐스럽게 여물었다. 그래서 서숙 이삭 하나가 개꼬리만큼 실팍하게 고개 숙이고 있었다.

이 서방은 집집마다 서숙 밭을 돌면서 평당 서숙 이삭이 몇 개인지 헤이러 다녔다. 그거야 집집마다 농사가 틀리니까 소출이 같을 수 없었다. 고구마는 포기당 몇 근 달렸으며 심지어 고추나무 한 포기당 몇 개의 붉은 고추가 달리는 가는 정확하게 산출할 수 없는 것들이었다. 마을 사람들은 이 서방이 없는 자리에서 쿡쿡 웃었다.

"아니 서숙 이삭 헤아리는 놈 난생 처음 봤다. 왜 이삭만 헤누. 아예 이삭 하나에 조 알갱이가 몇 개인 것까지 헤아리는 게 더 정확할 것 아닌가베. 참 좁쌀 같은 놈들이라니까."

그러나 마을 사람들은 착하고 순했으므로 듣지 않을 때만 불평했을 뿐, 하라는 것은 착실하게 해주었다. 다행히 우리 마을에서는 부역 같은 것은 징집하지 않았다. 국도에서 십여 리 떨어져 있기도 했거니와 남자들은 무슨 수를 써서든지 다리를 동이고 자리 보전을 하거나 아예 숨어버렸기 때문이다.

추석이 임박해지면서 그나마 밀기울도 다 떨어졌다. 어머니는 하는 수 없이 벌밭에 나가 서숙 이삭을 잘랐다. 이 서방이 만류했다. 내무소원의 허락없이 그렇게 마음대로 하면 화를 면치 못할 것이라고 겁주었다. 그러나 어머니는 점잖게 행동했다. 제아무리 내무소원의 명이 지엄하다고 해도 밭에 곡식을 놔두고 굶을 수는 없는 일이라고 맞섰다. 식구들이 굶으면 이 서방도 함께 굶어야 했다.

그는 아직 우리집에 살고 있었다. 그는 가을 타작마당까지 다 일봐줘야 사경을 받을 수 있기도 하려니와 그는 당장에 집을 나가면 가족이 없었으므로 기거할 곳이 없었다. 어머니는 메꾸리를 이고 벌밭으로 나갔다. 그리고 아직 덜 여문 서숙 이삭을 창칼로 잘라다가 쇠죽솥에다 들들 볶았다. 이렇게 급살로 말린 다음 절구통에 넣고 부수고 절구질을 해서 끼니를 때웠다. 할머니는 서숙 밥이 너무 깔깔하고 목이 멘다고 했다. 어머니는 앞의 논으로 치마춤을 올리고 들어갔다. 누룬방울이 겨우 박이기 시작한 나락을 낫으로 베었다. 대여섯 못을 베어다가 멍석을 펴놓고 벼홀치기로 나락을 홅었다. 벼홀치기는 무쇠로 된 큰 빗과 같았다. 지렛대를 오른발로 힘있게 밟고 이삭을 펴서 쇠빗으로 빗어 내리면 낱알은 석혜알 빠지듯 우수수 떨어진다. 할머니가 수수깡을 꺾어서 이삭을 홅어내면서 어머니를 거들었다.

"애야, 풋바심은 풋나물 같은 것인데 저 숫한 식구들이 달려들어 입을 대면 논 열 배미 가을 먹기도 태부족일 꺼다. 다음에는 이 짓 말거라."

"그렇다면 난리 중에 어찌하겠어요. 논배미에다 나락 세워놓고 굶을 수는 없잖아요."

어머니가 대꾸했다.

"안 된다. 애비는 집에 없는데 객식구들이 들끓어서 불개미 모양 논으로 달려들 순 없다."

할머니는 단호했다.

"칠월 기근은 보릿고개보다 덜 어설프느니라. 여름 언저리인지라 밭엔 천둥호박도 있고 감자 알갱이나 먹을 만한 열매가 매달려

있으니까 아무리 난리 중이지만 마구잽이로 살아서는 못쓰느니라."

"정말 좋은 세상이 올까요?"

어머니는 한숨 섞인 어조로 할머니에게 물었다.

"그야. 안 온대도 할 수 없잖냐. 그저 난리 중에 목숨만이라도 보존하고 나면 좋은 세상도 볼 수 있겠지."

할머니와 어머니는 난리는 어째서 일어났는지, 그리고 전황은 어찌어찌 돌아가는지 도무지 알고 있지 않았다. 설혹 전황을 알고 있다고 하더라도 그것들이 우리에게 어떻게 이득이 오고 또 앞으로 편안한 세상에서 살 수 있을 것인가에 대해서도 아는 바가 없었다. 그저 들리는 소문대로 세상이 바뀌었음을 피부로 느끼고 있었다. 젊은 사람들은 인민군에 붙들려가지 않으려고 산속에 숨어 있었고 여자들은 그들을 숨겨놓고 가슴 조이면서 뒷수발을 하느라고 불안한 가운데 살아야 했다. 언제까지 이러한 세상이 지속될 것인가도 불확실했다. 이젠 머슴이 위세를 펴는 세상이라는 인식과 가족이 헤어져 살아야 하고 그리고 먹고사는 문제가 제일로 피부에 닿는 전쟁의 의미였다. 그러나 아들이나 남편을 전쟁터에 내보낸 집들은 하루도 마음 편한 날이 없는 고통스러운 날들의 연속이었다. 그들은 모두 아무도 보지 않는 한밤중에 일어나서 머리를 감아 빗고 장독대에 정한수를 떠놓고 빌었다. 그리고 대부분의 마을 사람들은 모두 그러했다. 세상이 제아무리 바뀌고 위험이 뒤따른다고 할지라도 자기 할 일은 놓치지 않고 묵묵히 해나갔다. 겨울이 어찌될 것인지 알 수 없었지만 밭에는 김장도 갈고 가꿨다. 그러나 개중에는 그렇지 않은 사람도 더러 있었다. 세상이 바뀌니까 이틀을 타서 좀 잘 돼보고 싶은 욕심 있는 사람들은 대개 무지한 사람들이었다. 여맹위원장이나 여맹에 가입한 몇몇 여자들이 새 세상을 만난 것처럼 설쳐댔다. 그들은 공산주의자가 아니었다. 그러면서도 세상을 만난 것처럼 설쳐댔다. 마을 사람들은 돌아서서 욕을 했다.

"세상이 뒤집혔기로서니 지가 무슨 인물이라고 설쳐댄담. 그저 난세에는 구구로 병신인 척 지내는 게 목숨 보존하는 법을 모르구선."

그 여자들은 마을의 밀고자의 대역자들이었다. 그 여자들의 극성은 마을에 사는 장정들의 명단을 작성해서 인민군에 보내는 일을 거들었다.

인민군이 수세에 몰리고 있다는 소문이 조금씩 나돌던 그 무렵이다. 비행기는 연일 서울로 날아가서 폭탄을 쏟아놓았다. 폭격 소리는 이제 귀에 익숙해져서 그 소리가 멎으면 사람들은 오히려 이상하게 생각할 판국이었다. 폭격 소리가 요란하면 할머니와 어머니는 서울이 결단이 나고 있다고 조바심을 했다. 아버지가 서울에 숨어있기 때문이었다. 이럴 때마다 할머니는 '인명은 제천이니라'를 독백했고 하늘에 맡겨야지 내 일평생 남의 물건 탐낸 적 없고 남의 물건 훔친 적 없고 남 해코지 한 일 없고 내것 남주었으면 주었지 남의 것 손해 끼친 일 없을진데 설마 한들 애비 일신에 흉한 일은 없을 게다 라고 외웠다. 이것은 할머니가 이 전쟁의 승리를 다짐하는 신념이었다.

하루는 큰고모가 정신 나간 사람처럼 허둥허둥 올라왔다. 큰고모는 억눌림을 받은 자였다. 그 개울 바닥 모래를 일만 평은 토지개혁 당시 아버지의 소유가 상한선을 넘고 있었기 때문에 사촌의 이름으로 등기돼 있었다. 세상이 바뀐 토지개혁법에 의하면 모든 토지는 사촌에게도 절대 권리가 부여된다고 누군가 할머니에게 말해주었다. 할머니는 큰고모를 우리집에 얼씬도 하지 못하게 했다. 공연히 놈들이 부추기면서 미끼로 삼을 수도 있으니까 그런 배은망덕은 저지르지 않도록 미리 조심하는 것이 좋을 것이라면서 병을 핑계로 얼씬도 말라고 일렀다. 그런데 그날 우리집에 온 큰고모는 정말 병자 같았다. 머리는 헝클어지고 얼굴은 누르팅팅하게 부어 있었다. 사촌은 무잿봉에 숨어있었다. 할머니가 의아해하면서 다그쳤다. 내 아들을 데리러 왔소. 큰고모는 살기가 등등했다. 할머니가 말했다. 무슨 소리냐. 잘 피신해 있는데, 아 글쎄. 내무소원들이 날 찾아와서 아들을 의용군으로 내보내지 않으면 나는 물론 친정집까지도 씨를 말린다고 말했는데 내 그 소릴 듣고 어찌 가만히 있을 수 있겠소. 나야 씨를 말리고 자시고 할 것이 없지만 만약에 애비한테 무슨 일이 일어나면 내 그 원망을 어찌 견디겠소. 큰고모는 거의 실신상태에 있었다. 할머니는 냉정했다. 난 모르겠다. 네 자식이니 네가 알아서 처리하렴. 큰고모는 무잿봉 큰 바위 굴속에 숨어있는 사촌을 찾아서 앞세우고 갔다. 사촌은 그 길로 인민군에 징집되어 갔다. 그 후 큰고모는 정말 병자가 되었다. 식음도 패하고 기침을 콜록콜록했다.

더위가 가시고 아침저녁으로 조금씩 선선해지기 시작했다. 날씨가 선선해지자 피난민들은 초조해졌다. 헛간이나 추녀 밑에나 지붕만 가린 곳에서 지낼 수 있던 여름을 아쉬워했다. 이젠 바람을 막아줄 벽이 있는 곳이라야 의지할 수 있게 됐다. 누마루에서 모기장만 치고 여름을 지낼 수 있던 사랑방 학생들도 방으로 들었다.

피난민들은 방을 찾아 조금씩 이동했다.

옆집 옥이네 아버지도 집에 있지 않았다. 난리 중에는 바로 이웃에 살고 있으면서도 옥이와는 그전처럼 자주 만날 수 없었다. 그것은 마을이 그전처럼 오붓한 사람들만이 사는 곳이 아닌 낯선 타곳의 사람들이 분분했으므로 그 애 할머니는 옥이에게 철저한 금족령을 발동해서였다. 옥이는 이미 과년한 처녀였다. 그 애는 모든 사람들의 눈길을 빼앗을 만큼 아릿따웠다.

옥이와 나는 가끔씩 우리집 옆, 그러니까 그 애네 작은아버지네 집 건넌방 툇마루에서 만났다. 그 해방 이듬해 봄 지경 닿는 일에 참여했다가 혼이 났던 그 집이었다. 옥이네 집에서는 집 짓는 일에 조금은 인색했다. 옥이 작은어머니의 말을 빌면 겨우 네 기둥만 세워주고 말았다면서 불평을 하곤 했다. 그래서 그 집은 살아가면서 자작으로 마루도 깔았고 아직도 건넌방은 구들장을 깔지 않은 채 헛간으로 쓰고 있었다. 그 구들장이 놓여지지 않은 방에도 피난민이 들고 있었다. 울타리도 없었다. 겨우 마당 끝에 닭장을 지어서 하발통이 돼 있는 안채뿐인 집의 내부를 가려주고 있었다. 우리집 식구들은 그 집을 통과해야만 마을을 벗어날 수 있기에 여간 민망스러워하지 않았다. 여름철에는 그 집 식구들이 마루에 벗고 앉아서 식사를 했으므로 그럴 때는 더욱 민망스러웠다. 그래서 아버지는 그 집을 지나갈 때면 외면을 하고 몰악산을 바라보고 걷곤 했다. 옥이와 내가 그 애네 작은 집 툇마루에서 가끔씩 만날 때는 서로가 말은 하지 않았어도 그럴만한 이유가 있었다. 그것은 그 애와 내가 그곳에 앉아 있으면 우리집에 피난 와있는 고종사촌 오빠가 피난 온 학생들과 같이 그 집안을 흘끔거리면서 일 없이 왔다 갔다

했다.

나는 이상한 생각이 들었다. 고종사촌 오빠나 그 밖에 어느 남학생이 혹시 옥이를 좋아하는 것이 아닐까 하는 의구심이었다. 그리고 또 한 가지는 옥이가 그들 중 어느 누구를 좋아하고 있는 것일까 하는 생각이 불쑥불쑥 일어났다. 나는 야릇한 질투심 같은 것이 느껴졌다.

옥이네는 서울에 친척이 없기 때문에 서울 사람을 동경하는 경향이 있었다. 나는 조금은 자랑스럽게 그 애에게 말했다.

"우리 아버지는 서울로 피신을 갔는데 너네 아버지는 어디로 숨었니?"

내가 물었더니 옥이는 시치미를 떼고 냉정하게 말했다.

"난 몰라."

나는 뭔지 몰랐지만 섭섭했다. 나는 그 애를 다 믿고 이야기했는데 그 애는 나에게 진실을 말하지 않았다. 이렇게 섭섭한 마음을 가져보기도 처음이다. 섭섭한 마음은 며칠 갔다.

그 애는 왜 나를 믿지 않을까. 나는 그동안 진심을 다해서 사귀었는데 옥이도 우리집에 관해서는 시샘하는 마음을 품었단 말인가. 나는 여러 가지 생각들로 마음이 뒤엉키고 있었다.

나는 그 애가 자기네 작은 집 툇마루에 앉아서 나를 만나는 것도 사실은 그 피난 온 남학생 때문일 거라는 생각을 하니까 옥이와 만나기 싫어졌다. 그 대신 나는 사랑방 학생들과 사랑채 툇마루에 걸터앉아 다리 짓을 해가며 이야기하곤 했다. 할머니는 문자를 써가면서 나를 타일렀다.

"남녀칠세부동석이란 말은 예전부터 내려오는 예절이다."

9

포화 속에서도 가을은 어김없이 찾아들었고 그리고 깊어만 갔다. 한강 이북 포천이나 동두천에서 모를 꽂다 말고 피난 왔던 사람들은 전쟁이 누구 편의 승리로 끝나기를 기다릴 수 없었다. 그들은 두고 온 농토, 자기들이 돌보지 않으면 잡초 속에 묻혀버릴 자기의 농토를 못 잊어 야밤중에 나룻배를 타고 도강을 해서 귀향했다. 그래서 마을에 남아있는 피난민은 대부분 서울시민들이었다. 그들은 모두 폭격에 집을 잃어서 피난살이를 하고 있다고 남들에게 말하고 있지만 사실과는 달랐다. 그들은 가족들을 이끌고 아니면 단신으로 마을에 숨어지내는 사람들이 많았다. 수염을 길게 기르고 나이 먹은 시골 영감 행세를 하기도 하고 그렇지 않으면 아예 머리를 빡빡 깎아버려 아주 시골 어린애처럼 굴었다. 그러나 이와 같은 변장술에도 어지간히 지치고 따분한 상태였다. 젊은층들은 여름 한낮 땡볕을 피해 나무 그늘에 앉아 무료한 시간을 노래로서 달랬다. 그들이 자주 부르던 노래는 '전나무'나 '희망의 속삭임'이었다. 개중에는 노래를 썩 잘 부르는 사람도 끼어있어서 합창은 듣기 좋았다.

전나무여 전나무여
푸르다 그의 잎새
무더운 여름날에나
눈 오는 추운 겨울에도

전나무여 전나무여
푸르다 그의 잎새

　노래의 화음은 여름날 햇볕이 쨍쨍거리는 더위 속에서 들으면 가슴이 울렁거리는 노랫소리였다. 노랫소리 때문에 한낮에 기승을 떨던 쓰르라미도 울음을 그치곤 했다. 노래가 한 곡조 끝나면 쓰르라미가 다시 쓰르륵 쓰르륵 울었다. 그러나 가을이 오자 그들은 노래 부르지 않았다. 쓰르라미도 말복이 지나면서 울기를 그쳤다. 노랫소리가 잦아든 마을은 괴괴했다. 뭔지 일어날 것만 같은 괴괴함이 깃들었다. 그들은 모이면 노래 부르기를 거부하고 수군수군거렸다. 나는 그들 중 나보다 2년 선배인 T학생과 대화가 잘 통했다. 그는 서울의 S중학교 4학년 학생이었다. 어느 날 T학생이 나에게 말했다.
　"이제 곧 우리는 서울로 돌아가게 될 것 같애."
　그는 굉장한 비밀을 내게 말해준다는 듯이 조용조용 말했다.
　"어떻게요?"
　나는 가슴이 철렁거렸다. 나는 한순간에 그가 떠난다는 사실에 대해서 여러 가닥으로 생각이 떠올랐다. 우리집이 불편해서 떠난다는 것일까. 아니면…… 내가 어리둥절하니까 그는 좀 더 숨죽인 목소리로 소곤거렸다.
　"이건 일급비밀인데 UN군이 곧 인천에 상륙한다는 정보를 입수했거던, 큰형이 말했는데 거의 확실하다고 했어. 이제 남은 건 시간문제라고 했어."
　그의 큰형은 의과대학생이었다. 그의 말이라면 신빙성이 있는 정보임에 틀림없을 터이다. 정작 기다리고 기다렸던 정보였는데 나는 기쁘기는커녕 슬펐다. 가슴 한 복판이 갑자기 펑 뚫리는 것을 느꼈다. 내가 말이 없자

"이제 서울이 수복되면 곧 학교도 문을 열거야. 그때 가서 우리 집에서 학교에 다니도록 하지. 어머니가 그렇게 해주시겠다고 하셨어."

나는 어림없는 소리라고 속으로 거부했다. 우리집에서는 학교는 안 보내면 안 보냈지 남학생이 득실거리는 집에 나를 맡길 일은 천부당만부당했기 때문이었다.

그날 낮에 우리는 무잿봉에 올라갔다. 나는 우리집 뒷산 무잿봉을 일 년에 한두 번 오를까 말까 했다. 뫼봉우리가 꽤 높직해서 그곳에 올라보면 안양 시가지는 물론 영등포 시내와 한강 줄기가 정맥처럼 푸르게 보였고 서울 시가지도 어렴풋하게 바라다볼 수 있었다. 그 봉우리로 오르는 길을 내가 안내했다. 그곳에는 골짜기를 타고 올라가도 됐고 능선으로 오르면 훨씬 수월했다. 갈 때에는 능선을 탔다. 밋밋한 산등성이를 기어오르면서 그와 나는 뒤돌아봤다. 높이 올라갈수록 시야는 확 트이기 시작해서 지금까지 알 수 없는 감정으로 꽉 차있던 가슴속이 후련해짐을 느낄 수 있었다.

가을볕은 아직 따가웠다.

산등성이를 넘어오는 바람은 신선하고 쾌적했다. 그와 나는 다발솔을 휘어잡으면서 봉우리를 향해 한 발짝 한 발짝 올라갔다. 발아래로 떨어진 초가지붕들이 점점 작게 보였다. 산자락 밑에 호를 그리며 들어앉은 촌락들은 산기슭에 돋아난 버섯송이 같았다. 들판은 황금빛이었다. 군데군데 가을 김장밭이 진초록과 연두색을 드

러내고 있었다. 들판은 빈구석 없이 꽉 들어차 있었다. 산봉우리 위에 그가 먼저 올라가서 앉았다. 그가 나에게 손짓했다. 나는 그에게서 한 발짝 떨어진 곳에 자리 잡고 앉았다. 산봉우리 위에는 바람이 더 세차게 불었다.

"속이 확 트이는데, 야호—"

그가 소리쳤다. 그의 목소리는 바람에 밀려 멀리까지 퍼지지 않았다. 메아리도 되돌아오지 않았다. 나는 서울 쪽을 바라보았다. 파란 강줄기 건너편은 짙은 회색빛 속에 쌓여 있었다. 이따금씩 그 회색빛 속에서 그보다 더 짙은 검은색 버섯구름이 뭉청뭉청 피어올랐다.

"서울은 폭격이 심한가 보군. 글쎄 서울에 계신 어머니가 걱정이 됐는데, 여기는 이렇게 전쟁을 잊을 만큼 평화로운데 말야. 별일 없으시겠지."

"저것 보세요!"

나는 국도 쪽을 손가락질했다. 안양에서 수원을 잇는 1번 국도에는 흥진이 일고 있었다.

"부대가 이동하는가 본데."

"북쪽에서 남쪽으로 이동하고 있네요."

"알 수 없군."

그가 고개를 갸우뚱했다. 안양에서 일동리와 과천을 잇는 간선도로에도 군용 지프차들이 달리고 있었다. 그 차들은 북쪽으로 북쪽으로 달리고 있었다.

"이상한데? 전쟁은 확실히 호전되고 있다고 했는데?"

그러나 나는 시무룩해졌다. 그는 오로지 아군의 서울 수복에만 정신을 쏟고 있었기 때문이었다. 나는 속으로 전쟁은 좀 더 오래도록 끌기를 바라고 있었다. 나는 그와 상반된 기대감 속에 함몰되고 있음을 견제하느라고 시선을 다시 산 아래쪽으로 두었다.

마을의 초가지붕 위에는 군데군데 당초가 빨간 이부자락처럼 널려있었다. 그 경황없는 전쟁 속에서도 사람들은 전과 똑같이 고추를 가꾸고 익혀서 겨울 채비를 잊지 않았다. 높은 산마루에 덩그러니 올라앉아 추수기에 들어선 들판을 바라보고 있으니까 가슴은 자꾸만 비어오고 서글펐다. 이 서글픔은 표현할 수 없을 만큼 가슴 속을 깊게 깊게 고을지게 하는 연연한 공허감이었다. 누가 옆에서 조금만 부추기면 곧 울음이 터질 것 같았다. 나는 넘쳐 흐를 듯한 눈물을 말리려고 고개를 위로 쳐들었다.

푸른 가을 하늘 위로는 은빛 날개를 번득이며 비행기 편대가 정수리 위로 날아갔다. 그 비행기의 엔진 소리는 폭음에 가까웠으며 그 소리는 투명한 가을 공기를 예리하게 두 쪽으로 갈라놓는 것 같았다. 비행기의 그림자가 잠시 동안 그와 나의 어깨 위에 머물렀다. 우리는 눈을 찌푸리지 않고 가을 하늘을 우러러볼 수 있었다.

"비행기 위에서 땅 위를 내려다보면 초가지붕 위에 당초가 제일 눈길을 끈다던데."

그가 말했다.

"그리고 지도에 나타난 것처럼 산맥의 능선은 황토빛일게고 그래서 대머리처럼 벗겨진 산들과 강줄기는 힘줄처럼 뻗어서 바다로 이르는 하구에까지 닿아 있을 터이고……"

그는 박식했다. 나는 말했다.

"비행기를 타고 땅 위를 내려다봤음 좋겠어요. 사람들은 얼마만하게 보일까요."

"그야 개미 새끼만 하게 보일 테지."

그러나 나는 그렇지 않을 것이라고 생각했다. 사람이 개미 새끼만 하게 보인다는 말은 그저 대답을 위한 지나가는 말에 불과하다는 생각이 스쳤다.

"아니에요. 사람들은 아예 보이지 않을 거예요. 요만큼 높은 산 위에 올라앉아도 사람은 왕개미만 하게 보이거든요. 참 이상해요. 이곳에서 바라보니까 마을은 더할 나위 없이 한가롭고 그리고 조용하잖아요. 정말 평화스러운 마을이죠. 그러나 실지로 우리가 살고 있는 마을은 굉장히 복잡하고 그리고 술렁거리고 있죠."

내가 심각하게 말하니까

"세상사가 모두 그럴 거야. 이제 서울이 수복되면 집에 가서 그동안 밀렸던 공부를 열심히 해야지."

그는 딴청을 부리면서 작은 돌맹이를 낭떠러지로 던지면서 말했다. 그가 던진 돌맹이는 발밑 골짜기로 팽이처럼 뱅글뱅글 돌면서 떨어졌다. 그 모양은 흡사 작은 새 한 마리가 골짜기 밑으로 사뿐히 내려앉고 있다고 착각을 할 만큼 느리게 느꼈다. 나는 그와 나눈 우리 둘의 이상에 관하여 다시 생각해 보았다. 그는 그동안에 무료했던 시간들의 환상을 서울이 수복되면 그 환상들을 현실로 옮기는데 주력해야 할 것이라고 이야기했다. 이상과 환상, 그는 의학도를 꿈꾸고 있었다. 나는 그가 너무나 자신만만하게 의학도일 것을 소망했으므로 나는 얼떨결에 작가가 되고 싶다고 말했다. 그때 그에게 말해버린 나의 답변은 소망도 아니고 뚜렷한 목적의식도 없이 그저 막연하게 작가가 좋을 듯한 것뿐이다. 그러나 일단 나의 꿈이라고 말해버린 터였으므로 그는 나의 소망이 문필가인 것으로 간주했다. 그리하여 그는 나의 꿈에 대해서 여러 각도에서 주석을 달아주었다. 문필가가 되기 위해서는 우선 남성보다 여성이 조건이 유리할 것이라는 이유를 설명해주었다. 그것은 다름 아닌 첫 번째로 문필가는 가난한 작업이므로 생활을 책임져야 하는 남성에게는 부적당한 것이라고 단언했다. 그래서 자신은 문학을 애호하고 있지만 작가는 될 수 없고 의사가 될 것이라고 말했다. 그러나 여성은 생활에 대한 책임감이나 부담이 적으니까 도전해봐도 될 것이라고 말했다. 그때 나는 그의 이야기는 곧 신의 목소리처럼 옳게 들렸다. 그리고 그까짓 배고픈 고통쯤이야 뭐가 그리 대수인가 싶었다.

나는 그때 밥 같은 것은 하루 이틀쯤 먹지 않아도 배고프지 않았다. 실지로 그러했다. 나는 걸핏하면 밥 같은 것은 먹지 않고 하루 이틀 견디곤 했었는데 사실 밥만 안 먹을 뿐이지 다른 것들을 많이 먹고 있었기 때문이다.

"우리가 이 다음에 어른이 되어서 만난다면 어떨까. 나는 의사가 되고 유는 작가가 되어 훌륭한 친구가 되는 것도 좋지 않을까."

"……"

나는 대답은 안 했지만 능히 그럴 수 있을 것 같은 자신감이 있었다.

마을은 말할 수 없이 조용하고 평화스럽게 보였다. 그야말로 그림 같은 풍경이었다.

"실지로는 쇠똥 냄새가 물신 나는 마을인데도 멀리서 바라보니까 끝없이 아름답군."

"쓸쓸해져요."

"그건 센티멘탈이야."

그는 덧붙였다.

"돌이켜 생각하면 그동안의 피난생활이 지긋지긋하다가도 막상 이제 끝이라고 생각하니까 미련 같은 게 남게 되는 것도 마찬가지 샌티멘탈일거야."

나는 알겠다는 뜻으로 고개를 끄덕였다. 공허한 마음이 조금씩 뿌듯해졌다. 뭔가 그와 내가 굳은 약속을 했다고 여겨지니까 서운한 마음은 조금씩 가시었다. 그는 나보다 겨우 2년 선배이다. 그러나 그는 나보다 이십 배 사십 배나 더 많이 알고 있었다. 나는 그가 알고 있는 지식의 샘을 대할 때마다 경악스러웠다. 나는 내 눈앞에 흰 가운을 입은 그의 모습이 환상으로 보이기 시작했다. 그러나 정작 작가로 성장한 나의 모습은 명확하지 않았다. 그저 작가를 막연하게 동경했을 뿐 어떠한 작가가 돼 보겠다는 뚜렷한 목적의식이 없었기 때문에 나의 초상은 미지의 것이었다. 순간 나는 지적 동경심이 끓어올랐다. 서울이 수복되면 나도 빨리 학교에 복학할 것을 다짐했다. 어떠한 어려움이 닥치더라도 나는 참고 견디면서 배워야 할 것이라고 자신에게 타일렀다. 그와 함께 대화하고 있으면 나는 나의 앞날이 열리는 것 같고 마음속으로부터 감동이 일어났다.

이와 같은 감동이나 느낌은 지금까지 경험해 볼 수 없었던 특별한 것이었다. 할머니나 아버지나 어머니 그 밖에 친구 그 누구와의 대화 중에서도 생각해보지 않았던 미지의 세계일 뿐이었다.

초등학교 시절에 나는 옥이와 함께 모닥불 곁에 앉아 과학자가 돼 보겠다고 서슴없이 말했다. 그러나 불과 3,4년이 지난 지금 나는 과학자가 작가로 수정되었다. 나는 막연하게 동경했던 퀴리 부인보다 더 현실적인 꿈으로 변화시켜 좀 더 내 마음속 깊이 밀접한 나의 것으로 만들었다.

　내가 앉아있는 바위 밑에는 여러 가지 가을꽃들이 만발했다. 가을꽃은 대개가 보라색이다. 잔대귀꽃은 작은 초롱을 무수히 달고 고개를 숙인 모습이 새롭게 보였다. 그리고 바위틈 사이에서 한 가지가 돋아서 가을바람에 한들거리는 들국화도 연보랏빛이었다. 전에는 하찮게 보이던 꽃 한 송이 그리고 그들 꽃가지를 흔드는 바람 한 점까지도 모두 다 새롭고 신비스러웠다. 나는 내 꽃은 어떤 색깔일까 곰곰이 생각했다. 그와 나는 오랫동안 이야기했다. 우리는 제가끔 자기 눈에 들어온 상황을 이야기하고 생각들을 털어났다.

　전투기 편대가 잇달아서 바로 그와 나의 머리 위로 쌩쌩 지나갔다. 비행기의 소음 때문에 우리들의 이야기는 멈추었다가 다시 이어지곤 했다. 이번에는 또 금속성을 내지르면서 낮게 저공으로 전투기가 바로 무잿봉 상상봉에 닿을 듯 말 듯이 지나갔다. 그와 나는 거의 무의식적으로 솔포기 속에 숨었다. 비행기 소리가 뜸해지자 그와 나는 솔포기 속에 쑤셔 박았던 머리를 쳐들고 서로 마주쳐다보며 웃었다. 그가 멋쩍다는 듯이 머리를 긁적거리면서 말했다.

　"혼났는걸."

　나는 그의 밤송아리처럼 솟은 머리 위에 듬성듬성 꽂힌 마른 솔잎을 떼어주었다. 그가 나의 손을 잡아 끌면서 하산을 서둘렀다. 우리는 산을 오를 때와 반대 방향인 골짜기를 타고 내려왔다. 내리막길이어서 한번 뜀박질을 하면 우리는 스스로 멈출 수 없을 만큼 곤두박질쳐서 미끄러져 내렸다. 용케 잔솔포기에 걸려서 멈출 때면 그는 잡았던 손을 놓고 열십자로 두 팔을 벌렸다. 그럴 때마다 나는 줄달음쳐서 그의 등 위로 저절로 업혔다. 달리다가 멎고 멎었다가 다시 솔포기를 휘어잡고 뜀박질을 했다. 그리고 우리는 키 큰 씨송나무 밑동을 얼싸안으면서 골짜기를 미끄럼질 쳤다. 마을 가까이 다가오자 우리는 약속이나 한 것처럼 서로 멀리 떨어져서 마을로 내려왔다.

옥이네 집 안마당을 지나칠 때, 그 애네 집 헛간 뒤 감나무 위에서 옥이가 내게 소리 질렀다.

"애야. UN군이 안양에 입성했댄다. 이젠 전쟁이 끝났단다."

옥이는 왕골망태기를 감나무 가지 위에 걸쳐놓고 갈고리로 가지를 휘어잡아가면서 익은 감을 땄다. 내가 아무 대답이 없자 옥이는 빈정대듯이 나에게 말했다.

"너희들 산에 갔었지. 나는 감나무 위에서 다 봤다."

나는 무안해서 딴청을 부렸다.

"너희 아버지도 집에 오셨겠구나."

"그럼! 우리 아버지는 여름 내내 무잿봉에서 살으셨거던. 조석은 매일 내가 날라다 드렸다."

옥이는 자랑스럽게 말했다. 나는 속으로 친구가 앙큼하다고 생각했다. 나는 그 애 아버지에 관해서 물어본 적이 있었다. 그때 옥이는 모른다고 딱 잡아떼던 기억이 났다. 나는 지금 또 앙큼한 그 애한테 나만이 간직한 비밀을 들킨 것 같아 조금은 약이 올랐다. 언젠가는 옥이한테 말해줄 것이다. 나는 과학자가 아닌 여류작가가 될 것을 결심했다고, 그날 UN군이 안양을 입성하던 그때, 우리들은 무잿봉에 올라가서 온 세상을 내려보면서 그와 나는 무엇이 될 것인가에 관하여 굳게 약속했다고 말해줘야겠다고 마음을 굳혔다. 그렇게 되면 옥이는 이상한 생각을 가졌던 자신이 부끄러워질 것이며 나를 오히려 부러워할 것이라는 생각을 했다. 이때 옥이가 홍시 한 알을 밑으로 던지면서 또 말했다.

"애야, 한잿골에서 작은 난리가 났단다. 내무소원은 소리 소문 없이 도망가 버리고 여맹위원장하던 그 주막집 여자가 지금 동네 사람들한테 매를 죽도록 맞고 정미소 창고에 갇혔단다."

그 여맹위원장은 아버지가 좋아하던 술집 여자였다. 나는 기분이 나빴다. 나는 조금 전과는 달리 풀이 죽어서 집으로 돌아왔다.

전쟁은 국도를 따라 밀려났다가 다시 국도를 따라 밀려 올라왔다. 때문에 국도 연변이 아닌 마을은 다행히 큰 피해는 없었다. 마을 사람들이나 피난 나온 사람이거나 그 누구도 이 고장에서는 상한 사람이나 희생자가 없었다. 단 한 사람의 총살을 목격했던 마을 사람들은 그가 이북 사람이라는 이유 하나 때문에 무참히 총살당하는 체제를 믿지 않았다. 그리고 더욱더 마을 사람들을 실망시킨 것은 조이삭 벼이삭을 헤아리고 고구마 포기수를 세라는데 아예 질려버렸다. 또 이 서방도 마지못해 씌워준 농지개혁위원장 자리였기 때문에 그는 마을 사람들에게 크게 인심 잃은 짓을 하지 않았다. 개중에는 무슨 수라도 생긴 줄 알고 물색 없이 날뛴 사람도 있기는 있었으나 크게 사람을 해코지하지는 않았다. 그 대표적 인물이 여맹위원장과 그 밑에서 손발을 맞춰줬던 여맹원들이었다. 그 여자들은 마을의 밀고자들이었다. 뉘 집에 청년이 몇 명 있고 뉘 집은 과거에 어찌어찌 살았노라고 고자질을 했다. 내무소원이 부추겨주면 세상 만난 것처럼 날뛰면서 열성분자 노릇을 서슴치 않고 했다. 세상이 뒤바뀌니까 제일 먼저 몽둥이를 들고 쫓아간 사람들은 아들을 의용군으로 징집 보낸 보호자들이었다. 옥이 아버지가 마을 사람들을 진정시키고 죄인들을 임시로 마을 정미소를 빌려 격리시켰다.

집안은 아버지 일로 뒤숭숭한 가운데 추석을 맞았다. 아버지가 부재중이기도 했지만 난리 중에는 제사도 지내지 않는 법이라고 할머니가 말했다. 그 이유는 난리 중에는 사람이 너무 많이 죽어서 떠돌아다니는 혼령이 많기 때문이라는 거였다. 그래서 우리집에서는 감을 많이 따다가 대독에다 침시를 담궜다. 침을 빼는 데는 할머니의 솜씨가 제일이라는 데는 말할 나위도 없었다. 물을 알맞게 데워서 그 따끈한 물로 감을 퉤했다가 따끈한 소금물로 하룻밤 담궈두면 떫은맛이 없어진다.

추석날 아침, 큰 대소쿠리에 감을 건져냈다가 사랑채에 있는 학생들에게는 물론 이웃하고 있는 피난민들과 함께 돌려 먹었다. 피난지에서 맞은 추석 명절은 그런대로 이제 곧 한강 이북이 수복되는 대로 귀향할 수 있을 것이라는 희망과 기대감으로 부풀었다. 피난민들은 곧 서울이 탈환되기만 한다면 선발대로 강을 건너갈 것이라고 모든 짐을 미리 꾸려놓고 기다렸다.

이 무렵, 우리집 식구들은 차례로 이질을 앓기 시작했다. 처음에는 그저 대수롭지 않은 배앓이 설사쯤으로 알고 있었는데 그게 아니었다. 곱똥을 누고 사람들은 노랗게 말라갔다. 그렇지 않아도 여름 내내 호박풀때기만 먹어서 꺼풀만 남아있는 데다가 이질에 걸리니까 식구들은 맥을 추지 못했다.

제일 먼저 어머니가 누웠다. 그 다음 막내 여동생, 끝판엔 나에게도 차례가 왔다. 맹물만 먹어도 뱃속은 꼬집어 뜯는 것처럼 아팠다. 금방 설사가 쏟아질 것 같아 뒷간으로 뛰어가지 않으면 그것도 아니다. 시골의 뒷간은 마냥 앉아있을 만큼 쾌적하지 못한 곳이다. 그곳은 아주 원시적인 방법으로 큰 대독을 하나 묻어 놓고 널빤지 두 개를 걸쳐놓은 곳이었다.

그뿐만 아니라 그 대독 한옆에는 매일 아침마다 불때기 전에 쳐내온 재가 수북하게 쌓여있었고 오물이 차면 그 잿간에다 쳐서 재와 버무려 놓았기 때문에 지독히 불결한 곳이었다. 겨울은 지독하게 춥고 그리고 여름철엔 모든 것을 순식간에 썩힐 것처럼 후끈거렸다. 내 바로 밑의 여동생은 뒷간에 갈 때는 아예 넓적한 종이를 한 장 더 가지고 갔다.

그 애는 뒤를 보는 동안 얼굴을 종이로 가리고 노래를 불렀다. 나는 그 애가 왜 뒷간에 가서 노래를 부르는지 이해할 수 없었다. 그것은 아무 의미도 없는 그 애만의 버릇인지 모른다. 참 버릇치고는 고약한 버릇도 다 있다고 식구들은 말했지만 아무도 그 애의 버릇을 나무라거나 고쳐주려고 하는 사람이 없었다. 그러나 가족들이 이질에 걸리고 나니까 그 애의 버릇을 나무라기 시작했다. 식구들은 부지불시로 그곳에 드나들어야 했으므로 그 애의 그와 같은 버릇은 사람들에게 상당한 불편과 고통을 주었기 때문이다. 나는 문이 안 달린 출입구 먼 빛으로 시선을 두었다. 그곳으로는 동백나무 희어진 가지가 보였고 그 가지를 감아 올린 으름덩굴이 있었다. 그 으름덩굴은 봄철에는 보라색 골무 같은 꽃이 닥지닥지 피었고 그 꽃이 지고 나면 새끼손가락 같은 으름이 달렸다. 그 으름은 잘 달릴 때에는 한 꼭지에 대여섯 개씩 매달렸고 그렇지 않으면 한 개만 매달릴 수도 있었다. 나는 으름만 보면 한국산 바나나란 생각이 들어서 실지로는 까만 씨 투성이고 먹잘 것이 없었지만 난 그것들을 꽃필 때부터 탐냈다. 난리가 나던 그해에는 으름이 오지게 열렸다. 동백나무 가지 상상봉에 으름타래가 대여섯쯤 아주 실하게 달렸다. 그리고 으름은 익을 때가 가까울수록 만삭이 된 임부의 배 위에 그어진 임줄 모양 선명한 선을 복판에 그으면서 익었다.

잡아 뜯는 배를 붙잡고 앉아 단풍이 진 동백잎 사이로 으름송아리를 지켜보고 있으면 배앓이는 얼마쯤 잊을 수 있었다. 나는 생각했다. 그가 서울로 떠날 때는 저 으름을 몽땅 따서 주리라. 해마다 나는 남몰래 지켜봐두었던 으름을 가을에 따선 할머니에게 보이면 산귀중물이구나 하곤 했다.

어머니가 몸져 누워있게 되자 조석은 큰고모가 맡아서 했다. 큰고모와 둘째 고모네 집은 식구들은 여름내도록 주렸던 배를 밥주걱을 잡게 되자 마음껏 배불리해서 먹었다. 앞마당 끝 논배미는 추수할 겨를도 없이 몽창몽창 베어서 먹어 들어갔다. 이 서방까지도 이 일을 걱정했다.

"풋바심은 풋나물 같은 거라서 이대로 여러 식구가 입을 대서 먹다가는 논바닥에 세워놓고 대여섯 마지기는 작살이 날 것이다."

이 서방은 자기의 사경을 받지 못할 것처럼 걱정을 해댔다. 이질은 양귀비대를 달여서 먹으면 즉효라고 했다. 그러나 어머니만은 듣지 않았다.

할머니의 주선으로 어머니를 사랑방에 들고 있는 의사 지망생에게 진찰을 의뢰했다. 그는 의과대학 본과 학생이었다. 식구들은 그

의사 지망생에게 온갖 희망을 걸고 어머니의 쾌차를 믿어 보았지만 결과는 좋지 않았다. 그 의사 지망생은 이렇게 말했다.

"전쟁 뒤에는 질병이 만연하게 마련입니다. 이질은 무서운 전염병이니까 가족들하고 격리시켜야 합니다."

그리고 그들은 전염병을 피해서 도망치듯 다음날 새벽 도보로 서울로 떠났다.

구월 하순은 이미 가을바람이 스산스러운 때였다. 마을 구석구석 의지할 곳이 있으면 홑이불로라도 가을바람을 막고 지내던 피난민들이 한 집 두 집 풀려나갔다. 마을은 한층 더 고즈넉했고 그리고 집안은 텅 비어있는 것 같았다. 집안을 한층 더 을씨년스럽게 한 것은 소문이었다. 아버지에 관한 소문이었다. 아버지는 집식구들이 조심하는 것 따위는 상관하지 않고 난리가 끝났음에도 불구하고 귀가하지 않았다. 소문에는 구속 중인 여맹위원장을 빼돌려놓고 딴 살림을 차렸다는 소문이었다.

그 여맹위원장에게도 남편이 있었다. 그녀의 남편은 난리 중에 내무소원들에게 무진장 시달렸다고 했다. 시달림의 이유는 그가 술집을 경영한 주인인 것도 이유가 되거니와 여급을 고용한 것은 인민의 주권을 착취한 악질 반동분자라는 것이었다. 내무소원들은 그의 가슴 위에다 총부리를 대고 수없이 위협했으며 그렇기 때문에 그는 병들어 죽고 말았다면서 그의 노모는 피 묻은 원한이 사무치고 있었다. 아들을 잃은 노모는 거의 실신상태로 매일 한 차례씩 우리집에 찾아와서 행패와 악담을 퍼붓곤 했다.

"이년놈들 천벌을 받고 말 것이다. 빨갱이 년을 빼돌린 죄는 놈에게도 클 것이다. 어여 숨겨놓은 데를 대시오. 내 찾아가서 육신을 낼 것이요."

이럴 때면 할머니는 입술을 꼭 다물고 부들부들 떨면서 헛간에서 팥을 까거나 부지깽이로 콩대를 털었다. 그 가족들이 찾아와서 악다구를 떨어도 들은 척 않고 팔 힘을 다해서 콩대를 털었다. 잘 마른 콩깍지는 오그라들면서 콩을 쏟아놓았다.

어머니는 방안에서 신음소리만 더해갔다. 탈수증 때문에 꼬치꼬치 말랐던 어머니가 냉수를 들입다 들이켜더니 이제는 배가 북처럼 부어올랐고 몸이 퉁퉁 붓기 시작했다. 마을 사람들은 사람이 세 번 부었다가 내리면 죽는다고 수군거렸다.

어머니는 지금 첫 번째로 부어올랐다.

암담했다.

나는 어머니의 죽음을 생각하면 절망스러웠다. 그리고 나는 누군가가 이 절망으로부터 구제해 주기를 간절히 바라고 있었다. 어머니만 살릴 수 있다면 어떠한 곤욕이라도 해낼 것 같은 오기가 가슴속에서 응어리지기 시작했다. 그리고 아버지에 대한 원망과 분노가 가중되었다. 그러나 할머니는 태연했다.

"애, 네 애미는 안 죽는다. 그 고생살이를 놔두고 절대로 안 죽는다."

나는 할머니의 미신에 가까운 신념에 매달리면서 혼자서 회의하고 있었다.

"정말일까. 고생하는 사람은 죽지 말았으면 좋겠다. 고생하면서라도 사는 것이 낫지 죽는 데다 댈까."

옥이네 옆집에 사는 암팽이 엄마가 찾아왔다. 묵은 개떡을 베보

자기에 싸들고 와서 말했다.

"이 개떡은 삼 년 묵은 것인데 우리 시집간 큰딸 해주려고 만들어 두었던 것이유. 그런데 그 애가 삼 년을 못 기다리고 죽었다우. 약임자가 따로 있는 갑수."

말똥처럼 말라붙은 개떡은 묵은 곰팡이가 버짐처럼 핀 것이다. 나는 그것을 약탕관에 달이면서 제발 어머니가 살아나기를 기도했다.

잎이 떨어진 동백나무 가지에 매달린 으름은 동생들에게 발각이 됐다. 아이들은 원숭이 새끼처럼 동백나무 가지를 두 발로 감고 올라가서 으름을 따먹었다. 얼마 만엔가 아버지가 돌아왔다. 그러나 식구들은 아무도 여자 이야기는 입 밖에 꺼내지 않았다. 아버지는 아무 일도 없었던 것처럼 이 서방을 달구쳐서 가을보리를 갈고 마늘을 심고 농사일을 계속했다. 그리고 나는 아버지가 적어주는 과천읍내에 있는 한약방에 찾아가서 첩약을 지어왔다.

청계에서 과천읍까지는 십 리를 잡았다. 아홉 고개를 넘고 큰 개울을 건너서면 새술막이 나온다. 아버지와 막내 고모는 이 길을 걸어서 초등학교 6년을 지각 한 번 않고 개근을 했다고 할머니는 외웠다. 말썽꾸러기이던 나의 아버지도 보통학교만은 문제없이 잘 다녔고 새벽밥 해놓고 일어나라는 말 한마디면 벌떡 일어났다고 했다. 또 겨울에는 눈이 허벅지까지 빠질 때도 있었다고 했다. 눈이 많이 오는 날 새벽은 온통 눈앞에 보이는 것이 모두가 희기 때문에 눈에 홀릴까봐 무서웠다고 했다. 눈에 홀리면 여우한테 홀리는 것보다 더 무섭고 위험하다고 했다. 제일 나이 많은 학생이 앞장서서 길을 내면 다음 학생은 그 발짝을 짚어서 나갔고 이렇게 되면 발짝은 점점 자라서 제일 나이 어린 학생이 갈 때에는 짚신이 눈속에 빠지지 않았다고 했다. 막내 고모는 유일한 여학생이었고 제일 어렸기 때문에 울면서 따라다녔다고 했다.

지금도 과천읍까지의 길은 사람의 인적이 아주 드물었다. 나는 고개 하나하나를 헤이면서 넘었다. 소나무 사이로 내다보이는 하늘은 높고 푸르렀고 산새들만의 울음만이 고즈넉했다. 전쟁은 마을에서 물러갔어도 마음은 황량하고 암담했다. 그전처럼 막연한 슬픔이 아니라 내 가슴 복판에는 절망에 가까운 슬픔이 강물처럼 미어지게 흐르고 있었다.

그 개떡 덕분인지 과천읍내에서 지어온 한약의 효험 때문인지 어머니의 병세는 조금씩 차도를 보이기 시작했다. 소변을 쉬지 않고 쏟아놓았다. 부종은 차츰 빠지고 어머니의 본래 모습으로 되돌아왔다.

"다 네가 에미를 살리려고 정성을 쏟은 때문이다."

할머니가 내게 말했다. 또 옥이네 옆집 암팽이 엄마는

"내가 가져다 준 개떡 효험이다. 붓는 병에는 삼 년 묵은 개떡이 직효약이다. 원통해라. 내 딸은 왜 삼 년을 못 기다리고 죽었지."

암팽이 엄마는 가슴을 쳤다. 나의 아버지는 아버지대로 어머니를 위로했다.

"미안하오. 내가 자네에게 소홀했던 것은 다 자네 명을 이어주느라고 그런 것이오. 자네는 내가 잘해주었더라면 죽었을 것이오."

하긴 어머니는 아버지가 여자를 얻어 들이고 하는 것은 그래야만 어머니의 짧은 명줄이 이어진다고 자위하고 있었다.

전세는 매일매일 승전의 소식뿐이었다. 오늘은 개성 내일은 해주 드디어 평양 입성까지 완수했으며 국군은 북으로 북으로 북진했다.

소문에는 서울에 있는 학교도 개학을 해서 수업을 계속 중이라고 했다.

날씨는 겨울로 접어들었다.

아버지는 그 여자와 서울에다 살림을 차렸다. 그리고 아버지는 그곳에서 나에게 학교에 다닐 것을 권유했다. 나는 그럴 수 없는 일이라고 생각했다. 그렇다고 전처럼 집에서 서울로 통학을 할 수 없었다. 날씨가 춥고 해가 짧을 뿐더러 전시라 통근열차가 운행되고 있지 않기 때문에 난감했다.

아버지는 곡물을 팔아서 돈을 거머쥐면 서울로 가곤 했다. 또 서울 사람들은 날씨가 추워지자 옷가지를 들고 와서 곡식들과 맞바꾸어 갔다. 마을 사람들은 평생 가도 한 번 만져볼까 말까 한 외투나 털옷 가지들을 곡식과 바꿔 입을 수 있었다.

어머니가 자리에서 일어나자 이번에는 큰고모가 자리에 눕고 말았다. 큰고모는 매일매일 승전보를 들을 때마다 인민군에 강제입영한 아들의 소식을 기다렸다.

"분명히 폭격에 맞아 급살을 했으리라. 미련한 놈, 그놈은 도망하는 재주도 못 타고 났남."

큰고모는 최후의 그 며칠만 견뎠으면 좋을렸만을 되뇌이면서 미련한 놈을 절규했다. 큰고모는 원통하고 절통한 생각을 하면 피를 토할 것 같다고 푸념했다. 아닌 게 아니라 큰고모는 말대로 그 겨울이 깊기도 전에 피를 토하면서 죽었다. 임종은 할머니가 지켰다.

나는 전에 어머니의 약을 지어왔던 그 한약방에 가서 증세를 말하고 큰고모의 약을 지어왔지만 무효했다. 큰고모는 내가 약보따리를 내놓자 나의 손목을 잡고 흐느꼈다.

"내가 너를 업어서 키웠더니 내가 너의 효도를 받게 되는구나."

이것이 큰고모와의 마지막 대면이었다. 할머니는 큰고모가 결핵일지 모를 것이라면서 식구들은 얼씬도 하지 못하게 했다. 그리고 큰고모가 세상을 떠나자 삯꾼을 사서 공동묘지에 장사 지냈다. 그리고 그날 밤 그때 입었던 검정 두루마기를 방에 들여놓지 않았다. 그 검정 두루마기는 흉한 일에만 입는 옷이라고 했다. 그래서 하룻밤 동안 바깥 빨래줄에 널어서 이슬을 맞힌 다음날 새벽에 상자에 담아두었다. 그리고 할머니는 혼자말처럼 말했다.

"그 애가 없을 때, 이런 참척을 치루는 것도 다 그 애 복이라니까."

하긴 아버지는 할아버지의 임종도 보지 못했다. 팔십을 눈앞에 둔 할머니는 아직도 기세가 등등했다.

"다 제 복이다. 이 일로 애석하게 생각할 일이 아니라 망인을 위하여 썩 잘된 일이다. 자식 하나 바라보고 살다가 그나마 없앴으니 복도 지지리 없지. 그래도 그래도 제씨는 제 손으로 해결하고 흔적 없이 세상을 하직했으니 잘한 일이지. 암 썩 잘한 일이고 말고."

할머니는 이렇게 입으로는 푸념했지만 막상 그 며칠 동안은 아예 방문 출입을 삼갔다.

"내가 죄인인데 남보기 부끄럽다. 딸자식도 쓸만한 것은 다 추려서 먼저 저세상에서 데려가고 쓰잘 것 없는 지시레기 둘만 남았는데 그것들이 또 친정에서 뱅뱅 돌다니 남부끄러워 얼굴들고 살 수 없구나."

어머니는 할머니의 마음을 헤아렸다. 노인이 겉으로는 아들한테 사위스럽다고 내색은 않지만 내심으로 얼마나 마음이 아플까. 어머니는 닭을 잡고 메밀묵을 쑤어서 대접했다.

막내 고모는 해방 후, 서울에 와서 이제 겨우 자리 잡고 산다 싶더니 이건 또 웬말인가. 고모부가 공산당인지 불한당인지 가담했다고 으쓱거리더니 또 저희들끼리 잡아 가두었다니 할머니는 알다가도 모를 일이라고 했다. 할머니는 막내 고모에게 일렀다.

"지금 난리 중이라 도리 없다마는 기왕에 일은 당한 노릇이다. 여자는 출가외인이라. 빌어먹어도 낯모른 곳에 가서 빌어먹어야지 친정 울타리를 못 벗어나면 평생 고생이느니라."

이 말을 들으면서 막내 고모는 돌아앉아서 흐느꼈다. 그러나 막내 고모는 곧 자신을 추슬렀다. 집안일을 거들고 부엌에 들어와 불도 때주고 설거지도 했다. 그리고 목장갑을 끼고 지게를 지고 산으로 올라갔다. 청솔가지를 꺾어와서 자신이 기거하는 방 아궁이 옆에 땔나무를 그들먹하게 쟁여두었다.

할머니가 말했다.

"거 보거라. 어떠냐? 설움에 살찌고 근심에 마른다고 했다. 남보기 처량하게 울고 들어앉아 있으면 뭣하냐. 그저 사람은 활동해야 하느니라. 어떠냐. 냄 해다 놓은 군불거리 눈치 보면서 들어다 때는 것보다 떳떳하구 내 자유가 얼마나 좋은가."

막내 고모는 살갑게 할머니방 아궁이에도 땔나무를 해다 놓았다. 아궁이에 집어넣기 편하게 짤막한 것으로만 놓았다.

둘째 고모가 시큰둥했다. 막내는 약아서 남의 보비위를 잘하지만 자기는 그런 짓이 비위에 거슬린다고 했다. 둘째 고모는 욕심이 없었다. 자기 것을 잘 내어주었고 자신이 탐나는 것이 있으면 말없이 슬그머니 집어갔다. 때때로 둘째 고모 때문에 집안에서는 작은 풍파가 일곤 했는데 고모가 집어가는 물건은 특별한 것은 아니지만 집안에서 긴요하게 쓰이는 것들이다. 통나무를 잘라서 만든 마른 도마로 쓰는 큰 칼 도마라든가 아니면 나무주걱이나 작은 손저울 같은 것들이다. 어쩌다 그 용품들이 소용돼서 찾으면 없어진 것을 알 수 있었다. 손저울은 아버지가 자주 찾는 도구였다. 약품을 달거나 포도철에는 긴요하게 쓰이기 때문에 항상 저울대와 추를 큰 광 기둥 위에 매달아 두었다. 아버지의 성격이 불같기 때문에 그 손저울은 쓰고 나면 꼭꼭 제자리에 모셔두곤 했는데 그것이 없어졌다. 식구들이 거산을 하고 큰광 작은광을 뒤져보아도 간 곳이 없었다. 난리 중이라서 살 수도 없고 마을에서는 우리집뿐이 없는 용구였다.

"얘, 혹시 모른다. 그 애 짓일지. 그 애는 생가망가한 짓거리를 잘하니까."

이럴 때 할머니의 예측은 잘 맞아떨어졌다. 식구들은 기가 막혀 할 말이 없었다. 나중에 어머니가 웃으면서 고모에게 물었다.

"성님. 그 손저울 뭣에 쓰실려고 가져가셨어요."

"내년에 포도 장수할 때 쓰려고 갖다 놨지. 포도 장수를 하려면 저울이 필요해. 저울이 없으니까 자꾸 밑져서."

"아 성님두. 언제 포도 장수해보셨어요."

"그럼 놀고 있으면 누가 돈 거져 주나. 여보게."

이런저런 일 때문에 둘째 고모는 할머니 눈 밖에 났다.

"어떻게 내 속으로 저런 물건을 낳았는지 모르겠다. 모자라도 한참 모자라. 내 덕장골로 이사 오던 첫해 봄에 그 애를 낳았는데 그땐 몹시 궁색해서 첫국밥을 땔나무가 없어서 집 짓고 걷어낸 썩은 새를 때서 그런가. 가난가난 그 평생 가난을 못 면하니."

어머니는 할머니가 자식을 차별한다고 불평했다. 남들은 못사는 자식을 더 봐주는데 이건 못산다는 핑계로 과일도 언짢은 것, 밤도 찌그랭이 벌레배기만 주신다니까 하면서 어머니는 할머니 모르게 곡식이건 무엇이건 푹푹 담아주곤 했다.

같은 지붕 아래 한 탯줄에 떨어진 형제도 흥각각 정각각이었다. 서로가 기호가 다르고 생각이 다르고 그리고 생활환경이 다르다 보니까 가족끼리 무리가 졌다. 막내 고모는 할머니와 둘째 고모는 어머니와 가까웠다. 나는 그 두 파워 중에 어느 편에도 속해 있지 않았다. 나는 할머니 어머니 아버지 사이를 왔다 갔다 하면서 숙명이란 것이 출생과 함께 이미 예정돼 있는 것인가에 대해 회의했다. 가족들은 모두들 자신이 취하고 있는 행위를 자신의 의지가 아닌 어쩔 수 없는 운명의 힘에 의존하고 있음을 시사하고 있었다. 고모들은 한 사람 한 사람 떼어놓고 보면 뛰어나게 악독하다던지 영악스럽지 못했다. 얌전하고 착하고 개성이 뚜렷한 것뿐인데 보통 사람들이 누리고 사는 행복을 절반도 차지하지 못하는 것이 알 수 없는 이유였다. 할머니는 어머니와 둘째 고모와의 회동을 과감하게 제거해냈다. 큰고모가 없는 벌머루의 그 외딴집은 빈집이었다. 평소 알뜰하게 손질이 잘 돼있는 살림살이도 그대로 있었다. 할머니는 둘째 고모에게 그 집으로 내려가서 지낼 것을 명령했다.

처음 그 소리를 듣자 둘째 고모는 펄쩍 뛰었다.

"아이구머니나 무서워라. 그 빈집에 가서 어떻게 살아요. 성님 죽은 귀신이 달려들면 어쩔라구요."

그러나 할머니는 단호했다.

"그 정신 나간 소리 좀 작작 하거라. 그 집에서 영영토록 살라는 게 아녀. 인민군에 나간 그 애가 살아서 돌아올지도 모르니깐 임시로 살라는 거다. 누가 그 집을 널 준다던, 어디까지나 임시라구. 독채를 차지하고 살아봐라. 너무 편구 한갓져 좋을 것이니."

둘째 고모는 어느 영이라 거역하지 못하고 사람들이 보지 않는 해진 후에 보따리를 이고 사촌을 앞세우고 그 집으로 이사했다. 고모는 처음에는 해만 지면 머리카락이 쭈뼛쭈뼛 솟고 무섭다고 말했다. 하지만 할머니는 입을 다물었다. 막내 고모는 그 외딴집을 춘향의 집이라고 명명했다.

벌판 외딴집, 그것도 노송 한 그루가 마당 끝에 휘어져 있어 더욱 청승맞다고 했다. 그리고 할머니방에 군불거리를 더 때기 좋은 것으로 갖다놓곤 했다.

10

강물이 얼자 전세는 다시 악화되었다. 미군은 추위에 약하기 때문에 밀리고 있다는 소문이 나돌았다. 중공군의 꽹과리부대가 압록강을 넘어서 남하하고 있다고들 했다. 소문은 또 그 중공군한테 붙잡히는 날에는 애꿎은 백성도 사지가 갈기갈기 찢기며 그 찢어진 시체를 나뭇가지에 걸어놓는다는 소문이 흉흉하게 나돌았다.

마을 사람들은 피난 준비를 서둘렀다.

미숫가루를 장만하고 엿을 고아놓고 그리고 솜옷을 두둑하게 지어놓고 있었다. 기동력 있는 남자들은 제2국민병으로 증발돼서 남쪽으로 미리 후퇴했다. 마을은 노약자와 부녀자들만 남게 되었다.

마을은 다시 술렁거렸다.

이번에는 여름과 달라서 지난여름 난리 때 도망간 그 내무소원이 다시 찾아와서 작패가 대단할 것이라고 마을 사람들은 미리 장담하고 있었다. 제가끔 피난처를 물색했다. 더러는 연고지를 찾아서 방향을 남쪽에다 두고 있었지만 그렇지 못한 사람들은 내 살던 고향을 버리고 무작정 떠날 수 없는 일이라고 주저했다.

할머니는 난 죽더라도 내 집에서 죽겠다고 했다. 이 엄동설한에 팔십 늙은이가 문밖에 나서면 얼어죽을 것이 뻔한 이치인데 죽더라도 편하게 내 집에 앉아서 죽을 것이라고 버텼다. 결국 이렇게 돼서 우리집 식구들은 아버지는 아버지대로 제2국민병으로 남하하기로 하고 우리는 어머니와 남양 외가로 가기로 결정했다.

1월 2일 새벽에 아버지가 먼저 떠났다. 피난 보따리를 챙기는데 아버지는 미숫가루도 넣어라 엿도 넣거라 그리고 닭을 잡아 삶아서 통째로 세 마리나 싸서 꾸렸다. 아버지는 나락을 찧더니 몽땅 팔아서 돈으로 꾸려 넣었다. 우리들은 외가로 가서 얻어먹다가 난리가 끝나 살아서 돌아오면 땅을 팔아서라도 밥값을 갚아 주마고 아버지가 말했다.

아버지가 륙색을 걸머지고 할머니와 어머니는 눈물을 삼키면서 전송했다. 길 떠나기 전에 여자들이 눈물을 보이면 불길한 짓이라면서 할머니는 엄하게 금했기 때문이다. 아버지가 일각문께로 나서자 나는 뒤따르고 싶어졌다. 평소에도 나는 아버지가 외출할 때는 납작고개까지 따라나서곤 했다. 그러면 아버지는 주머니에서 집히는 대로 동전이건 지전이건 집어주었다. 아직 미영이 덜 가신 새벽이었다. 마을을 가득 채운 피난민들은 벌써 깨어서 화톳불을 피워놓고 있었다. 피난민들이 너무 많이 들이닥쳤기 때문에 헛간이나 추녀 끝이고 한데서 짚단을 풀어헤쳐 깔고 밤을 지샜다.

그날따라 아버지는 되돌아보지 않았다. 나는 이상한 생각이 들었다. 죽을지도 모르는 판국인데 아버지의 냉담은 나를 무척 서운하게 했다. 나는 아버지의 멀어져가는 뒷모습을 오랫동안 서서 바라보았다. 마을은 화톳불이 탁탁 튀는 소리를 내면서 어수선했다. 아버지가 소요 속을 뚫고 마을 어귀를 벗어나 납작고개에 이르렀을 때였다. 한 여자가 고갯마루에서 기다렸다가 아버지와 동행했다. 여자는 혼자였다. 그리고 그 여자는 손에 아무것도 들고 있지 않았다. 나는 좀 수상하다는 생각만 했을 뿐 곧 잊어버렸다. 모탱이로 가는 길은 어느새 피난민 행렬로 꽉 차서 가로지르기 어려웠다. 피난민들은 새벽부터 눈길을 조심조심 디디면서 남쪽으로 남쪽으로 이동했다. 날이 밝으면서 피난민 행렬은 자꾸만 불어났다. 마차 한 대가 겨우 지나다닐까 말까한 소릿길에도 피난민은 두 줄에서 세 줄로 이어져 내려갔다.

포소리는 쿵쿵쿵 쉬지 않고 났다.

나는 옥이네 큰 마당 댓돌 위로 해서 그 애네 집안을 넘겨다 보았다. 날이 밝았는데도 대청마루에는 간드레 불을 밝혀놓고 식구들이 부산하게 움직이고 있었다. 옥이가 나를 보자 어디 나들이라도 떠나는 기분으로 내게 자랑스럽게 말했다.

"이제 우린 곧 떠난다. 우린 외가로 가기로 했다. 벌써 국도는 다 막혔대. 그래서 피난민들은 소로로밖에 갈 수 없단다. 우린 내손리로 해서 관교산을 넘어가면 곧 바로 용인이란다."

"그러니, 우린 남양 외가로 가기로 했다."

"언제 떠나니?"

"……"

나는 대답이 막혔다. 어머니는 좀 더 전황을 두고 보자고 미적거릴 것이 분명했다. 왜냐하면 어머니는 할머니를 집에 남겨놓고 피난 가는 것을 원하지 않았다.

옥이가 걱정스럽게 말했다.

"어머 어떻게 하니. 남양은 용인보다 멀다고 했는데."

"여기서 외가까지는 백 리 길이라는데 하루에 갈 수 있을지 모른다."

"용인까진 하루해만 걸으면 넉근하다고 했다."

"우린 다시 만날 수 있을까."

나는 근심스러워서 옥이에게 물었다.

"그럼, 왜 못 만나니. 살라고 피난 가는 것이니까."

옥이는 자신만만하게 말했다. 그 애는 새로 지어 입은 깜장 솜 두루마기 말짱에다 두 손을 찔러 넣으면서 깡충깡충 뛰었다. 그 애가 뛸 때마다 양쪽으로 갈라서 땋아 늘인 댕기머리가 찰랑거렸다. 옥이는 예뻤다. 처녀티가 배겨서 얼굴은 뽀얗게 피어서 검정 두루마기가 한결 맵시를 돋우었다.

"잘 다녀와."

"또 만나자."

나는 집으로 돌아와서 우리도 어서 빨리 떠나야 한다고 서둘렀다. 할머니는 성화를 댔다.

"애들아, 서둘거라. 떠날 사람들은 빨리 떠나거라."

그날 밤은 더 많은 피난민들이 마을에서 잠잤다. 그러나 그들은 마을에 머물지 않았다. 하룻밤만 묵으면 날이 밝기 무섭게들 떠났다. 북쪽에서 온 피난민들 중에는 중공군을 직접 만났다는 사람들도 있었다. 포소리는 점점 가까이에서 그리고 잦아졌다.

1월 3일 새벽에 우리는 집을 나섰다. 어머니는 돌 지난 동생을 업고 그리고 옷 보따리를 머리 위에 이었다. 나도 옷 보따리를 걸빵을 해서 걸머지고 손에는 조그만 양은솥과 취사도구를 싸서 들었다. 내 바로 밑의 여동생은 식량 자루를 메었다. 그리고 초등학교 일학년짜리 남동생과 그 밑의 다섯 살짜리 여동생은 걸었다. 일각문을 나설 때 어머니는 할머니에게 작별인사를 하면서 통곡했다. 나는 어머니의 그와 같은 통곡소리는 처음 들었다. 나는 몹시 기분이 언짢았다. 그러나 정작 난리 속에 묻혀 있을 할머니는 오히려 냉담했다.

"내 걱정은 말거라. 그래도 고모들이 함께 남아있겠다니 당하다. 잘들 다녀오거라."

우리는 길을 떠났다. 피난길이라는 실감이 나지 않았다. 바닷가에 있다는 생전 처음 가보는 외갓집을 간다니 나들이 떠나는 기분이었다. 어머니는 시집온 지 십오 년 만에 두 번째 가는 친정집이었다.

우리는 피난민 행렬 속에 끼어서 사람들이 가는대로 따라갔다. 피난민들은 모두들 남쪽으로 남쪽으로 가고 있으니까 모두 다 동행이었다.

철길도 막히고 국도도 막혔다. 피난민들은 산길로 산길로 막힌 길을 뚫고 걸었다. 피난민들이 가고 있으면 모두가 길이 되고 있었다. 논두렁과 밭두렁도 산비탈도 길이 됐다. 눈이 수북하게 쌓인 논도랑 밭도랑 길을 한나절 걸어갔으나 십 리뿐이 못 갔다. 등에 업힌 동생이 남자만 보면 아버지를 불렀다. 그때마다 어머니는 한숨을 쉬었다.

우리는 오맥이라는 동네까지 와서 점심을 먹었다. 이 마을은 전에 백모의 친가 마을이다. 어느 집 추녀 끝에서 짚단을 깔고 앉아 짐을 풀었다. 찰밥을 대추를 넣어 찐 주먹밥이었다. 지난여름에는 대추가 푸지게 열렸었다. 집을 떠나온 지 반나절밖에 지나지 않았는데도 집일은 벌써 까마득하게 느껴졌다. 집에 두고 온 대추가 벌써 그립다. 주먹밥은 맛있었다. 모두들 두 개씩 먹었는데 더 먹고 싶어했다.

"이대로 가다가는 수원도 못가서 해 다 지겠다. 빨리 가자."

어머니가 재촉했다. 다섯 살짜리 동생이 칭얼거렸다. 어머니만 빼놓고 모두들 그 애를 윽박질렀다.

"빨리 걷지 못해. 버리고 간다."

그 애는 마지못해 걸었다. 눈길은 미끄럽고 더디었다. 진종일 행렬을 따라 걸었다. 가도 가도 수원까지는 십 리 길이라고들 했다. 산을 넘고 들을 가로지르고 모두 다 초행길인데도 피난민들은 소로를 잘 알고 있었다. 그들은 믿을 만한 안내자에게 안내되어 모두들 피난처를 향해 행군한다고 믿었다. 날이 저물었다. 아직도 수원은 십리 남았다고 했다. 우리는 불안했다. 어머니는 새벽에 떠나서 해거름엔 외가에 넉넉히 닿을 수 있을 것이라고 장담했다. 우리는 지쳐버렸다. 주저 않고 싶을 만큼 다리가 아팠다. 아이들 모두가 울상이 됐다. 더 이상 갈 수 없을 것 같았다. 일찌감치 마을로 들어가 잠자리를 구해놓자고 어머니가 말했다. 아이들이 그 말에 용기를 얻고 좀 더 걸었다.

　마을이 나섰다.

　마을은 참나무로 둘러싸여 있었다. 마을 이름은 참나무골이 아니라 밤나무골이라고 말했다. 백여 호가 들어앉은 아늑하고 보기에도 탄탄한 마을이었다. 생전 처음 낯선 마을에 와서 잠자리를 청해보는 일이 참으로 어려웠다. 어머니가 한 피난민 가족의 뒤를 무조건 따라들어 갔다. 그들은 꽤나 여러 날 묵으면서 남하했던 것 같다. 마을에서 대문이 번듯하게 큰 집을 찾아내서 무조건 들어서는 것이었다. 그러나 방들은 이미 꽉꽉 차 있었고 부엌이나 헛간조차도 얻어볼 수 없는 형편이었다. 그 앞서 가던 일행이 무조건 그 집의 안방으로 들어가서 하룻밤 앉아서라도 새고 갈 것을 제의했다. 그러나 안방까지도 피난민들은 이미 꽉 차 있었다. 어머니가 아이들 다섯을 앞세우고 뒤따라 들어서려고 하자 주인이 밀어내면서 방문을 닫았다. 밀려난 어머니는 조금 용기를 얻었다. 그래서 그 집 건넌방 문을 열고 아이들을 들이밀고 들어섰다. 건넌방에도 사람들이 꽉 들이 차 있었지만 우리 식구 여섯이 비집고 앉을 자리는 있을 만 했다. 우리는 윗목 한구석을 겨우 차지하고 보따리를 내려놓고 웅숭그리고 앉았다. 하루 종일 언발은 감각이 없었다. 우리 식구는 구석자리에 앉아서 보따리 속에 든 찰밥 뭉치를 꺼내서 물도 마시지 않고 요기를 했다. 몸이 조금씩 녹기 시작하니까 졸음이 왔다. 그리고 발이 저려오고 오금이 땡겨 발을 뻗고 싶었지만 몸을 결박지은 것처럼 오그리고 앉아있어야 하니까 어쩔 수 없었다. 잡생각이 났다. 따뜻한 아랫목과 따뜻한 이불 속이 생각났다.

낮 동안 퍼부어대던 포소리는 아주 지척에서 발포한 것처럼 진동이 컸다. 포소리가 날 때마다 방문이 저절로 펑 소리를 내면서 열리곤 했다. 방안에 앉아있는 피난민들은 한결같이 그 포소리에 관심이 컸다. 아무래도 전선이 한강을 넘어선 것 같다면서 불안해했다. 더더구나 한강은 결빙되어서 이번에는 한강이 방위망의 아무런 구실을 할 수 없을 것이라면서 서울을 내주게 되면 그다음은 오산까지 후퇴할 것이라고 걱정했다. 그리고 또 피난민 중에는 이미 중공군을 보았다는 사람도 있었다.

겨울밤은 일찍 깊었다. 모두들 어서 속히 날이 밝기만을 기다렸다. 날이 밝기만하면 한 발짝이라도 빨리 남쪽으로 내려가야 살아남을 수 있을 것이라는 욕망들로 가득 차 있었다.

밤 아홉 시쯤이었다.

군청색 사지군복을 입은 장교 한 사람이 산모를 데리고 우리들이 웅숭그리고 앉아있는 건넌방으로 들어섰다. 그 장교는 부상병인 듯싶었다. 얼굴은 말할 수 없을 만큼 창백했고 초췌해 보였다. 산모는 오늘 해산했다면서 아기를 포대기에 둘둘 말아서 안고 방안으로 비집고 들어왔다.

"미안하지만 이 산모를 위해서 방을 좀 비켜줘야 하겠소."

장교는 좌중을 돌아보면서 권유했다.

우리들은 서로 얼굴을 마주 쳐다봤다.

"누가 나갈 거요?"

피난민 중에 활발한 중년 남자가 나섰다.

피난민들은 자기가 지목당해 쫓겨날까봐 그 중년 남자와는 외면한 채로 숨죽이고 있었다.

"어서들 결정하시오. 시간이 없소."

장교는 팔목에 찬 시계를 보면서 재촉했다. 그 중년 남자가 좌중을 휘둘러보면서 또 말했다.

"이렇게 합시다. 이 방에 맨 나중에 들어선 사람이 뉘요? 그 사람을 찾아내시오."

어머니가 질겁해서 우리들의 머리를 한 곳으로 모아놓고 그 머리 위에 엎드렸다.

"누구지?"

"난 아니요."

사람들은 수군거렸다.

"저기 저 어린애 어머닌 것 같소."

"그렇소. 맞아요."

"그럼 빨리 나가시오."

어머니가 머뭇거렸다.

"냉큼 나가시오."

내가 벌떡 일어났다.

"엄마 나가요. 얼어 죽는 한이 있더라도."

나는 짐을 챙겨들고 앞장섰다. 동생들을 앞세우고 어머니가 뒤따라 일어섰다. 그러나 우리들이 일어난 자리는 사람 하나 누울만한 자리도 못되었다.

"한 가족이 더 나가야겠소."

장교가 또 보챘다.

우리는 방안 사람들이 웅성거리는 소리를 뒤에 남기고 마루로 나왔다. 피난민들이 대청마루에도 발디딜 틈 없이 이불을 깔고 뒤집어쓰고 누워있었다. 뜰로 내려서서 우리는 보자기에 싸둔 신발을 챙겨 신었다. 어머니는 의지할 곳을 찾아 사방을 두리번거렸다.

"부엌으로 가보자. 그래도 부엌이 뜨뜻하니라."

부엌문을 열자 그곳도 이불을 뒤집어쓴 무대기들로 꽉꽉 들어차 있었다. 아궁이 앞쪽은 조금 빈자리가 있었다. 어머니가 다섯 살짜리 남동생 손목을 잡고 무조건 아궁이 앞 흙봉당 위에 보따리를 내려놓고 앉혔다. 뒤에 있던 사람들이 소리 질렀다.

"누구요. 남의 자리를 쌩이질치는 이가."

우리는 못 들은 척하고 입고 있던 웃옷을 벗어서 머리까지 뒤집어썼다.

"염치 좋게 가로 늦게 와서 남의 앞을 가로 막다니."

"비키시오. 비켜욧."

이곳저곳에서 아우성쳤다.

"아이들하고 얼어 죽겠으니 좀 봐주십시오."

어머니가 사정했다.

"아이들은 당신만 있는 게 아니잖소."

하긴 그러했다. 뉘 집이건 간에 어린아이는 있게 마련이다. 그렇지 않으면 다시 말해서 아이들이 없었다면 이 엄동설한에 피난 나올 엄두도 못 냈을 터였다. 아이들을 살려야지. 아이들을 전쟁에 희생시킬 수 없는 일이지. 어른들이야 좋은 세상 그른 세상 다 보고 살았지만 그 눈이 새까만 아이들이야 무슨 죄가 있어 험한 세상 꼴 보일라구. 가자. 가야 한다. 피난처로 가자. 피난처를 찾아서 남쪽으로 가야 한다.

이때, 집주인인 듯싶은 여자가 부엌 안으로 들어섰다. 그 여자는 우리를 보자 대뜸

"아니 아무리 난리 중이지만 그래도 사람이 드나들게 길을 비켜놔야 할 게 아녜요."

그 여자는 장교의 부탁을 받고 물을 덥히려는지 땔감을 찾아 두리번거렸다. 우리는 불 앞에 앉아보겠다는 소망도 곧 허망하게 됐다. 이번에는 어머니가 먼저 일어섰다.

"나가자."

우리는 마당으로 쫓겨나서 빙빙 돌았다. 그리고 우리는 뒤꼍 굴뚝 모퉁이 추녀 끝의 빈자리를 겨우 비집고 앉을 수 있었다. 비록 한데 자리이지만 굴뚝이 있어 온기가 있었으며 추녀 끝이라도 되니까 하늘의 찬서리는 막아줄 수 있었으므로 얼어 죽지는 않을 것이라고 어머니가 말했다.

"생각이 모자라서 이불을 잊었구나. 나는 당일이면 너끈하게 외가까지 갈 수 있을 줄 알았는데."

"엄마, 수원까지는 아직도 오 리나 남아있다니, 이대로 간다면 외가까지는 삼 일도 더 걸리겠수."

나는 앞으로 닥칠 곤욕을 진저리치면서 어머니에게 말했다.

"그러게나 말이다. 난리가 이토록 무서운 것인 줄 생각조차 못했구나."

식구들은 솜옷을 두둑하게 입고 있었지만 한겨울의 추녀 끝 잠은 너무너무 춥고 떨렸다.

"자아, 바싹바싹 다가 앉거라. 그래야 덜 춥다."

우리는 기름을 짤 만큼 바싹 조여서 앉고 머리 위에다 어머니의 두루마기를 덮었다.

박격포탄이 바로 머리 위로 쏟아질 것처럼 지척에서 볶아쳤다. 피난민들은 모두들 안절부절했다. 그래도 여섯 식구의 체온은 따뜻했다. 이제 집 떠나온 지 겨우 하루만이다. 그럼에도 불구하고 우리들의 체온은 아직 식지 않고 따뜻했다. 나는 잠을 청했다. 잠 자는 시간만이라도 이 고통스러운 멍에를 잊고 싶었다. 그러나 쉽 게 잠들지 않았다. 그러나 아이들은 아이들다웠다. 하루 종일 눈길 에 시달렸으므로 이내 숨소리가 고르게 들렸다.

"자거라. 그래야 내일 새벽에 또 걸을 수 있다."

어머니가 아이들이 깰까봐 조심스럽게 속삭였다. 깜박 잠이 들었 다. 잠결에 소리가 들렸다.

"가자."

나는 한밤중인 줄 알았는데 어머니가 나를 일으켰다.

"우리도 떠나자. 걸으면 덜 춥다. 가다가 날이 밝으면 아침밥을 지어먹도록 하자."

어머니가 동생들을 일으켜 세웠다. 아이들이 칭얼거렸다. 어머니 는 다그쳤다.

"가자. 중공군한테 잡히면 죽는다. 빨리 가자."

동구 밖 신작로에는 벌써 피난민 행렬들이 줄서서 가고 있었다. 우리들도 그 대열 속에 끼어서 따라갔다.

"빨리 가자. 이러다간 중공군이 앞질러 갈 것이다."

피난민들은 너도나도 걸음을 재촉했다. 우리는 자꾸만 쳐졌다. 사람들은 짐을 지고 나는 듯이 빨리 갔다. 어디서 그러한 힘이 솟았는지 우리들은 뒤따른다고 생각하고 고개를 쳐들면 벌써 저 앞산 모랭이를 돌아가고 있었다. 시골길은 꼬불꼬불 굽이져 있었다. 논두렁 밭두렁 길보다 신작로는 걷기가 수월했다.

"가자. 빨리빨리 걷자."

어머니가 아들을 몰았다. 아이들은 잠이 깨어 낙엽이 깔린 푹석푹석한 길을 신바람 내서 뛰었다.

"그래 잘 간다. 가자 또 걷자."

날이 밝을 때까지 걸었다. 마을이 나타날 때마다 어머니는 사람들에게 물었다.

"여기가 어디요."

우리는 수원에서 서쪽으로 갔다. 우리 앞을 치닫던 피난민들 행렬이 보이지 않았다. 피난민들은 수원을 거쳐 남쪽으로 남쪽으로 내려갔다. 피난민 행렬 속에서 우리만이 이탈되었다. 많은 사람들 틈에서 쫓기고 있을 때에는 전쟁의 긴박감을 피부로 절감하고 있었는데 우리만이 한적한 샛길로 접어들자 처음에는 불안스러웠다. 그러나 어머니는 달랐다. 어머니는 자신이 태어난 생가를 찾아간다는 생각이 오히려 난리의 긴박감에서 벗어나고 있었다. 어머니는 아이들이 천천히 걸어도 다그치지 않았다.

날은 이미 환하게 밝았다. 외딴 농가를 지나게 되자 어머니는 우선 그 집에 들어가서 아침밥을 지어먹자고 사정했다. 그 농가는 아직 피난을 떠나지 않고 있었다. 어머니가 사정을 이야기했다. 그리고 그 집의 쇠죽솥 앞에서 솥을 걸고 밥을 해먹을 수 있게 허락을 받았다. 조그만 양은솥에서 흰쌀밥이 끓었다. 밥이 막 잦고 있을 때였다. 주인집 아이가 달려들어왔다.

"어무이, 중공군이 꽹막갱이를 치고 수원성에 들어갔는데요."

"아이구 머니나."

어머니는 외마디 소리를 질렀다. 그리고 밥솥을 보자기에 싸서 나에게 들렸다. 그리고 우리는 길을 재촉했다. 우리는 한적한 시골길을 터덜터덜 걸었다. 그 고갯길은 너무나 한적했기 때문에 방금 들은 전쟁 소리는 거짓말처럼 들렸다.

"여기서 밥을 먹고 가자."

어머니가 길 옆으로 밥솥을 내려놓게 했다. 그리고 솥 안에 숟가락 여섯 개를 꽂았다. 반찬은 깨소금뿐이었다. 소금과 고춧가루와 깨가 혼합된 비상용 찬이었다.

아이들은 밥숟가락에 깨소금을 묻혀 먹으면서 보챘다.

"김치 먹고 싶어."

"그러게나 말이다. 잘 넘어가지 않는구나. 세상에 집에는 한 칸 광 가득 김치를 놔두고."

남동생이 서둘렀다.

"빨리 가야지 중공군한테 잡히면 죽지 않아."

"가자. 빨리빨리!"

우리는 수원을 지나서 임업시험장 안으로 들어섰다. 이상하다. 이곳부터는 인가란 인가는 모조리 빈집들이었다. 피난민들도 눈에 띄지 않았다. 어쩌다 우리의 뒤를 쫓아오던 피난민들은 걸음이 빠르기 때문에 우리를 따돌려 놓고 앞장서 갔다.

송림 속을 꿰맨 신작로를 따라서 우리는 느릿느릿 걸어갔다. 수풀은 울창해서 대낮인데도 그늘졌다. 나뭇가지에 앉았던 까치가 우리들이 지나가면 놀라서 푸드득 날아 앞 소나무 가지에 앉아 '까악까악' 울었다. 남동생이 돌팔매질을 했다. 까치 대신 솔가리가 우수수 떨어졌다. 그리고 까치는 좀 더 먼 발치 앞 소나무 가지에 옮겨 앉는다.

대로 옆 인가는 모두 다 빈집이었다. 마을은 텅텅 비어있고 길가에는 인적조차 드무니까 대낮인데도 무서웠다. 오목리 쪽으로는 오산으로 내려가는 갈림길이 있었다. 오목리는 사방으로 모여드는 피난민들이 합산하는 곳이었다. 이곳에 오니까 사람 구경을 할 수 있었다. 피난민들은 모두들 중공군의 수원 점령에 대해서 이야기했다. 수원은 적지이므로 앞으로 대대적으로 있을 폭격을 예상해서 피난민들은 한 발짝이라도 더 빨리 이곳을 벗어나야 할 것을 서둘렀다. 오목리에서 우리는 발안 장터로 가는 길로 접어들었다.

날이 어둡기까지는 좀 더 걸었을 법했다. 그러나 어머니는 지난 밤 잠자리를 잡지 못해 고생을 했던 터였으므로 일찌감치 잠자리를 구했다. 길가 집이었다. 행길에서 돌아앉은 오막살이지만 수수깡 울타리가 탄탄하게 엮어진 초가집이었다. 사립문이 꼭 여며지게 닫혀있었다. 어머니가 사립 밖에서 주인을 불렀다. 응답이 없었다.

"빈집인가 보구나."

어머니가 사립문을 미니까 요령 소리를 내면서 대문이 열렸다.

"주인이 문을 지쳐놓고 나갔나 보구나."

우리는 마당 안으로 살금살금 걸어들어 갔다. 그래도 안에서는 인기척이 없었다.

"모두들 비워놓고 피난 떠났나 보구나. 여기서 하룻밤 묵고 가자."

우리는 주인 없는 집 안방으로 들어갔다. 구들목은 아직도 따뜻했다. 살림살이도 그대로 있었다. 아이들은 세상만난 것처럼 다리를 뻗고 앉았다. 어머니가 내 집처럼 부엌으로 나가서 밥을 지었다. 뒤꼍에는 두레우물도 있고 감나무 밑에는 거적으로 어리가리를 쳐둔 김치광도 보였다.

"누구네 집인지 알토란 같은 살림살이로구나."

김치를 내다 썰면서 어머니가 말했다. 또 한 패거리의 피난민들이 들이닥쳤다. 그들은 우리가 주인인 줄 알고 하루만 묵어갈 것을 당부했다.

"우리도 나그네인걸요."

어머니가 말하니까 그들은 다짜고짜로 방안으로 들어왔다. 빈집에 우리 식구끼리보다는 잘 된 일이라고 어머니가 말했다. 어머니는 남녀 간에 내외를 해야 한다는 것은 이미 잊고 있었다. 그보다는 어떻게 하면 한데서 잠 자지 않고 이 위기를 벗어날 수 있을 것인가를 서로 의논하고 상의할 수 있는 상대를 만났다는 안도감이 우선했다. 그래서 생전 처음 보는 사람들끼리였지만 피난민이라는 사실 한 가지만으로도 곧 한 가족처럼 친해질 수 있었다. 그 사람도 짐을 내려놓고 저녁 준비를 서둘렀다. 작은 오막살이 집은 잔칫집처럼 북적거렸다.

이때였다.

사립문을 들어서면서 중년의 농부가 소리 소리 질렀다.

"아무리 난리 중이지만 이런 무경우가 어디 있단 말이요."

어머니는 질겁을 해서 김치 그릇을 얼른 덮었다. 피난민 중의 한 사람이 나섰다.

"주인장 진정하시오. 우리가 잘못이요만 용서하구료. 우리도 모두 만장 같은 집을 놔두고 나온 사람들이 아니겠소. 하룻밤만 봐주시구려."

"아무리 그러하기로서니 너무들 한 것 아니요."

"우리야 모두 피난 떠난 빈집인 줄 알았지 않습니까."

"나도 식구들 고개 너머로 피난시키구 오는 길이요."

"것 보시오. 집 나서 보면 주인 나그네가 어디 따로 있습디까. 하룻밤 잘 지내봅시다."

그제서야 주인은 화가 조금 수그러졌다. 주인은 어디서 장작을 한 아름 안아다 놔주기도 하고 이것저것 반찬도 챙겨주었다.

모두들 저녁을 일찍 마치고 짐을 깡뚱그려 싸놓고 방에 들어앉았다. 호젓하게 발을 뻗고 하룻밤 잠잘 수 있겠다는 기대감은 어긋났지만 아이들은 발을 오그리고 누울 수 있었다. 어른들은 앉아서 밤을 새야 했다. 등잔불을 켰다가 이내 꺼버렸다. 불빛 때문에 비행기가 폭격을 할지도 모른다는 기우에서였다.

밤이 이슥하도록 집주인과 두런두런 이야기가 끝나지 않았다. 나는 오그린 채 잠들었다. 새벽녘이었다. 잠결에 누군가가 사립을 발길로 차면서 주인을 불렀다.

"여보, 여보, 여보."

그 여보 소리는 분명한 우리말임에도 불구하고 낯설은 억양이었다. 이 밤중에 여보를 찾는 사람이 누구일까. 방안 사람들은 그 목소리가 예삿 목소리가 아니라는 것은 다 알고 있었지만 그러나 혹시라도 백만 중의 하나 아니기를 바라는 희망을 걸고 있었다.

"여보, 여보, 여보."

"무슨 소리지?"

집주인은 소곤거렸다.

"목소리가 이상한데 혹시 중공군이 아닐까."

피난민 남자가 말했다.

"글쎄요."

"짱꼴라도 한국말 할 줄 알까?"

누군가가 의문을 던졌다. 그리고 사람들은 지금 밖에서 부르는 저 소리가 제발 중공군이 아니길 간절하게 빌었다.

"여보, 여보, 여보."

"어이구머니나 이젠 꼼짝없이 죽겠구나."

한 여자가 울음을 터뜨렸다.

"조용히 하시오. 당신 때문에 우리 모두가 죽겠소."

그 피난민 남자는 단호했다.

밖에서는 계속 사립을 발길질하면서 여보를 불러댔다. 그리고 그 목소리는 점점 더 분명해졌고 목청을 돋우었다.

"아무래도 죽기는 일반이요. 대문을 안 따줘도 부수고라도 들어올 테니까 나가서 사정을 해보시오."

그 피난민 남자가 주인에게 말했다.

"누가 나갑니까? 죽으러."

좀 전에 울음을 터뜨렸던 여자가 가당치 않다는 듯이 대꾸했다.

"집주인이 나가야지요. 지금 밖에 찾아온 사람은 이 집 주인을 찾고 있질 않습니까. 빨리 나가 보시오."

이번에는 집주인이 우는 소리로 말했다.

"아이구 이 일을 어쩌나. 내 어젯밤 집에 오지 말았어야 했겠는
데, 집사람이 붙드는 걸 뿌리치고 왔더니만……."

그 피난민 남자가 재차 다그쳤다.

"어서 빨리 문을 열어주시오. 그리고 친절하게 맞아들이시오. 웃
는 낯에 침 못 뱉는다는 말이 있지 않소. 공연히 문 더디 열어주면
화만 불러들일 것이니 어서 나가 보시오."

어느새 사람들은 보따리를 모두 챙겨들었다. 어둠 속에서도 자기
보따리는 용케 알아차렸다.

집주인은 자기가 집주인이라는 것을 혐오하면서 쩔쩔 맸다. 이러
할 때 나아가야 할 것인가 안 나가도 되는 것일까. 밖에서는 이미
집안의 동정을 다 알고 있다는 듯이 계속해서 불러댔다.

"여보, 여보, 여보."

"예 나가요. 잠깐만 기다리쇼."

집주인은 옷을 챙겨 입는 중이라는 듯 되도록 시간을 끌었다.

이때 피난민 남자가 집주인의 등을 밀면서 말했다.

"빨리빨리 나가 보시오. 화를 돋아놓으면 불리할 것이오."

집주인이 토방마루로 나서자 방안에 앉아있던 사람들은 약속한
듯 방 뒷문으로 쏟아져 나왔다. 그리고 뒤꼍 수수깡 울바자 속에
몸을 바싹 붙이고 숨었다. 어머니가 아이들의 머릿수를 점검했다.
수수깡대는 조금만 움직여도 바스락 소리가 났다. 이때마다 어머
니가 아이들을 윽박질렀다.

방 뒷창문을 통해 희미하게 불빛이 새어 나왔다. 집주인이 중공

군을 안방으로 맞아들였고 무슨 말인지 알아들을 수 없는 반벙어리 소릴 하고 있었다. 피난민들은 살금살금 발소리를 죽여가면서 뒤꼍을 돌아서 사립문 쪽으로 빠져나왔다. 어머니가 다섯 살짜리 손목을 잡고 앞장섰다. 나는 남동생 손목을 잡고 뒤따랐다.

방문 가까이 지나갈 때는 솜털이 있는 대로 치솟았다. 집주인은 의사소통이 잘 안되는지 어릿광대처럼 손짓을 하면서 반벙어리 소릴 계속 해댔다. 검은 그림자가 창호지에 계속 어른거렸다.

피난민 중 그 누구도 난자당하지 않고 무사하게 사립문을 빠져 나왔다. 행길까지 나왔다. 사위는 캄캄한 밤인데도 신작로는 하얗게 열려 있었다. 이때였다. 어머니가 외마디 소릴 질렀다.

"아이구머니야. 영인이가 안 보인다."

나는 그제서야 서로 서로를 확인해보았다. 아무리 둘러보아도 그애의 모습은 없었다. 피난민들은 뒤돌아보지 않고 달아났다. 우리 식구만 신작로 한가운데 우두커니 남아있었다. 아무리 세어봐도 아이는 셋이었다. 업은 아이 말고 넷이어야 하는데 하나가 보이지 않았다.

"걔가 아직도 그 집 뒤꼍에 혼자 남아있는 게야. 이를 어쩌지."

이제 겨우 사지에서 벗어났는가 싶었는데 낭패였다. 나는 그 애가 미웠다.

"내버려 둬. 그 바보 같은 계집애 죽게 내버려 둬."

나는 단호하게 어쩔 수 없는 일이라고 말했다. 누가 다시 그 사지에 들어갈 수 있겠는가. 그 일은 도저히 감당할 수 없는 일일 것 같았다.

"안 된다."

어머니는 어느새 쏜살같이 우리가 겨우 빠져나온 그 집안으로 다시 들어갔다. 그리고 좀 있자 그 애를 끌고 나왔다.

　"글쎄 죽은 듯이 수수깡 울타리에 엎어져 있어서 나는 죽은 줄 알았다. 그런데 잡아 일으켜 보니까 글쎄 자고 있질 않겠니."

　어머니가 웃었다. 그리고 재촉했다.

　"빨리 가자."

　어머니가 다섯 살짜리 손목을 꼭 잡고 걸었다. 초등학교 일학년짜리 남동생은 대여섯 발 앞장서서 잘 걸었다.

　마을은 온통 불바다였다. 그리고 시끄러움이 마을을 휩싸고 있었다.

　"중공군 부대가 마을에 진을 치고 있다."

　뒤따라오던 피난민이 말해주었다. 그리고 모두들 뛰듯이 걸었다. 우리는 자꾸 뒤쳐졌다. 제일 큰 장애물은 다섯 살짜리 계집애였다. 그 애는 빨리 걸으라고 윽박지르면 더 더디 걸었다.

　"저 계집애 때문에 우리 식구 다 죽겠다. 버리고 갈 테다."

　남동생이 앞서가면서 소리 질렀다.

　"가자. 어서 가자."

　나는 그 애의 손목을 잡아당겼다.

　우리는 있는 힘을 다해서 앞으로 앞으로 나갔으나 자꾸만 뒤처지고 있을 뿐이었다.

　날이 버언하게 밝았다.

　날이 밝으니까 주위가 온통 산으로 둘러싸여 있는 마을이라는 것을 알 수 있었다.

　우리는 길을 걸으면서 우리 옆을 스쳐가는 피난민들을 붙들고 물었다.

"발안 장터로 가려면은 어디로 갑니까."

그러나 사람들은 건성으로 대답했다.

"이 길로 따라가 보슈."

진등 저수지께를 지나갈 때였다.

저수지 둑 위로 개털모자에 누비옷을 입은 군인들이 떼 지어서 산으로 올라갔다.

"엄마야, 저게 중공군인가 보다."

내가 소리 질렀다. 국방색 누비 방한복을 길쯤하게 내려입고 개털모자로 볼을 덮은 사람들이 저수지 둑 위로 가고 있었다. 그들은 무슨 말인지 지껄이고 있었는데 무척 시끄러운 소리였다.

"빨리 가자."

어머니는 동생 손목을 잡고 뛸 듯이 걸었다. 이 모양을 그 개털모자를 쓴 중공군이 보았다. 중공군은 두 사람이 넘어질 듯이 뛰어서 우리에게로 쫓아왔다.

"이젠 영락없이 찢겨서 죽게 되는구나."

"여보, 여보. 여보."

우리 바로 앞 십여 보 앞질러서 중년부부가 지게에 보따리를 지고 갔다.

"여보, 여보, 여보."

오늘 새벽 들어본 소리였다.

다섯 살짜리는 울면서 걷기는커녕 주저앉았다.

"엄마 버리고 가자. 남들도 버리고 간다드라."

나는 어머니에게 다섯 살짜리를 버리자고 말했다.

"엄마, 저까짓 계집애 버려."

남동생이 부추겼다.

어머니는 말없이 그 애의 손목을 잡아끌었다.

중공군이 벌써 우리 앞까지 따라왔다.

"여보, 여보, 가지마쇼."

중공군은 뜻밖이었다. 가지 말라는 손짓을 하면서 우리보다 앞서 가는 남자에게 접근했다. 그 남자는 고개만 뒤로 돌려서 대꾸했지만 발걸음은 계속 앞으로 가고 있었다.

"우리가 피난 가는 게 아니오. 비행기 아! 하꾸오끼가 폭격을 하기 때문에 저 산 너머로 피신해 가는 것이라오."

그 남자는 손으로 하늘을 가리키고 폭격하는 시늉을 하면서 설명했다.

"우리들하고 함께 사오. 좋은 세상이오."

그 남자는 다 잘 알고 있다면서 고개를 끄덕끄덕했다. 그러면서도 발은 앞으로 앞으로 내딛고 있었다. 중공군이 자기 대열을 찾아 돌아갔다.

그날은 아침도 점심도 먹지 않고 계속 걸었다. 먹지 않아도 배고프지 않았다. 날씨는 청명했다. 폭음이 지척에서 들렸다. 수원이나 오산 쪽에서 나는 것 같았다.

남동생은 피난민들과 마주치면 우리는 중공군에게 쫓겨 오는 길이라고 자랑했다.

저녁때 우리는 발안 장터를 조금 지나서 인가에 들렀다. 집들은 모두 다 대문을 밖으로 걸어 잠근 빈집이었다. 조그만 오막살이에 들렀더니 노파 한 사람이 집을 지키고 있었다. 우리는 우리가 만난 중공군 이야기를 해주면서 그날 밤 그 집에서 잤다. 오랜만에 발을 뻗고 따뜻하게 잘 수 있었다.

11

전선은 발안 장터에서 멎었다. 깜둥이 부대들이 진을 치고 있기 때문에 인근 부녀자들이 욕을 본다는 소문이 자자했다. 만약에 전세가 더 악화되어 다시 후퇴를 거듭하게 된다면 우리가 묵고 있는 남양만 일대는 어떻게 될 것인가는 불을 보듯 뻔했다. 사람들의 의견이 제가끔 달랐다.

외삼촌은 그 누구보다도 전세에 대한 예견이 남달랐다. 외삼촌은 중공군이 남양만으로 결코 쳐들어오지 못할 것이라고 주장했다. 그 이유는 만약에 적이 남양으로 진주했다가 발안 장터를 아군이 장악하게 되면 그들은 꼼짝없이 독안에 든 쥐꼴이 될 것이라고 말했다. 지형적으로 병마개 역할을 하는 발안 장터만 막아버린다면 남양만에 꼼짝없이 갇혀버린 중공군은 도망갈 곳이라고는 바다밖에 없을 것이라고 했다. 그리고 삼촌은 또 믿는 구석이 하나 더 있었다.

그것은 다름 아닌 정감록이었다. 정감록에는 우물정(井)자가 들어 있는 지명 세 곳이 피난 곳이라고 적혀있음을 상기했다. 그 우물정자가 들어있는 지명으로 우정면내에서도 우정리가 바로 피난 처라고 믿고 있었다. 어쨌거나 전시상황에서는 지푸라기라도 잡아 보려는 심사로 피난 곳을 찾았다. 그리고 가장 안전하게 목숨을 보 전하고 신변의 보호를 받고자 함이 지극한 소망이었다.

어촌 사람은 근거 없는 뜬소문과 뒷공론으로 농한기를 보냈다. 바람은 거세고 땅은 척박했다. 산이 멀어 땔나무조차 귀했다. 대부 분의 마을 사람들은 가난했다. 그러면서도 상반(常班)사상이 뚜렷 해서 양반은 얼어 죽더라도 곁불은 절대로 거들떠보지 않았다. 외 삼촌도 마찬가지였다. 논 일곱 마지기를 손수 농사지어서 겨우 입 에 풀칠을 하면서 살고 있는 형편이었다. 가난하면서도 식구 중 그 누구도 갯벌에는 얼씬도 않고 있었다. 갯벌에는 상놈들만 드나드 는 것이라고 여기고 있어서 바닷가에 살았지만 비린내 나는 생선 은 우렁딱지 하나 구경할 수 없었다. 썰물 때를 이용해서 몇몇 집 에서는 굴을 따러 아침 일찍 갯벌로 나갔다.

나의 호기심은 바다에 있었다. 나는 외삼촌을 졸라서 갯벌로 굴 을 따러 가겠다고 말했다. 그러나 외삼촌은 얼토당토않은 공상이 라고 나의 의견을 거두절미 잘랐다. 바닷바람은 잠시만 쐬어도 볼 따귀가 허옇게 틀뿐아니라 어지간한 인내심 없이는 그 겨울 바닷 바람을 이기고 갯벌에 들어가서 바위에 열린 굴을 따낼 수 없을 것 이라고 설명해 주었다.

외가 바로 앞에는 돼지우리만한 오막살이 한 채가 있었다. 그 집 은 부잣집 뒷간보다 작은 집이었다. 그 집에는 열대여섯 살 난 소 년이 어머니와 함께 살았다. 그 소년이 가장이라고 했다. 겨울에는 굴, 여름에는 바지락을 캐서 먹고산다고 했다. 그래서 그 오막살이 언저리에는 집무더기보다 더 큰 굴 껍데기들이 쌓여 있었다. 마을 사람들은 그 집 식구들을 불행을 앓고 있는 전염병 환자처럼 여기고 있었다. 그래서 왕래도 하지 않고 그 집 식구들과 이야기하는 것조차도 꺼리고 있었다. 그 집은 마을 사람들과 왕래가 없이도 아이는 바다를 상대로 살았고 어머니는 아이가 채취해온 굴을 까서 발안 장터나 조암시장에 내다 팔았다.

나는 피난생활의 무료를 잊기 위해 동생들을 데리고 밖으로 나와 그 굴 껍데기를 뒤지면서 시간을 보냈다. 아주 오래된 굴 껍데기는 삭아서 석회질이 사각사각 부서졌다. 그리고 방금 꺼낸 굴 껍데기는 개흙이 붙은 험상궂은 그대로였다. 적당히 비에 씻기고 씻긴 것은 아름다운 무늬를 간직하고 있었다. 나는 아득하게 펼쳐진 갯벌을 바라보면서 전쟁이 빨리 종식되지 않는다면 바다에 나가리라 마음먹고 있었다. 그러면서 나는 또 걱정했다. 전쟁이 오래 계속된다면 식량이 부족한데 누가 굴이나 바지락을 사서 먹을까 하는 기우였다. 나는 절망했고 다시 그 절망을 뭉개버리고 꿈을 간직해 보았다.

지난여름 피난 왔던 그 서울 학생은 지금 어떻게 되었을까 생각해 보았다. 그는 이 전쟁 중에 어디에서 살고 있을까. 불현듯 그의 생사가 궁금해지고 그가 연연하게 그리워지기도 했다.

참으로 답답한 피난생활이 계속되었다. 절망과 이 절망을 딛고 뻗어보려는 야망은 나 혼자만의 발버둥이었다. 그것은 이미 '나'라는 씨앗이 땅에 떨어져서 십여 년을 자라오면서 뿌리박고 주위환

경으로부터 자양분을 빨아들여서 떡잎을 젖히고 속잎을 너풀너풀 키워왔다. 그리고 이제 막 덩굴을 뻗으려고 덩굴손을 내밀려는 찰나였다. 전쟁은 나의 순조로운 성장에 찬비와 바람을 몰고 왔다. 지금 나의 덩굴손은 무참하게 꺾이고 말았다. 나는 해풍으로 삭아버린 굴 껍데기를 헤치면서 사람들이 제일 두려워하는 불행의 흔적을 더듬어봤다. 그것은 죽음과 가난과 무지였다.

전쟁 중이었지만은 죽음은 아직 먼 곳에 있다고 여겨졌다. 그러면서도 언제랄 것은 알 수 없지만 가족 중에 누구가 아니면 모두가 죽을 수도 있겠다는 강박관념은 무료할수록 더욱 가슴을 파고드는 불안과 공포였다. 나는 왜 이 오막살이에 살고 있는 열여섯 살 소년가장이 나의 미래상이라고 여겨졌는지 알 수 없는 일이었다. 언젠가 할머니가 내게 물은 적이 있었다. 열 살 전후한 초등학교 때였을 것이다.

"애야, 너 이 다음에 시집갈 때, 숟가락 많은 집으로 시집갈래 적은 집으로 시집갈래?"

그때 나는 서슴없이 대답했다.

"숟가락 많으면 일만 많지 뭐. 난 숟가락 적은 게 좋아."

할머니는 나의 게으름을 지적했다.

"애야. 그래도 일이 많아야 먹을 것이 많느니라."

할머니는 또 덧붙였다.

"옛날에 어떤 여편네가 하도 손이 들끓어 매일 손님 치다꺼리에 골머리를 앓았단다. 하루는 중이 동냥을 왔길래 그 중님한테 하소연했단다. 우리집에 손님이 들끓어 못살겠는데 그걸 막는 방법이 없겠는가고 했더란다. 그랬더니 그 스님이 하는 말이 그럴 테면 당신네 집 문앞으로 난 이 길을 없애시오. 그러더란다. 중이 이른 대로 했더니 손님이 그날로 뚝 끊어졌는데 그때부터 조석거리가 간 데가 없더란다. 옛말이 있다. 나그네도 다 제가 먹을 것을 가지고 다닌다고 했느니라."

"설마 그럴라구. 할머니, 나그네가 자기 먹은 양식 싸 짊어지고 다니는 사람 없지 않아."

나는 반신반의했다.

할머니의 복타령은 무궁무진했다. 나는 그 복타령을 들을 때마다 불안했다.

이와 같은 불안은 나는 어쩌면 나도 타고난 복이 없어 불행해질지 모른다는 생각들이 복합작용을 일으켜서 의식 깊숙하게 뿌리내리고 있었다. 무위도식은 힘들었다.

외가에서의 걸식은 사십일 만에 끝장이 났다. 그러나 그 사십일은 사십 년만큼이나 길게 느껴졌다. 옹색한 살림에 여섯 식구가 달겨든 것은 볍씨까지 까먹을 수밖에 없다는 절망감을 부추겨 주었다. 외삼촌은 핏줄이어서 그렇다쳐도 외삼촌댁의 눈치는 사나웠다. 사촌들끼리 싸움이 잦고 아이들 싸움은 어른들의 갈등으로 이어져 혈육 간에도 마음을 상하게 했다. 그러나 그 사십일간의 겪었던 무료함과 무위도식의 경험은 훗날 나에게 너그럽게 세상을 살수 있는 여지를 마련해 주었다.

피난민 중에는 용감한 사람들도 있었다. 그들은 전선을 뚫고 서울을 왕래하면서 짐을 옮기고 서울에 남아있는 사람들의 동정을 살피고 서로 서로의 안부를 전하는 축도 있었다. 발안 장터의 전선은 미군이 도맡고 있었다. 그들은 자신들이 전선 저쪽으로 부득이

가야 할 사유를 통역에게 말해서 허가를 얻어내곤 했는데, 남양에서 서울까지 일백오십 리 길을 이틀이면 거뜬히 왕래하곤 했다.

그러나 나나 어머니는 그럴만한 용기가 없었다. 이처럼 단절된 상황에서 떨어져 있는 가족들 간의 궁금증이나 그리움은 보통 때보다 가중되게 마련이었다. 집과 떨어져있는 가족들에 대한 그리움은 시간의 경과와 더불어 점점 아프고 절실한 절규로 점철되고 있었다.

음력 정월대보름을 지내고 나니까 겨울 날씨도 해빙기에 접어들었다. 봄이 가까워오자 어머니는 조바심하기 시작했다. 평소에 지겨워했던 농사일에 관해서 걱정했다. 모창에 감자씨를 넣어야 할 텐데, 고추모도 부어야 할 텐데, 하면서 파종시기가 늦는다고 애달아 했다.

날씨는 연일 화창했다.

해도 날로 길어졌다. 어머니가 외삼촌을 발안 장터에까지 내보냈다. 그곳에서 길이 어디까지 뚫렸나 알아보기 위해서였다. 소문에 한강 이북 말고 한강 이남의 농사꾼들이 고향으로 돌아갈 수 있게 길을 열어준다고들 했다. 외삼촌이 좋은 소식을 가지고 돌아왔다.

그 이튿날 우리는 곧 떠날 차비를 했다. 외삼촌댁은 그동안에 소홀했던 일을 뉘우치면서 시원섭섭해했다. 새벽밥을 일찍 지어먹고 외가를 떠났다. 밀물 때라서 갯벌에는 파란 바다가 보였다. 아침 바다는 조용하고 그리고 아름다웠다. 바닷가 외가에서 사십일 동안 지냈으면서 처음 보는 바다였다. 동생들이 소리 질렀다.

"야아, 바다 봐라. 갈매기도 있다."

"그런데 왜 바다가 땅보다 높게 보이지?"

"걱정마라. 그래도 바닷물이 너희들을 덮치지는 않을 테니."

외삼촌이 자신만만하게 말했다.

"무잿봉에서 총질이 나는 데 기가 막혔다. 이불을 뒤집어쓰고 엎드려서 내 생전 처음 너희들을 원망했다. 어쩌면 날더러 피난 같이 가잔 말 한마디 안 했느냐고."

할머니의 전쟁 경험은 또 한 페이지의 사설을 보태주었다.

"몰악산하고 무잿봉에서 맞총질이 일어났는데 참 무섭더라. 총알이 쌩쌩 서까래를 뚫고 나가는 것 같은 데 그저 엎드려서 하느님만 찾았단다. 내 생전에 살아서 남에게 못할 노릇 저즐른 일 없으니까 날 죽이지는 않을 것이라고 생각을 하니까 조금 덜 무섭더라."

할머니와 고모가 번갈아 가면서 그때 상황을 이야기했다.

"글쎄 애들은 셋째를 버리고 가자고 그러잖았겠어요."

어머니도 제일 다급했던 상황을 말했다.

"그랬더라면 뭔 낯으로 집에 돌아왔겠느냐. 당하다. 식구 한 사람도 축내지 않고 돌아온 것이 천만 번 당한 일이로다. 그런데 정작 애비가 왜 여직 안 돌아오는지 궁금하다."

어머니가 입을 씰룩거렸다. 이미 소문을 들어 다 알고 있었다. 아버지는 그 여자를 데리고 공주 쪽으로 피난 갔다는 소문이 마을안에 자자했다. 공주는 말할 것도 없이 오산에서 그보다 훨씬 아래쪽이니까 물론 전선 훨씬 밑이었다. 어렵하게 난리 피해 호젓하게 재미있게 지내려니 했다. 그러나 무엇보다 우선해 제일로 시급한 문제는 식량이었다.

할머니는 겨울 동안 식량을 중공군에게 다 빼앗기고 서숙으로 미음을 끓여서 연명하고 있는 중이라고 말했다. 그러면서 빨리 애비가 돌아와야 단도리를 할 게 아니냐고 성화를 댔다. 애비가 돌아올 때까지 어떻거든 굶어죽지 말고 버텨야 할 것이라고 말했다.

마을 사람들은 남자들이 피난 떠나기 전 손수 나서서 식량 감추기에 앞장섰기 때문에 풍족하지는 않아도 최소한의 식량은 확보하고 있었다. 마을 사람들은 기지를 발휘하여 부엌 바닥에 묻기도 하고 두엄자리를 파고 그곳에 대독을 묻고 쌀을 저장하기도 했다. 식량은 은밀한 곳을 파고 땅속에 묻어둔 것이 제일 온전했다. 그러나 우리집은 무방비 상태로 놓여진 가운데 식구들만 득실거렸다. 세 가마들이 대독에 볍씨를 남겨두었는데 그 볍씨마저도 중공군이 가져갔다고 했다. 할머니는 이제 남은 낱알이라고는 뒤꼍 항아리에 담아둔 콩 씨 두어 말뿐이라고 말했다.

그 마태 콩 씨가 두어 말 실하니까 그놈이라도 갈아서 콩죽을 쑤어 먹을 수밖에 없는 노릇이라고 했다. 이튿날 저녁 때, 어머니가 바가지를 손에 쥔 채, 할머니를 찾았다.

"엄니, 콩 씨가 워디 있어요? 빈 독에 두엄만 가득 있더구먼요."

"아니, 그게 무슨 소리나?"

할머니가 뒤꼍으로 달려가 보았다.

콩 씨 항아리는 비어 있었다. 미심쩍어서 할머니는 맷방석을 찾아와서 항아리를 폭삭 쏟아보았지만 두엄만 쏟아졌다.

"귀신이 곡할 노릇이구나. 뉘 짓이란 말이냐."

할머니가 두 주먹을 불끈 쥐고 부들부들 떨었다.

"틀림없이 피난민 짓일 거예요. 그해 포천에서 왔다던 피난민이 하룻저녁 묵더니 새벽에 간다는 말도 없이 간 일이 있잖아요."

고모가 말했다.

"글쎄 모를 일이로다. 씨앗 도둑은 천벌을 받는 법인데 저희도 농사꾼이라면 제아무리 굶어죽는 판국이라도 남의 집 콩 씨를 도둑질해가?"

나는 할머니가 "없다 없다" 하는 말을 곧이듣지 않았다. 할머니는 없다고 하면서도 일정 때 쓰던 빨랫비누를 내놓고 꿀을 내놓고 한여름에도 홍시를 내놓곤 했다.

"무엇이든지 있을 때 아끼고 유념해두었다가 없을 때 긴요하게 쓰느니라."

할머니가 추수 때 그릇 그릇 채워두면 어머니는 그 곡식을 퍼서 사용하는 역할을 감당했다. 양식이 그러했고 장독살림이 그러했고 심지어 양념에 이르기까지 할머니가 손수 담아놓으면 그것들을 뚜껑을 끄르고 어머니는 퍼먹는 역할만 감당했다. 어머니는 그릇 그릇을 다 퍼먹은 다음에

"엄니 다 먹었는데요."

아니면

"엄니, 떨어졌는데요."

라고 할머니에게 말하면

"여자가 어찌 무엇이던 간에 똑 떨어뜨려놓고 나서 없다고 할 수 있겠느냐. 적어도 이삼일 여분을 두고 말해야지. 사람이라는 게 그처럼 준비성이 없는 것은 다 본배가 없기 때문이니라."

할머니는 어머니를 핀잔주고 나무랐다. 사지에서 서로 단절돼 있

을 때는 온갖 것을 모두 후회하고 깊이 참회했다. 다시 살아나서 예전 같은 생활을 유지할 수 있다면 새롭고 너그럽게 온갖 것을 모두 포용하면서 살 수 있을 것이라고 굳게 다짐을 했다. 어머니는 피난지에서 나를 붙들고 무수히 다짐하고 다짐했다.

그러나 다시 현실로 되돌아와선 그런 마음이 잠시 뿐이었다. 어머니는 심사가 뒤엉켜 있었다. 어머니의 중얼거림이 다시 소생했다. 어머니는 쌀을 씻으면서 아니 조리질을 하면서 혼잣말을 했다.

"어찌 사사건건 사람의 비위짱을 뒤집을 소리만 하시는지, 없으니까 없다고 말하는 것이지 이삼일 먹을 게 더 있다고 그 이삼일이 아주 해결해 주는 것도 아닐 텐데 당신 주장만 내세우시니."

어머니는 할머니가 듣지 않는 곳에서 혼자 불평했다.

볍씨도 없다. 콩 씨마저도 도적맞았다. 아직 풀이 돋으려면 멀었는데 무엇으로 어떻게 연명할 것인가가 절박했다. 그럼에도 불구하고 나는 믿고 있었다. 아무리 중공군이 이잡듯이 광 구석을 뒤져 갔다손 치더라도 할머니의 손길에는 못미치는 곳이 있을 것이고 그 은밀한 곳에 얼마간의 비상식량은 확보되어 있을 것 같았다. 이와 같은 나의 믿음에는 확실성이 있었다. 아니나 다를까 할머니가 말했다.

"내 애비 오면 먹으려고 중공군한테 대독의 볍씨를 퍼줄 때 몰래 한 항아리를 숨겨둔 게 있다. 장독은 안 뒤질 것 같아서 네 고모시켜 대항아리에 볍씨를 숨겨두었더니 하루는 그놈마저 찾아내어 자루를 벌기고 서서 퍼 담으라고 하질 않겠니. 하도 속이 상해서 볍씨를 퍼담으면서 잉잉 우는 척을 했지. 아 그랬더니 그 중국놈도 인정은 있던지 멀거니 나를 쳐다보더니 그만 푸라고 하질 않겠니.

그래서 얼씨구나 항아리 뚜껑을 닫아두고 간 다음에 따로 퍼서 옮겨둔 것이란다."

할머니는 으슥한 큰 광 속에서 볍씨 항아리를 들고 나왔다. 그것은 모두 쌀이라도 흡족할 수 없을 만큼의 겉벼였다. 그러나 우리는 그것도 하늘이 준 식량인 것만큼 소중하게 절구에다 찧었다.

우리가 귀가한 뒤, 얼마 후에 아버지가 돌아왔다. 아버지는 밤중에 혼자서 집안으로 들어왔다. 정정당당하게 대청으로 올라서지 못하고 뒤껼으로 난 미닫이를 열고 불쑥 방안으로 들어섰다. 식구들은 아버지가 혼자 돌아온 것을 의아하게 여겼다. 할머니가 아버지를 불러놓고 다부지게 말했다. 생전 처음있는 일이었다.

"웬일이냐. 너 혼자서 돌아왔게. 여자를 혹시나 딴 곳에 묻어놓고 온 것은 아니겠지. 그렇거들랑 속히 데려오도록 해라. 난 중에 두 집 살림은 안 된다."

아버지가 머리를 긁적거렸다.

그 다음날 낮에 여자가 들이닥쳤다. 어머니가 한숨지었다. 그러나 할머니는 단호하게 말했다.

"이젠 우리가 난리 중에 목숨만이라도 보존한 것을 다행으로 알거라. 사람이 살아가면서 병들지 아니하고 죄지어서 가막소 끌려갈 일 없으면 다 살 수 있다. 사지육신 멀쩡하게 살아있는데 설마 한들 산 입에 거미줄 슬것이냐."

청계리, 학의리, 포일리는 산속에 묻혀있는 마을이라서 겨울 난리 중에도 전쟁의 피해를 면할 수 있었다. 식량이나 가축들만 축냈을 뿐 집도 그대로 불타지 않았고 인명피해도 없었다. 젊은 남자들은 거의 다 제2국민병으로 피난을 갔었으므로 늙은이와 아녀자들만이 집을 지켰다. 그러나 큰 대로변의 마을은 손실이 컸다. 폭격으로 마을이 홀라당 불타버렸다. 피난지에서 돌아온 사람들은 그 잿더미를 헤집고 숨겨둔 식량을 끄집어냈다. 옷가지며 가재도구도 땅속에 파묻어놓고 있어서 그 불탄 집터에 움막을 치고 다시 농사일을 서둘렀다.

아버지의 단도리는 기발했다.

아버지는 작은 사랑채를 쌀 세 가마에 헐어서 팔았다. 집을 놔두고 굶는 이보다 먹고 일을 해야 할 것이라고 말했다. 가족들 중 그 아무도 이의를 제기할 수 없었다. 할머니의 원망은 그 여자에게 꽂혔다.

"복 없는 물건 같으니라구 그년이 들이닥치더니 지 거처하는 집을 들어먹다니."

할머니는 입술을 떨면서 절규했다. 그러나 마을 사람들은 우리집을 본봤더니 몇몇 집이 사랑채를 헐어서 팔아 식량과 맞바꾸었다.

봄이 되자 아버지는 과수원 일부터 서둘렀다. 전지를 하고 지난여름 난리 중에 잡초관리를 제대로 못해준 과수원을 손보았다. 검불투성이의 과수원은 볼꼴 사나운 폐원 직전 같았다. 그리고 또 아버지는 일꾼을 품사서 과일나무 밑을 깔끔하게 갈퀴질했다. 그리고 또 아버지는 가을에 두 배의 이윤을 주기로 약속하고 장리쌀을 얻어들였다.

전쟁은 땅덩어리를 어찌하지는 못했다.

사람들을 끌어다 죽이고 식량을 퍼 가고 가족들을 씨를 말렸어도 농부들은 끈질겼다. 어느 구석에라도 쟁여둔 씨앗을 찾아내어 봄이 되자 그 씨앗을 땅속에 묻었다.

연고자들이 다시 농촌으로 몰려들었다. 도시 사람들은 집을 불태우고 나니까 어쩔 수 없는 알거지가 됐다. 목숨 하나만으로 살아갈 길이 아득한 형편이었다. 그들은 시골로 가면 피죽이라도 얻어먹을 수 있을 것이라 여겨 농촌으로 농촌으로 모여들었다.

쌀독에서 인심난다는 속담은 진리였다. 아무리 인정사정 봐줘야 할 처지일지라도 강목수상으로는 도리가 없었다. 두 곱 세 곱의 장리를 빌어다 먹으면서 내 집 식구 남의 집 식구를 따지지 않을 수 없었다. 친척들이 찾아오면 할머니가 나서서 말했다.

"미안하오마는 피차 어쩔 수 없는 일이오. 방은 빈방이 있으면 빌어줄 수 있겠으나 조석은 각자 해서 자시도록 하오."

할머니는 그 첫 시범으로 두 고모네 식구들부터 실천하도록 했다. 할머니는 그 첫 살림 밑천으로 백미 한 말씩을 퍼주면서 말했다.

"자 이 쌀 한 말로 양식 밑천을 삼아 앞으로는 스스로 독단으로 살아가도록 하거라."

막내 고모는 그 쌀 한 말을 받아 가지고 건넌방으로 들어가더니 문을 닫아걸었다. 둘째 고모는 아들 하나를 앞세우고 그 벌머루 외딴집으로 다시 갔다.

겨울 난리 중에도 인민군에 나간 사촌은 돌아오지 않았다. 할머니는 사촌이 죽었을 것이라고 확신했다. 본래 사촌은 귀도 작고 인중도 짧기 때문에 명든 곳이 없었다고 단정 지었다.

두 고모를 분가시켜 놓은 그날 저녁이었다. 오랜만에 식구끼리 저녁을 먹으려고 밥상 앞에 앉았을 때였다. 서울로부터 손이 찾아왔다. 할머니의 친정 올케 되는 할머니가 어린 외손자를 앞세우고 대문 안으로 들어섰다.

"성님, 웬일이슈."

할머니가 숟가락을 들려다 놓고 말했다.

"웬일은 웬 놈의 웬일이겠수. 굶어죽게 돼 밥 얻어먹으러 왔수. 내야 늙은이 굶어죽어도 별 수 없겠지만 이 어린 것은 살려놔야 제 애미 살아서 만날 게 아뇨."

손은 퉁명스럽게 대꾸했다. 할머니는 잠자코 일어났다.

"홍이야, 너 이것 먹거라."

손은 체면불구하고 홍이에게 숟가락을 쥐여주었다. 그리고 또 말했다.

"아 그때, 중공군한테 쫓겨서 개패로 되돌아갔다가 이불이며 옷가지며 홀라당 불태웠지 뭐유. 서울 집에 있자니 뭘 먹구 살우."

그 홍이 할머니는 입술이 남달리 두꺼웠다. 그래서 할머니는 항상 그 홍이 할머니를 놔두고 말하곤 했다.

"그 아무개 입술은 푸짐해서 삶아서 썰어 담으면은 두 접시는 실히 될 거야."

라고 할머니가 우스갯소리를 할 정도였다. 홍이 할머니는 그날 저녁 아랫입술을 있는 대로 늘어뜨리고 심각한 얼굴을 했다.

그 이튿날 조반 뒤에 할머니는 또 백미 한 말을 홍이 할머니에게 퍼주고 고모들에게 하던 말과 똑같이 되풀이 했다. 그리고 덧붙여서 말했다.

"어쩔 수 없구랴. 난리가 다른 게 난리가 아니라 바로 이와 같이 고약스런 인심이 난리인가 보우."

하면서 당신의 고뇌를 하소연했다.

그 한 말의 쌀을 먹을 동안 기적이 일어났다.

때마침 큰 냇가를 끼고 있는 벌판에서 미군들이 피난민들을 상대로 부역을 시켰다. 하루 종일 냇가에서 자갈을 채취하는 작업이었다. 미군들은 점령지에서 제일 먼저 하는 일이 길을 닦는 일이었다. 안양에서 과천에 이르는 간선도로를 불도저로 밀어내고 그 길 위에 자갈을 폈다. 그래서 사람들은 이렇게 말했다.

"참, 그놈들이 한 가지 잘 하는 게 있는데 길 닦는 일이야. 우리네가 하려면은 엄청 품이 많이 들 뿐 아니라 엄두도 못낼 일들을 그놈들은 순식간에 해 놓거든."

사람들은 탄탄대로를 걸으면서 한마디씩 했다.

부역은 순수한 피난민들에게만 허용됐다. 시민증을 가진 사람이거나 도민증이라도 이곳 원주민이 아닐 경우에만 허용됐다. 고모와 홍이 할머니는 시민증 소지자였으므로 부역이 허용됐다. 그들은 아침 일찍 죽을 끓여먹고 점심도 싸지 못하고 조그만 자루에다 양재기와 호미를 싸들고 개울가로 갔다. 점심은 우유죽을 미군들이 주었는데 그것을 받아먹기 위해 식기는 각자 마련한 터였다.

이른 봄이라 바람은 거칠고 찼다.

안양벌을 쓸고 불어오는 바람은 변함이 없었고 맵고 쓰라렸다. 그렇기 때문에 부역꾼들은 얼굴을 수건으로 다 싸매고 눈만 내어놓고 다녔다. 더구나 막내 고모는 더 험상궂게 싸매고 다녔다. 미군들은 부녀자들을 희롱한다면서 누런 담요 바지에다 너덜거리는 잠바를 입고 어린애를 업었다. 하루 진종일 냇가에서 자갈을 고르면 저녁때 미군은 양쌀을 포대로 싣고 와서 군용 도시락으로 하나씩 퍼서 배급 주었다.

"넓쩍한 벤또는 꼭 닷곱 한 되뿐이 안 들어 간다니까. 그놈들도 약거든. 기왕에 구제를 해 주려거던 그 항고로나 하나씩 퍼서 줄 일이지. 그렇게만 준다면야 대두 한 되는 실하거던. 그저 굶어죽지 말고 연명이나 하라는 뜻이야."

홍이 할머니는 시뻐서 그 푸짐한 아랫입술을 실룩거렸다. 막내 고모는 그 한 되의 쌀을 타다가 네 식구가 살았다. 끼니때마다 식구 수대로 숟가락으로 쌀을 떠서 죽을 끓였다. 할머니는 어머니에게 명했다.

"너 공연히 안됐다는 생각 말거라. 공연히 밥 한 그릇 나 몰래 갖다준다고 그 애들이 당장은 허기를 면할지 몰라도 소용없는 일이느니라. 자기가 알아서 해결해야 하느니라."

할머니는 고모들의 자구책에 대해서 철저하게 다그쳤다. 그리고 나의 어머니가 끼니를 어떻게 먹고 있는가도 철저하게 살폈다. 그리고 할머니는 이렇게 말했다.

"정작 못 살 일은 어미가 병들어 눕는 날이다. 뭐니 뭐니 해도 집안은 밥주걱 잡은 사람이 실해야 사느니라. 이 판국에 우환마저 겹치면 쪽박에 밤줘놓은 형국의 어린애들하고 못사느니라."

할머니는 집안 식구 이외의 객에 관해서는 모두 다 군식구로 일관해서 냉정하다 못해 혹독할 만큼 분명했다.

이 무렵, 사촌 언니가 찾아왔다.

해방과 더불어 그해 겨울 이후 발을 끊었던 사촌 언니였다. 식구들은 반가워하면서도 의아하게 생각했다. 난리 중에는 반가운 사람이 없었다. 아무리 반가운 사람이 찾아왔다고 하더라도 한 입이 늘면 그 당장 어머니는 굶어야 했다. 할머니는 어머니의 먹이가 부실한 일에 섬세하게 대처했다.

"난리는 나고 볼 일이다. 생전 상면 않고 살겠다고 작심한 사람들도 별수 없이 고개 숙이고 돌아오게 마련이구나. 좀 더 시절이 좋을 때 찾아왔더라면 좋았을 것을, 이젠 식구가 진심으로 겁난다."

할머니가 사촌 언니를 보자마자 한 소리였다. 사촌 언니는 울었다. 사촌 언니는 본래 성품이 양순했다. 꾀부릴 줄 모르고 엉덩이는 갑신갑신 일으켜 어머니 일을 도왔다.

할머니는 난리 중에도 손을 쉬지 않았다. 중공군이 부시대기를 치고 도망간 뒤에도 피난 나간 가족들을 기다리면서도 쉬지 않고 일했다. 비석머리 괴불밭은 목화밭이었다. 계집애가 여럿이 있는 집에서는 해거르지 않고 목화를 심었다. 해마다 목화솜을 조금씩이라도 장만해 둬야 한다는 할머니의 주선 때문이었다. 몇 년을 두고 따서 모아둔 목화솜을 할머니는 난리 중에 손질했다.

"목숨이 경각에 다다랐는데 우두커니 앉아서 기다릴 수 없는 일이다. 죽을 때 죽더라도 할 일은 해 놔야지."

할머니는 마실 온 피난민들을 데리고 목화씨를 빼내고 티를 떼어내곤 했다. 할머니는 손수 씨아질을 했다. 할머니는 이렇게 정성들여 손질한 목화솜을 큰 배불때기 채독으로 꼭꼭 손톱이 들어가지 않도록 눌러 담아놓았다.

사촌 언니는 할머니 곁에 얌전하게 앉아 일손을 도왔다.

"그래 네 에미는 어디 있냐?"

"오매기 외가에 있어요."

"네 에미가 널 이리로 보내더냐?"

"아뇨. 제가 오고 싶어서 왔어요."

"진작에 오랄 때 왔더라면 대접받을 일이지. 목구멍이 포도청이 되니까. 한 입이라도 덜려고 널 보낸 게로다."

"그건 할머니 오해예요. 남태령 고개를 넘어오는데 고갯마루에서 국군하고 중공군하고 맞불질이 났어요. 그래서 가지고 나오던 짐 보따릴 벗어던진 채 알몸으로 목숨만 살아서 외가로 나왔어요."

"그러냐. 네 에미 널 빌미로 네가 열 살도 안 돼서부터 네 혼숫감 장만하느라고 사천을 꾸렸다. 거 보거라. 그렇게 걸탐스럽게 모은 재물은 헛되게 없어지는 뱁이니라. 모르긴 몰라도 네 에미 손그릇에는 여우보지만 없지 세상 모든 것이 다 있었을 것이다."

사촌 언니는 목화송이를 든 채 고개를 수그리고 훌쩍거렸다. 할머니는 백모에 대해서 더 이상 말을 꺼내지 않았다. 백모가 재가해서 여자아이 하나를 더 생산했다는 소문과 그 새 서방도 아이 하나만 점지해 놓고 어디론가 행방을 감추었더라는 소문도 들은바 있지만 그 이상은 캐지도 묻지도 않았다.

나는 좋은 말벗이 생겼다. 사촌 언니는 나하고 함께 잤다. 사촌 언니는 사촌 언니대로 한이 많았다.

"사람이 남을 너무 업신여겨도 좋지 못한 거다. 막내 고모가 내가 자랄 때, 날 얼마나 업신여겼다구. 꼭 자기 몸종처럼 날 부려먹었다."

나는 처음 들어본 소리였다.

내가 아주 어렸을 적에 여학교에 다니던 사촌 언니가 자주 울던 생각이 났다. 그때 사촌 언니는 왜 우는지 나는 알지 못했다.

"너만 알고 있거라. 내 손이 왜 이처럼 거칠은 줄 아니, 맨날 막내 고모 구두를 반짝반짝하게 닦아놔야 하구 오만 가지 심부름 다 해 주구두 얼마나 설움을 받았다구. 난 세상에 태어나지 말았어야 할 사람이 태어나서 이처럼 고생이 많은 것 같다."

사촌 언니는 점점 알아듣기 힘든 이야기를 했다. 사촌 언니는 막내 고모에 관해서 원망스러운 한이 사무치고 있었다.

"남한테 못할 노릇 해봐라. 자신한테 뭐 좋은 일이 돌아올 줄 아니. 자기도 혼자 살게 됐으니까 이제는 우리 어머니 생각이 날 거다."

고모는 삼십 대에 남편과 생이별을 했다. 그런데도 막내 고모는 남들 보는 앞에서 한 번도 울지 않았다. 본인 생각은 남편이 아주 죽어서 땅속에 묻은 것이 아니고 월북돼 갔으니까 언젠가는 통일이 되면 만날 수 있을 것이라는 기대감을 가지고 있었기 때문일 것이다. 할머니 또한 딸자식이 혼자된 일에 별로 가슴 아프게 여기지 않는 것 같았다. 그런 일은 누구에나 일어남직한 일일 뿐, 좀 남보다 일찍 찾아왔다고 여겼다. 이와 같은 생각은 언제부터인가 집안 식구들은 물론 남들 앞에서까지 "거 아무개네 집 딸들 잘 안되는데" 하는 식의 선입관 같은 것이었을지 모른다. 어쨌거나 서른 살의 한창 나이에 남편을 생이별했다는 사실은 절망스러운 것이었다. 사촌 언니는 오랜 세월 동안 보이지 않는 곳에서도 앙심을 품고 있었다.

"우리 어머니가 쫓겨난 것도 막내 고모 때문이었다. 고모가 할머니한테 고자질을 해서 우리 모녀는 아무것도 받지 못하고 쫓겨나게 되었다."

사촌 언니의 원망 섞인 푸념을 듣고 나니까 어렴풋하게 생각났다. 도렴동 집에서 자취생활을 할 때이다. 사촌 언니가 여학교 상급반이었던 것 같다. 그때 백모하고 잠시 함께 지낸 적이 있었다. 그때 백모는 사촌 언니하고 합세하여 나를 구박했다.

"네가 할머니한테 고자질을 해서 우리 모녀 먹을 것을 덜 준다."

큰어머니가 나에게 종주먹을 닿던 일이다. 그런데 그때 나는 아무것도 몰랐고 더더구나 고자질 같은 것은 생각지도 못했다. 그때 내 나이는 겨우 여덟 살이었다. 그저 주면 먹고 생각 없이 학교에 다녔다. 시골학교로 전학시키려고 아버지가 학교로 찾아왔던 그 무렵이었다.

나는 사촌 언니가 품고 있는 앙심을 아무에게도 말하지 않았다. 말하지 않은 것이 아니라 말할 수 없었다. 이미 내 나름대로 선별력이 생겼기 때문에 누구가 옳고 그르고를 떠나서 뭔지 설명할 수 없는 불행의 앙금 같은 것을 감지했기 때문이었다. 그런데 또 새로운 문제가 생겼다.

"아무래도 개가 이상해요. 어머니는 눈치 못 채셨어요. 개가 앉으면 꼭 비로드 앞 터진 솔기에 손을 집어넣고 있어요. 아무래도 그 애가 홑몸이 아녜요."

"오냐, 오냐, 알았다."

할머니는 그 즉시 사촌 언니를 불러놓고 따졌다.

"몇 달째냐."

사촌 언니의 얼굴이 하얗게 질렸다.

할머니는 혀를 수없이 찼다.

"망칙하구나. 처녀가 애를 배고 할 말이 있다던데 왜 넌 말이 없느냐?"

12

그런대로 재미있는 일들도 많았다. 식구들이 벅적대니까 모여 앉으면 그 난리 중 죽을 고비를 면했던 일들을 회상했다. 그때는 그처럼 절박했던 순간들일지라도 일단 그 숨 가쁜 고비를 넘기고 나면 사람들은 유순해지고 여유가 생겨서 서로를 이해하게 되고 너그러워진다.

홍이 할머니는 익살스러웠다.

할머니와는 서로 늙어가는 처지이지만 시누이와 올케 사이란 그리 만만지는 않았다. 그래도 홍이 할머니는 능청을 떨면서 자신의 속셈을 챙겼다.

"아이구 성님. 막판에 가서는 다 소용없는 것 같습디다. 아 그때 그날 저녁에 말유."

홍이 할머니는 두터운 입술을 실룩거리면서 실눈을 지극하게 뜨고 1월 4일 밤 이야기를 되풀이했다.

"성님. 난 지금도 그날 밤, 그 닭 세 마리 삶아놓고 아침에 먹자고 놔둔 것 중공군이 저녁에 들이닥쳐 말끔하게 먹어치운 것 생각하면 지금도 아깝고 아쉬워서 목젖이 꿈틀거린다우. 맬짱 그 중국놈들 좋은 일만 시켰지 않수. 성님, 그런데 후에 닭장에 백 마리 가깝게 남아있던 닭은 어찌 됐수?"

"뭘 어쩌긴 어째, 중국놈들이 다 잡아먹었지. 돼지도 한 마리 있었지 않수."

"암 그랬었지."

"저 끝에 사는 암팽이 어멈이 와서 돼지를 어떻게 해보라구 하길래 여자들끼리니 도리가 없지 않겠느냐구 했지. 그랬더니 암팽이 어멈이 좋은 생각이 있다면서 돼지에게 새우젓을 먹이면 돼지가 급살을 한다기에 그럼 어서 재주껏 해보라구 일렀지 않겠나."

"아 그래서 돼지를 여자들끼리 잡아 먹었수?"

"먹기는, 백정은 거 아무나 하는 게 아닙니다. 암팽이 어멈이 아침 일찍 새우젓을 들고 돼지우리에 가보니까. 벌써 그놈들이 돼지를 두 동갱이 내놓구 있었다지 뭐유."

"아이구 아까워라. 그럴 줄 알았으면 미리 잡어먹었을 것을 쯧쯧."

홍이 할머니는 아랫입술을 늘어뜨리고 입귀로 게침을 흘리면서 혀를 찼다. 그리고 홍이 할머니는 마른 입맛을 다셨다.

"그래도 사람의 마음이란 그리 막 갈 수 없습니다. 당장 내일 살림을 거덜 내고 죽는 한이 있더라도 사람은 그렇게도 모질게 마지막 맴을 못 먹는 법이 아니겠수."

두 시누이 올케는 주거니 받거니 과거를 회상했다.

"그날, 내가 잃어버린 여우목도리는 찾아냈습디까?"

홍이 할머니가 실눈을 또 지그시 뜨고 할머니를 응시했다.

"으응, 며칠 후 중공군이 저 왕밤나무 밑에서 가져왔는데 그것도 두 동갱이 나 있던데."

"저런 썩어질. 그놈들은 두 동갱이 내는 귀신이 붙은 게로군."

"본래 짱꼴라는 의심이 많은 놈들이 아닙니까. 그것은 우리가 주는 것은 절대로 먹지 않습니다. 그게 독이 있을까봐서 그렇다는 구료. 그래서 그런지 몰라두 그놈들은 비리집는데 선숩디다. 뭐든지 미주알 고주알 발기구 헤쳐봅디다."

"아이구 셩님. 다 소용없습디다. 막판에 가서는 내 목숨 하나가 제일이지 셩님이니 아우님이니 딸년이니 생각 안 나는 거 봐요. 그 때 그 중공군이 처음 밀어닥칠 때 말씀유. 어쩌면 셩님은 이렇다 저렇다 말 한마디 않구 혼자 달아나십니까. 그저 두말 않고 안방 뒤미닫이를 살그머니 열고 버선발로 사뿐히 나서길래 나는 홍이를 깨워 손목을 잡고 셩님 뒤를 따랐지 뭡니까. 참 기가 막힙디다. 그 저 밖에는 흰 눈이 하얗게 덮였는데 어디가 어딘지 분간할 수 없데 요. 그런데 작은 사랑 뒤 밤가리까지는 셩님을 쫓아갔는데 갑자기 셩님이 게서부터 보이지 않았수. 작은 사랑 뒤곁 골목쨍이까지 왔 는데 그야말로 먹물같이 캄캄합디다. 밤가시 속을 맨 버선발로 딛 었으니 얼마나 따가웠겠습니까. 그래도 그때 나는 따거운줄 전혀 몰랐다우. 그저 살겠다고 홍이를 돌담 밖으로 밀어올리는데 빌 어먹을 그놈의 돌담이 우르르 무너져 내릴게 뭡니까. 그 바람에 중 공군한테 들켰지만서도 여우목도리는 그때 놓쳐버렸다우."

"나야 우리집이니까 작은 사랑 뒤창문을 통해서 바깥마당으로 나갔었지. 뒷동산으로 도망치면서 생각했는데 이 엄동설한에 팔십 늙은이가 도망가면 얼마나 가겠수. 머리에 퍼뜩 지나가는 생각이 에라 모르겠다. 죽기는 매일반이지 제 놈들도 사람인데 설마한들 늙은이를 찢어죽이기야 할라구 하는 생각이 들어 돌아섰다우. 대 문 안으로 지적지적 들어서니까 벌써 집안에는 중공군으로 꽉꽉 들어찼지 뭡니까. 그래서 부엌으로 들어섰죠. 그랬더니 벌써 밥쟁 이들이 아궁이에 불부터 지펴놓고 밥을 합디다. 그놈들이 나를 보 자 딱하다는 듯 나를 불 앞에 앉힙디다. 그리고 나를 자세히 살피더니 신발도 안 신었다는 시늉을 하데요. 등잔을 찾길래 부엌 등잔을 알려 주었더니 불을 켜보라는 거예요. 일부러 심지를 쭉 잡아빼 가지고 다시 끼는 척하면서 덜덜 떠는 시늉을 하니까 방에 들어가서 누우라는 시늉을 또 합디다. 안방에 들어와 보니까 안방에도 하나 가득 중공군이지 뭡니까. 그래서 그저 그놈들이 하라는 대로 누웠지뭡니까. 그랬더니 그것들도 늙은이는 알아보는지 이불을 꾹꾹 눌러줍디다."

"아이구 성님. 나는 돌담을 넘어서 산으로 도망치려는데 중공군이 그 돌담 무너지는 소리를 듣고 따라왔지 뭡니까. 여보, 여보하면서. 내 앞으로 손전등을 쫙 비추는데 그저 등골이 오싹한 것이 기함을 할 뻔했습니다. 그럴 줄 알았더라면 구구루 방안에 엎드려 있었다면 여우목도리나 안 잃었을 것인데."

홍이 할머니는 못내 그 여우목도리가 아쉬워 그때 일을 후회했다.

"그래서 다음날 날이 밝기가 무섭게 개패로 똥줄이 빠지게 가시더니 그곳은 난리가 어떻습디까?"

"어떻긴 뭐 별데 있습디까. 그래도 개패(개포동)는 산속이 아니라서 중공군이 집안에 득실거리지 않았는데 폭격이 무서워 혼비백산해서 다시 청량리 집으로 되돌아 갔다구요."

"우리는 그 다음날 날이 밝으니까 피난민들이 싹 떠나버렸지 않았겠수. 이럴 때는 피난민들이라도 좀 함께 있어줬으면 덜 무섭겠는데 식구라구 단지 딸네 식구 넷과 난데, 참 기가 막힙디다. 이튿날 아침 해가 높이 떠서야 건넌방에서 잠자던 막내딸 생각이 났지 뭡니까. 그래서 그제서야 건너방으로 가서 살그머니 문고리를 잡아당겨 보았더니 문고리를 안으로 걸어 잠그고 죽은 듯이 있질 않았겠수. 그래서 문을 따라고 소근댔죠. 그리고 그 애 방으로 들어가서 의논했죠. 애야, 찢어 죽이지는 않는 것 같은데 앞으로 어떻게 하는 게 좋겠는가구. 그랬더니 막내가 거지꼴로 차리고 밖으로 나왔지 뭐유. 그래도 그 애가 있어서 날 밥을 끓여줘서 살아났지요."

"참, 난리 난리 무서운 난리를 겪었소. 그저 이 무서운 난리 통에 목숨 부지한 것만두 천행인데 이젠 굶어죽지 말고 어멈을 만나봐야 할 텐데……"

홍이 할머니는 남쪽으로 피난 떠난 딸을 생각하면서 한숨지었다.

"달포 동안을 그놈들과 함께 살았는데 못되기는 조선 놈들이 더 못됐습니다. 그놈들은 찾아와서 공연하게 조사한답시고 딱딱거리고 지랄을 치는데 중공군하고 인민군하고는 소 닭보듯 합디다. 거기서도 제일 고생하는 놈이 밥쟁이입디다. 그저 비행기를 피해 밥을 해서 산으로 나르느라고 고생이 많습디다. 그런데 그놈들 손은 됫박이에요. 자루에서 쌀을 솥 안으로 주르르 쏟다가 아귀를 딱 쥐면 몇 인분 밥이 되는지 영락없는 갑습디다. 쌀은 씻는 법도 없어요. 그저 솥 안에 들이붓고 물 맞춰서 끓여요. 김치 한 광 다 퍼먹었는데 도마도 안 놓고 마룻바닥에 놓고 쓱쓱 칼질을 해서 담데요. 이렇게 밥을 해서 자배기에 퍼 담고 비행기가 난리를 치니까 애소나무를 베어다가 우산처럼 받고 산속으로 들어갑디다. 내가 우스개를 했죠. 세상에서 걸어다니는 소나무 내 생전에 처음 봤다구요."

"옛날 이야깃거리 됐수. 우리는 어떻게 하구요. 개패에 갔더니 비행기 폭격이 심해 어디 견디겠습니까. 차라리 서울 집으로 돌아가는 게 나을 것 같아 밤중에 얼음을 타고 한강을 건너서 청량리 집으로 돌아왔지 뭐유. 그러나 건건이는 있는데 식량이 있어야지요. 하루는 달빛이 휘영청 밝은데 청량리역 쪽으로 호적 소리, 꽹과리 소리가 요란해서 귀경을 나갔지 뭐겠수. 거 참 볼만합디다. 중공군들이 목 고개만 나오는 하얀 도롱이를 두르고 꽹과리를 치면서 가는데 거 양코백이들이 홀릴만하겠습디다. 하, 그런데 난데없이 비행기가 나타나서 곤두박질을 치면서 폭격을 했지 뭐유. 아이구머니나 걸음아 나 살려라 집으로 뛰어와서 숨었죠. 비행기 소리가 뜸해졌길래 한길가로 나가 보았더니 사람들이 개미떼 모양 달라붙어 뭔지 퍼 나르지 않겠어요. 뭔가 유심히 살폈더니 중공군이 놓고 간 콩가마에 사람들이 달라붙은 게 아닙디까. 아이구머니나 눈이 번하데요. 그래서 먹서릴 찾아들고 나가서 나도 그놈을 그저 욕심껏 퍼담았지 뭡니까. 그 콩먹서릴 누구더러 여달라니까 머리 위에 얹어줬는데 일어서려는 찰나 으지직 허리뼈가 부서지는 것 같지 뭡니까. 그래도 그놈을 억지로 집에까지 끌고 왔는데 그 뒤로 허리를 앓아 뒷간 출입도 못하구 지냈다우. 쌀겨로 연명하다가 그 콩을 보니까 정말 심봉사처럼 두 눈이 번쩍 떠집디다."

이야기는 끝이 없이 이어졌다.

난리 중에도 마을 사람들 중에는 횡재를 한 사람들이 많았다. 아무개네는 길가에서 필목 보따리를 줍고 아무개네는 비행기에서 밤마다 떨어뜨리는 조명탄 낙하산을 너더댓 개는 주서왔다는 등, 낙하산은 새하얀 명주삼팔이라면서 그것으로 비단 이불 서너 채는 실하게 꾸밀 수 있다고 했다. 동네 사람들이 제일로 질겁을 한 일은 남정네들이 눈에 띄기만 하면 길잡이로 내세우는 통에 노인들까지도 일부러 발목을 싸매고 누워있었다. 그해에는 눈이 푸지게 많이 내렸다. 눈 오는 날은 중공군들의 세상이 됐다. 그들은 눈 내리는 날은 낮에도 행군을 했다. 흰 보자기를 둘러쓰고 말까지도 흰 광목 도롱이를 입혀서 산을 타고 관교산 쪽으로 갔다. 때문에 그들은 마을에 들어서면 농짝을 뒤졌다. 그래서 흰 천 조각이면 무조건 들고 갔다. 집에는 일제 때, 막내 고모가 금융조합에 다닐 때 산 유성기가 있었다. 그런데 유성기 대가리와 태엽 감는 것이 모두 분산돼 있고 몸통만 집에 남아있었다. 막내 고모가 일본으로 건너갈 때 짐보따리 속에 그것들을 숨겨갔다가 해방 후 머리는 분실했다. 그후, 유성기는 아무짝에도 쓸모없는 궤짝처럼 농 위에 얹혀 있었다. 인민군이 집안을 뒤지다가 이것을 발견했다. 인민군은 어디선가 유성기 머리 하나를 가져와서 맞춰줬다. 막내 고모가 피난 보따리 속에서 태엽 감는 것을 끄집어내서 유성기는 제구실을 할 수 있게 됐다. 집에는 일제시대 판이 몇 장 있었다. 대부분 군가였는데 그 중에는 '잘했군 잘했군'과 '대감놀이'가 끼어 있었다.

"애야. 못되기는 조선 놈들이 더 못됐더라. 짱꼴라보다 인민군이란 것들은 들이닥치면 무조건 트집을 잡고 사람을 들볶아대는데 몸서리가 쳐져. 유성기도 저희들이 맞춰놓고 또 트집이더라. 왜 판이 일본 것만 있느냐는 거야. 무조건 난 늙은이가 돼서 모르겠다고만 했지."

할머니는 그때 그 일을 상기하느라 머리를 절래절래 흔들었다.

"그런데 말이다. 집안 그들먹하게 있던 중공군이 어느 날 가뭇없이 종적을 감추었는데 그날 밤은 정말 무서웠다. 그 전전날부터 눈치가 심상치 않은 것을 알았었지만 내색하다가는 해로울 것 같아 모르는 척 눈치만 살폈다. 대장인 듯한 사람이 자꾸만 지금 몇 시냐고 묻더니 한날 저녁 사당굴로 올라가더니 그 뒤로 내려오지 않았다. 그러더니 웬걸 그 다음날 무잿봉하고 울알산하고 맞불질이 아는데 난 정말 죽는 줄 알았다."

할머니는 그때 그 총격전 이야기만 나오면 벌벌 떨었다.

"마지막 판에 개울 건너 상근네 형제가 잡혀왔다. 인민군 놈들이 무잿봉으로 끌고 올라가서 쏴 죽이려고 막 총을 겨누는데 상근이 겉주머니 속에 들은 회중시곗줄 늘어진게 보였더란다. 그래서 그 놈들이 그 시계가 탐이 나서 그 시계를 빼앗는 사품에 뒤에서 국군들이 쳐들어와 인민군은 도망치고 상근이는 살아났다. 목숨이 하늘에 닿았으면 죽을 고비도 넘기는 게다."

상근이란 사람은 육십을 바라보는 중늙은이였다. 겨우내 아랫목에 누워서 땔나무하다가 도끼로 발등을 찍혔다고 짐동만하게 발목을 싸매고 누워있었는데 인민군이 막판에 와서는 무조건 끌어내어 죽이려든 참에 요행히 살아났다. 다행스럽게 마을 사람들 중에는 희생자가 없었다. 그리고 무잿봉에는 국군의 무덤이 두 개 있었다. 할머니는 그 무덤 이야기만 꺼내면 눈물짓곤 했다.

"뉘 집 귀한 자식이 이 적막한 산속에 누워있게 됐는가."

그러나 그 무덤은 곧 이장해 갔다.

그해 봄, 논두렁에는 쑥이 자라지 못했다. 쑥은 양지바른 덤불 속에서 미처 자라기 전에 피난민들은 일삼아서 뜯었다. 냇가에서 자갈부역을 해서 얻어온 한 됫박의 양쌀로 식구가 적던 많던 하루치의 식량이 됐다. 한 되의 쌀은 한 사람이 먹어야 하는 하루분의 양식이다. 그럼에도 불구하고 그 한 사람분의 양식을 가지고 너댓 식구가 연명을 하자면 무엇이던 간에 보태야 했다. 봄이 오면서 제일 먼저 돋고 먹을 수 있는 풀은 쑥이다. 쑥은 첫째로 독이 없고 사람의 몸에 이롭고 먹으면 든든한 풀이다. 양지바른 곳에서 겨우겨우 돋아나는 쑥은 하루 온종일 창칼로 도려도 한 소쿠리가 부쳤다. 피난민들은 매일 논두렁을 이잡듯 뒤지니까 쑥은 돋기가 무섭게 사람의 손을 탔다.

우리집도 아침부터 죽을 먹었다. 아침부터 죽을 먹고 농사일을 하려면은 힘이 들었고 힘이 없어 허리가 꼬부라졌다. 홍이 할머니는 눈이 어두워서 쑥이 보이지 않는다면서 하기 쉬운 아카시아 순을 도려서 삶아 먹었다. 그 떫디떫은 아카시아 순을 데쳐서 된장을 얻어서 묻히면 맛은 고약스러웠지만 어린 홍이만 낱알을 먹이고 당신은 그것으로 연명했다. 담배가 없어 홍이는 냇가로 들로 호랑이눈썹풀을 뜯으러 다녔다. 호랑이눈썹풀은 쇠시랑깨비처럼 생긴 풀인데 그보다는 줄기가 길고 노랑꽃이 폈다. 대를 꺾으면 노랑진 물이 진득진득 흘렀는데 그 진이 마르면 담뱃진처럼 갈색으로 손끝에 물들었다.

할머니가 올케뻘인 홍이 할머니를 핀잔주었다.

"그까짓 담배는 좀 굶으면 어때서 그러우."

하면

"난 하루 끼니는 굶어도 담배 굶고는 못 산다우."

하면서 홍이 할머니는 그 두꺼운 아랫입술을 실룩거렸다. 그리고 말했다.

"난리가 나봐야 세상인심을 알 수가 있다구요. 내가 지금 요 모
양 요꼴이지만 내 딸년이 평화가 어서 돼서 돌아오기만 해보구려.
이 서러운 원수 단박에 갚을 건데⋯⋯"

홍이 할머니는 갑자기 말을 하다 말고 큰 소리 내어 통곡을 했다.
홍이 할머니는 난리를 원망하고 세상 사람들 모두에게 앙심을 품
고 원망했다. 이럴 때 할머니는 홍이 할머니의 사설을 듣다듣다 못
해 한마디씩 했다.

"도리 없는 일이 아니겠수. 나는 내 속으로 난 딸년도 개 젖 떼듯
이 떠다 박질렀으니까. 옛말에 가난구제는 나랏님도 못한다고 했
소. 나는 내가 할 수 있는데까지 나의 도리를 다했을 따름이오."

날씨가 완전히 해동이 돼서 텃밭에 푸성귀를 붙일 때가 되자 할
머니는 밭을 한 고랑씩 몫지어 주었다.

"자 각자들 자기들이 먹을 채소라도 손수 가꿔 보십시오. 세상에
남의 것처럼 어려운 게 없을 것이니 따라서 내것처럼 속편하고 좋
은 것이 또 어디있겠소. 각자 입맛대로 상추든 아욱이든 맘대로 파
종하시오. 내 종자는 대리다."

큰고모와 막내 고모 그리고 홍이 할머니는 부역이 끝나면 밭에
매달렸다. 재량껏 씨를 구해다 심었다. 큰고모와 막내 고모는 시골
태생인데도 농사일에는 캄캄했다. 푸성귀의 종류에 따라서 밭이랑
을 쳐내고 골을 내야 하는데 평퍼짐하게 땅을 고르고 감자나 배추
나 시금치를 모두 한 가지로 씨를 던졌다.

할머니가 기가 막혀 혀를 찼다.

"봐라. 남의 것 얻어먹을 때는 항상 싶쁘고 안달이 났겠지만 너네들 자작으로 감자 한 포기도 옳게 못 가꾸면서 세상에는 쉬운 일이 없겠느니라."

할머니는 막내 고모 밭고랑을 손봐주었다. 똑같은 땅 똑같은 씨앗을 땅속에 묻었는데도 씨앗을 넣는 솜씨에 따라서 싹은 실하게 돋을 수도 있고 아주 가냘프게도 돋았다.

"어째 손이 그전처럼 걸지 못할까. 될성부른 나무 떡잎부터 알아본다는 말 들어보지 못했느냐. 싹을 보니 푸성귀 설치하겠구나."

할머니가 예견한 대로 세 개의 밭고랑은 피어날 줄 모르고 싹은 땅속으로 되려 파고들었다. 정성을 쏟고 아침저녁으로 들여다보고 공들여도 밭고랑은 푸르러질 기미가 보이지 않았다. 밭을 매준다는 게 호미 끝으로 뿌리를 들쑤셔 놓으니까 차라리 손대지 않은 것만 못했다. 힘들여 물을 퍼준다고 해도 물을 땅이 흠뻑 젖도록 주지 못하니까 오히려 가물만 더 탔다.

"어째 손들이 그리 가난할까. 뭣 한 가지 푸짐하게 만져놓은 것이 없으니 밥상을 봐 놓으면 어찌 그리 쓸쓸할까. 평생 부자 노릇은 못하겠다."

할머니는 탄식하면서 대동아전쟁 중에 닭 두 마리로 잔칫상을 차렸던 경험담을 이야기했다.

"나는 닭 두 마리로 교자상 두 개를 꾸몄느니라. 닭의 목줄기까지 하나 버리지 않고 신선로를 꾸몄는데 그 다음 잔치 때, 소 한 마리 잡아서 차렸을 때 너희 큰할아버지는 소 한 마리 잡은 잔치보다 닭 두 마리로 차린 잔칫상이 더 잘 먹은 것 같다고 내게 치하했느라."고 했다.

그러나 어머니는 좀 달랐다. 바쁜 와중에도 어머니는 논두렁을 구미구미 파고 콩을 심어놓으면 콩 주저리가 탐스럽게 주저리주저리 달렸다. 짐승을 길러도 잘 됐다. 어머니가 암탉을 안기면 병아리도 잘 내렸다. 암탉 한 마리가 병아리를 부화할 수 있는 계란의 수요는 열여덟 개였다. 어머니는 계란 양끝이 동글동글한 것을 골라서 좀 더 욕심을 부려 스무 개를 품게 하면 병아리가 열여덟 마리가 깨어 나왔다. 한해 봄이면 암탉을 다섯 배 여섯 배씩 안겨 병아리를 백여 마리를 번식시켰다. 병아리가 자라 중닭이 될 무렵해서 묵은 닭은 잡아먹거나 장에 내다 팔았다.

햇병아리는 봄부터 어머니의 가족이다. 바쁜 와중에도 어머니는 때 놓치지 않고 모이를 주고 연한 풀을 뜯어다 줘야 병아리는 잘 자랐다. 어쩌다 닭장이 허술해서 어미닭이 병아리를 몰고 채마밭에라도 덤비는 날이면 어머니가 대신 혼이 났다. 어머니는 데리고 온 자식처럼 병아리 떼를 몰아서 우리 안에 가두고 뚫어진 철망을 손질했다. 이렇게 해서 여름을 지나게 되면 병아리는 깃털이 하얗게 볏이 새빨간 아주 매끄러운 약병아리가 된다. 수탉은 이마에 볏을 새빨갛게 내밀고 목쉰 소리로 운다. 영계 수탉은 이때쯤이면 씨닭만 두어 마리 남겨놓고 모조리 잡아서 먹었다. 해마다 이렇게 해서 암탉 오십 마리는 어렵지 않게 길렀다. 어머니는 농한기에 계란을 장에 내다 파는 일이 유일한 외출이자 낙이었다.

"네 에미는 손이 걸어서 아무걸 해 먹어도 굶지는 않을 것이다."

닭이나 돼지를 키워내는 것을 보고 할머니는 어머니에 관해 단 한마디의 칭찬을 했다.

그 전쟁이 났던 이듬해 봄에는 전염병이 기승을 떨었다. 마을에 장질부사가 유행했는데 굶주린 사람들이 열병에 걸리니까 십중팔구는 죽었다. 전염병은 난리보다 더 무서웠다. 마을 사람들은 이웃 간에 일체 발을 뚝 끊고 환자가 있는 마을에는 일하러 가지 않았다. 암팽이 엄마와 옥이 할아버지 할머니도 장질부사로 세상을 떠났다. 병으로 죽은 집은 동네 사람들이 얼씬도 하지 않았다. 따라서 장례식을 가족끼리 마주잡이로 떠메고 가서 사람들이 보지 않는 이른 새벽에 묻었다. 마을 사람들은 이제 누가 복 없다고 말하지 않았다. 난리를 치루고 나니까 그렇게 허망한 복 타령만 할 것이 아니라고들 말했다. 복이 많다던 아무개네 노인들도 열병에 죽으니까 개끌다 묻듯 했지 않았느냐고 부인했다.

홍이 할머니는 열병을 무서워했다. 그래서 정성들여 가꾼 채마밭도 미련 없이 던져버리고 홍이를 앞세우고 서울로 떠나버렸다. 그후, 얼마 안 가서 홍이 엄마가 홍이 할머니를 찾으러 왔다. 그녀는 일각문 안으로 들어서면서 어머니를 부르고 통곡을 했다. 피난민답지 않게 깔끔한 옷차림이었다.

"자네 어머니는 얼마 전에 이곳을 떠나셨네."

할머니가 질녀에게 말하니까 홍이 엄마는 거짓말처럼 통곡을 뚝 그쳤다. 그리고

"아이구머니나 울 어머니가 살아계셨군요. 홍이는 잘 있습디까. 왜 이곳에 좀 함께 있게 하지 않으시고. 그랬더라면 내가 신세를 톡톡하게 갚아 드릴 텐데……"

큰고모가 아쉬워했다.

"어머님은 남의 식구 꼴을 못 보시는 것도 병이에요. 병중에도

큰 병이지요."

어머니가 맞장구를 쳤다.

"하긴 그러니까 뜯어가는 사람 천지지. 이집에는 검불 한닢 보태
주는 사람 없게 마련이네."

큰고모가 할머니를 비방했다.

포화 속에서도 계절은 정직했다.

논두렁에 쑥이 제대로 피어나지 못할 정도로 기근이 심했던 고비
도 지나가고 나니까 밭에는 감자꽃이 피고 주먹 같은 감자가 땅을
툭툭 가르면서 굵었다. 보리 이삭이 누른 방울이 들고 아쉬운 대로
풋바심이라도 해먹을 수 있게 되니까 피난민들도 한 집 두 집 떨어
져나가 자기 살 곳을 찾아갔다.

"물 한년 경배라도 풀릴 날이 있고 석 달 장마도 개부심이 제일이
느니라."

할머니는 할머니식의 문자를 써가면서 모두 다 때가 있는 법이라
면서 자신 있게 말했다. 아닌 게 아니라 모든 것이 모두 다 때가 있
었다. 생전 친정집 객식구 노릇만 할 줄 알았던 큰고모네 식구가
떨어져 나갔다. 막내 고모도 이웃 소도시로 취직이 되어서 떠났다.

"거 보거라. 이 집터에서는 쓰잘 것 없는 식구들은 모두 내몬다
니까."

할머니가 의기양양해서 말했다.

때맞추어 아버지의 그 여자는 평생 아버지를 독차지하고 살 것
같았는데 앓는 빈도가 잦았다. 식구들은 의아하게 여겼다. 왜 젊은
여자가 자주 아플까. 두 눈이 움푹 패여 우렁이 딱지처럼 꺼져서

눈가에 검은 그림자가 짙었다. 그리고 양쪽 광대뼈가 불그러질만큼 볼도 푹 패여 들어갔다.

아버지는 전처럼 다시 일에 열중했다. 그해의 농사를 복숭아 과수원에다 걸었다. 아버지는 되도록 일꾼을 품사지 않고 가족끼리 할 수 있는 일은 가족끼리 해냈다. 그 여자와 나는 매일 과수원에 나가 일했다. 꽃필 때부터 벌레를 잡아주고 복숭아가 열리면 솎아주고 나뭇잎 오가리를 따주고 하루도 쉴 틈이 없었다. 일에 열중하면 사람들의 마음은 하나로 합쳐져서 이러쿵저러쿵 사사로운 감정은 소멸된다. 그러면서도 사람들은 각자 목적이 달랐다. 어머니가 나를 힐난했다. 나는 그러한 어머니가 왠지 싫었다. 어머니가 저주를 퍼부으면 나는 정색을 하고 대들었다.

"엄마. 그러면 엄마 마음만 나빠지는 것 몰라."

"딸년이 그만하면 어찌 에미 사정을 모를까."

어머니는 탄식했다.

"여자가 투기하면 칠거지악에 드는 법이다. 씨앗 보는 것도 다 제 팔자 타고나는 거다. 그러나 과히 낙담은 말거라. 이 집터에서 쓰잘 것 없는 물건들은 내모느니라. 두고 볼 일이다."

할머니는 언제나 당당했다. 그러자 그 여자가 더 자주 앓기 시작했다. 할머니는 또 이렇게 말했다.

"그년은 수든 데가 없어. 귀는 칼귀에다 눈자위는 앓지 않을 때도 푹꺼지고 제년이 천벌을 받지. 산 서방 억지로 개젖 떼 던지듯 떼어낸 죄 어디 갈까."

그 여자는 타고난 명이 짧았던지 아니면 천벌을 받아서인지 병색이 나날이 짙어갔다. 그해, 난리 끝에 지은 농사를 몽땅 팔아 그 여자의 병수발로 다 털어 넣게 되었다. 어머니가 불평했던 그때마다 아버지는 그 여자는 내 생명의 은인이므로 할 수 있는데까지 힘껏 살펴줘야 할 것이라고 말했다. 도립병원과 대학병원을 모조리 들렀는데도 차도가 없었다. 그 여자는 가는 병원마다 집에 가서 먹고 싶은 것 먹고 쉬었다가 다시 오라고 했다.

다시 겨울이 왔다.

한해 농사는 허탕이었다. 광 속은 텅텅 비어 있다. 객식구가 없어도 먹을 것은 불어나지 않았다. 아버지는 땅을 팔아 약값으로 쓰기 시작했다.

"애비야, 이제 할 만큼 했으니 그냥 놔 두거라. 제 명이 길면 살아날 것이고 그렇지 않으면 세상 천하 없는 묘약을 써도 도리가 없는 법이다. 어디 죽는 일에 순서가 있다던."

그리고나서 할머니는 어머니에게도 위로의 말을 잊지 않았다.

"세상만사가 다 팔자소관이느니라. 이런 흉사도 어쩌면 너의 짧은 명을 대신 이어주는 수도 있으니 너무 속상하게 생각지 말고 그 여자 불쌍하게 생각하거라. 그리고 애비를 다독거려라."

그 여자가 몸이 붓기 시작했다. 그 여자는 벌밭 그 농막 춘향의 집에서 살았다. 아버지 대신 할머니가 그곳으로 가서 그 여자의 병수발을 맡았다. 할머니는 단장을 짚고 아침에 내려갔다가 저녁에 돌아왔다. 밤에는 그 여자 혼자서 잤다.

"메밀묵이 먹고 싶다더라. 감주가 먹고 싶다더라."

할머니가 말하면 어머니는 하루 품을 내어서 묵과 감주를 번갈아 해댔다.

할머니는 그 여자 농막에 갈 때에는 검정 솜두루마기를 입고 다녔다. 그 솜두루마기는 평소에는 입지 않는 옷이었다. 지난 난리통에 큰고모가 겨울에 죽었을 때 그것을 꺼내 입고 장례를 치르러 간적이 있었다. 아버지가 출타 중일 때 그 여자가 죽었다. 할머니는 매장꾼을 사서 곧 장례를 치르도록 주선했다.

"당하다. 애비는 본래 험한 꼴을 잘도 피하느니라."

할머니는 아버지를 대신해서 불평 한마디 하는 일 없이 험한 일을 나서서 처리했다. 마을 사람들이 수군거렸다. 무엇보다 참기 어려운 일은 사람들이 수군거리다가 나를 보면 하던 말을 뚝 멈춤이었다. 그때 나는 모든 사람의 시선으로부터 도망치고 싶었다. 그때나의 생각으로는 도시 사람들은 적어도 남의 집 일에는 상관하지 않는다는 바로 그 점이 나를 무척 자유롭게 해줄 수 있을 것 같았다.

도시 사람들은 얼마나 자유로울까. 그때의 도시는 나에게 있어서 신천지였다. 전기불이 밝고 걷지 않아도 편하게 타고 다닐 수 있고 그리고 무엇보다도 비가 와 홍수가 져도 날이 가물어도 상관없는 전천후의 도시생활, 그 신천지에 나의 꿈이 있다고 믿었다. 그 꿈은 매우 애매모호한 것이었지만 한 가지 분명한 것은 모든 사람들로부터 추앙을 받을 수 있는 것이라고 여겨졌다.

모든 것이 어려운 때였다.

교실 안에는 제대로 난로불도 피우지 못했다. 그럼에도 불구하고 그때는 그러한 상황이 하나도 불편하거나 고생스럽다고 생각되지 않았다. 수업 시간이나 쉬는 시간이나 모두들 전쟁에 관한 이야기

뿐이었다. 전쟁이 언제 어느 편의 승리로 끝날 것이냐가 모든 사람들의 관심사였다. 그리고 모든 사람들의 한결같은 소망은 평화였다. 일선 장병들에게 끊임없이 위문편지를 쓰고 이따금 전선으로부터 화약 냄새가 나는 답장을 받으면 가슴을 떨면서 읽었다. 수업이 없을 때에는 급우들끼리 모여 앉아서 전쟁에 관한 이야기를 했다. 또 어떤 날은 하루 종일 노래만 불렀다. 노래는 불러도 불러도 가슴이 답답하고 불안하기만 했다. 조숙한 친구들은 이미 애인이 있었다. 애인은 대부분 전쟁 중에 만난 군인이었다. 그들의 만남은 우연히 피난길에 트럭을 얻어탔거나 아니면 행군 중 목마를 때 물한 그릇 떠준 것이 인연이 됐다. 처음에는 동생 오빠 사이였다가 사랑하는 동생이 되고 나중에는 사랑하는 그대가 되었다. 생사의 갈림길에 섰다가 후방으로 휴가차 나오면 그들은 전리품 같은 건빵봉지와 군용사지쓰봉을 애인에게 선물했다. 모든 것이 궁색했던 그때였다. 반우들은 자기들이 받은 선물의 가짓수를 따지고 상대방의 마음을 가늠했고 그리고 자랑했다.

나의 교육으로 인해 아버지와 어머니의 사이가 좁혀졌다. 아버지는 농사일에 모든 목적을 나에게 두었다. 나의 학자금을 위하여 비닐하우스를 설치했고 가을에는 단무지를 저장했다. 그러나 일은 꼬여만 갔다. 집안이 스물스물 몰락해 갔다. 집안이 기울수록 아버지의 기대는 나에게로 더 쏠렸다. 나의 불안은 번민에 가까웠다.

서울이 수복되고 부산으로부터 정부가 환도했다. 그리고 학교는 불탄 자리에서 다시 문을 열었다. 난리 전의 급우들의 얼굴은 드문드문 보였다. 그들은 왜 돌아오지 않았을까. 더러는 학업을 포기했고 또는 전화에 실종됐다고들 말했다. 그리고 또 더러는 스승을 따라 북쪽으로 갔다는 말도 나돌았다. 그러나 환도 후의 개교는 그런 대로 조용했으며 그리고 느름하게 학교생활은 계속되었다.

　이때부터 나의 도시에서의 방황은 새롭게 시작되었다. 그때의 나의 소망은 지극히 왜소했다. 서울에서 나의 작은 방 하나를 가지고 싶었다. 그리고 전화 속에서 식량 사정의 어려움을 뼈저리게 체험했기 때문에 나는 잠시 기거하는 곳에 갈 때도 내가 먹을 식량을 들고 다녔다. 이와 같은 습관은 나의 의지가 아니라 할머니의 생각에서였다. 나는 무거운 식량을 들고 십 리를 걸어나와 기차를 타고 도시로 나왔다. 나는 무거운 식량을 들고 다니면서 언제나 창피했다. 그러면서도 견딜 수 있었던 힘은 그 홍진이 뭉글뭉글 피어오르던 가을 날의 약속을 잊어버리지 않은 데서 오는 오기였다. 먼 훗날 흰 가운의 그때 피난지에서 만났던 그와의 언약을 당당하게 지켜보리라는 의지는 나의 굳굳한 인내심을 키워주었다.

　1955년도 화폐가치로 따져서 왜무 한 개당 생산가격은 2환이었다. 아버지는 이 2환에다 소금값과 품삯을 더하면 적어도 십 환 이상의 이윤을 얻을 수 있다는 계산을 했다. 무 한 개로 십 환의 이윤을 얻을 수 있다면 열 개면 일백 환, 천 개면 천 환, 만 개면 만 환, 십만 개면 십만 원, 무의 숫자가 많으면 많을수록 이윤의 단위도 높다는 실리성을 따져 아버지는 완전히 매료되었다. 수의 증가에 따른 경제성의 원리는 전연 사실무근한 것이 아니었다. 이 원리는 과수원에서 습득한 경험이었다. 아버지가 이것저것 시도해본 농사일들 중에서 가장 합리적인 이윤을 안겨준 것은 과수였다. 아무리 작황이 불리하다고 해도 과수는 투자한 만큼 되뱉어냈다.

과목이 장성해서 한창 실팍한 열매를 맺을 때가 십 년생을 전후한 무렵이었다. 그때는 한 나무에서 적어도 과일 개수로 스무 접, 복숭아나무가 오백 주이면 백만 개의 복숭아를 수확할 수 있었다. 복숭아 개당 1환이면 이백만 환이란 수입을 넘겨다 볼 수 있다. 이렇게 아버지의 꿈은 부풀었고 수가 많아야 이윤도 증가한다는 원리는 교과서적인 것으로 받아들였다. 그러나 모든 일이 계산대로 들어맞는 것은 아니었다. 그리고 백만 개의 복숭아를 상품으로 만들어 내기 위해서는 거기에 걸맞는 투자와 노력이 뒤따라야 함은 물론이었다. 아버지는 수확량에만 몰두했을 뿐 투자는 계산하지 않았다. 이윤을 더 내서 상품가치가 좋은 일등 복숭아를 생산하기 위해 전력을 기울였다.

그해 여름은 날씨가 가물어서 과일값이 폭등했다. 복숭아, 포토밭에서 목돈이 쏟아져서 아버지는 마음 놓고 다음 일을 시작했다. 시멘트를 트럭으로 사들여서 벌밭머리에 단무지 저장고를 여러 개 묻었다. 자금이 무진장 들어갔다. 아버지가 자금이 부족하다고 하면 마을 사람들은 서슴지 않고 소를 팔아와서 자금에 충당하라고 내놓았다. 단무지 저당고를 짓는 일은 여름 내내 걸리는 대공사였다.

말복이 지나서 아버지는 그 바다 같은 벌밭에 온통 다 왜무를 심었다. 그해 가을은 날씨가 가리를 잘해서 김장 풍년이 들었다. 추석이 지나자 무밑이 희끗희끗 들었다. 그리고 무총은 춤을 추듯 너풀거리면서 팔뚝만큼 굵은 무가 이랑 위로 우뚝우뚝 솟았다.

그러나 정작 김장철이 되자 무값은 폭락했다. 아버지의 계산대로 무 개당 10환의 이윤은 고사하고 일 환에 팔려고 해도 사 가는 사람이 없었다. 아버지는 당당했다.

"겁낼 것 없어. 저장고를 지어놨으니까. 단무지를 담가놨다가 내년 봄에 팔지."

아버지는 날씨가 추워지기 전에 서둘러야 한다고 한몫에 인부를 백 명씩 얻었다. 마을 사람들은 남녀 없이 모두 벌밭으로 모여들었다. 남자들은 무를 뽑아서 나르고 부녀자들은 무의 잔털을 뜯고 그리고 다섯 개씩 묶어 열 개 한손으로 시렁에 달아맸다. 단무지를 담그려면 무를 건조시켜야 하기 때문이었다. 무는 금비(퇴비)를 많이 사용했기 때문에 너무 실팍하게 자라 인부들은 팔뚝이 휘겠다고 불평을 했다. 달아맨 무는 일주일쯤 가을바람에 비들비들 말렸다가 무총을 잘라버리고 저장고에 무를 절였다. 소금을 가마니째 풀어놓고 힘센 장정이 허벅지까지 차는 고무장화를 신고 저장고 속에 들어갔다. 그리고 무를 한 켜 넣고 소금을 뿌리고 질겅질겅 밟았다. 아버지는 노랑 색소와 사카린 봉지를 들고 무를 한 켜씩 얹을 때마다 색소와 사카린을 번갈아 뿌렸다. 그리고 갈피갈피마다 왕겨를 또 뿌렸다.

단무지 저장고는 모두 12개였다. 두 개씩 두 개씩 6쌍이었다. 12개의 통은 꽉꽉 채워졌다. 아버지의 수의 마술은 무게로 바뀌었다. 단무지 한 관에 칠십 환을 따졌다. 무가 실하기 때문에 더구나 간을 먹은 무는 무게가 더한 법이었다. 한 관이면 무는 너댓 개를 넘지 못할 것이라고 했다. 그러니까 한 통이면 오백 관, 열 통이면 5천 관 저장고가 열두 개이므로 6천 관. 아버지는 사십이만 환이라는 돈 뭉텅이를 생각하고 단무지가 팔리는 봄을 기다리기가 지겨워서 겨울은 주막에서 보냈다. 그 여름에 저장고를 지을 때, 소를 팔아서 자금을 투자한 마을 사람들은 다달이 꼬박꼬박 잠 안 자고 늘어나는 변리를 생각하면서 흐뭇해했다. 그리고 세상에서 제일 돈 벌기 쉬운 일은 돈장사라고 무릎을 쳤다.

이 무렵, 어머니는 계속해서 귓속에서 매미가 운다고 그랬다. 그 매미소리는 겨울이 되니까 귀뚜라미 소리로 변했다. 그리고 귀뚜라미 소리는 북소리로 변해 쿵쿵 울린다고 했다.

"네가 아무래도 어질병이 도졌나 보다. 쇠지라를 사다 먹거라."

할머니는 의원인 것처럼 어머니 병에 대해서 처방을 내렸다. 어머니가 계란을 여다 장에 내다 팔아서 쇠지라를 사왔다. 아카시아 장작을 불때서 화롯불을 시뻘겋게 담아놓고 삼발이 위에 냄비를 얹어서 그것을 끓였다. 쇠지라는 익으니까 팽창하면서 냄비뚜껑을 떠들면서 들썩거렸다. 그러나 쇠지라는 별 효험이 없었다. 어머니는 계속해서 이명이 들린다고 말했다.

이때부터 할머니의 복 타령은 뜨악해졌다. 대신에 할머니는 죄 타령을 했다. 할머니는 독백처럼 되풀이해서 말했다.

"난 이 세상을 양심 바르게 살아온 사람이다. 내 누구를 헐뜯을 줄도 모르고 내 것 가지고 내 힘들여서 내 요량껏 살아왔다. 나는 남의 것을 탐내본 일도 일자 없다. 내가 남의 것 주인 모르게 가져 본 일이라곤 단 한 번 있었지. 그때 걸어서 서울 다닐 때, 과천읍내 지나서 문원벌 지날 때, 뉘 집 참깨밭에 참깨 주저리가 하도 탐스럽길래 씨앗할려고 그놈 한 가지 꺾어본 일밖에는 염라대왕이 다 알께다. 아니지 또 한 가지 흉이 있지. 나는 보기 싫은 사람 꼴은 못 본다. 사람 미워하는 죄도 죄가 될까."

할머니는 반문했다.

"사람은 남의 집에 가서 오래 묵는 일은 남에게 못할 노릇 저지르는 일이다. 남의 집에 손으로 갔을 때는 길게 잡아도 하룻밤 묵으면 너끈하다."

할머니는 방학 때 서울서 손님이나 아이들이 외가라고 놀러오면 삼 일을 기다렸다가 쫓았다.

"그만 너희 집에 가보도록 해라. 세상에서 자기 집처럼 좋은 게 어디 있을라구."

이렇게 무안을 줘서 보냈다. 그리고 구십 평생 한결같이

"그저 내 앞에만 서지 말라고 그래라. 사람이 돈 없어서 못사는 사람은 없느니라. 그저 명줄 하나만 길라고 그래라."

할머니는 기가 막히는 때를 당할 때마다 이렇게 주문처럼 외웠다.

음력으로 정월대보름도 지나고 다시 못창일을 시작할 때다. 아버지는 겨우내 주막에 누워서 단무지 시세가 좋아지기를 기다렸지만 별로 신통한 기미가 보이지 않았다. 날씨가 풀리면 단무지가 푹푹 썩을지 모를 것이라는 귀띔을 누군가가 해주었다. 아버지는 서둘러서 서울 청과상회로부터 단무지 장수를 불러들였다. 겨우내 덮어 놓았던 거적을 열어보았다. 단무지는 소금이 적게 들어갔던 탓인지 웃겨에 골마지가 꽉 덮여 있었다. 아버지는 여섯 쌍의 단무지통을 모조리 떠들어 보았지만 모두 한 가지였다. 아버지의 실망은 대단했다. 단무지 장수는 이러한 약점을 이용해서 값을 후려쳐서 흥정을 했다. 아버지는 단무지 꼴만 보면 울화병이 치미니까 제발 거져라도 퍼가라고 사정했다. 그래서 사십만 원의 꿈은 일천분의 일로 축소돼서 겨우 소금값을 건질 정도였다.

소를 팔아서 들이밀었던 마을 사람들은 제가끔 꿔준 돈을 찾아가 겠다고 아우성쳤다. 아버지는 뚝심이 세지 못했다. 빚쟁이들이 찾 아오면 아버지는 땅을 팔아서라도 곧 갚을 것이라고 말했다. 그러 나 그때는 이미 만만하게 팔아먹을 토지가 없었다. 아버지는 별수 없이 벌밭을 내놓았다. 이러한 소문이 나돌자 마을 사람들은 단무 지 저장고를 탐냈다. 저장고는 시멘트와 자갈을 이겨서 견고하게 굳힌 통이니까 분뇨통으로 안성맞춤이라고들 했다. 아버지는 여섯 쌍의 저장고를 한게 굳히는 수고비에도 못미치는 값을 받고 처분 했다. 그리고 그 끝이 까마득하게 보이는 벌판을 반동갱이 뚝 잘라 서 팔아버렸다. 단무지가 벌밭을 잡아먹었다고 할머니가 아버지 듣지 않을 때 거푸거푸 말했다.

"가루장수하면은 바람 불고 소금장수하면은 비 오구, 무슨 놈의 조화일까. 그저 명줄 하나만 길라고 일러라. 쥐구멍에 볕들 날은 언제나 올지."

벌밭을 작살내고 나니까 내손리에 수리조합이 들어섰다. 저수지 가 완공되면 벌밭은 모두 논으로 바뀌니까 쉰떡 치우듯 팔아버린 땅값이 치솟았다.

13

어머니의 이명은 예사롭지 않았다. 겨울 내내 북소리를 친다던

귓속의 소리는 더 큰 증상으로 나타났다. 봄에 일철이 되어서 몸을 억세게 움직이니까 밑으로의 출혈이 심했다. 할머니는 걱정을 하면서도 대수롭지 않게 생각했다.

"뭐 여자들이 흔하게 있는 병고이지. 어멈아, 우선 집에 있는 약부터 해먹거라. 흰 접시꽃 뿌리를 댈여서 먹거라. 측백나무 위로 뻗은 가지도 약이 된다더라. 그것도 꺾어서 댈여 먹어라."

어머니는 할머니 말대로 해보았지만 마찬가지였다.

"서울 병원에 갈라나, 하긴 병원에 가봤자 뻔하다. 양의들은 무조건 배 째고 본다더라. 한약을 써보는 것도 괜찮을 것 같다."

한약은 잘 들었다. 할머니는 천만다행스런 일이라고 반색을 했다. 그러나 가을이 되자 어머니의 병세는 악화되었다. 여름내도록 황소처럼 일해 농사일 잘해서 농사 다 지어놓고 가을이 되자 그 귓속에서 들리는 북소리는 어머니를 완전히 눕혀놓고 말았다.

그해, 가을은 서숙 풍년이 들었다. 조 이삭 하나가 개꼬리만큼 실팍하게 되어서 고개 넘어 사는 큰고모를 데려다가 가을것이를 했다. 두 사람은 손이 잘 맞아서 달밤에도 서숙 이삭을 절구통에 넣고 부쉈다. 쿵쿵쿵 북소리가 들린다면서도 어머니는 추수를 서둘렀고 김장을 해 넣고 마지막으로 메주를 쑬 때였다. 어머니는 변소에 갔다가 출혈 때문에 쓰러졌다. 아버지는 돼지를 팔고 검둥이를 팔아서 돈을 마련했다.

암은 그렇게도 무서운 병이었다.

처음 어머니가 암이라는 선고를 받았을 때는 그저 얼떨떨하기만 했다. 정말일까. 오진일 것이다. 오진일 거라는 생각은 병원 문을 돌아서면서 점점 확실한 것 같아서 또 다른 병원을 찾았다. 그러나 또 다른 병원에서도 조직검사고 뭐고 할 것도 없이 암이라고 단언했다. 왜 하필이면 나의 불쌍한 어머니가 그토록 몹쓸 악질에 걸렸단 말인가. 어머니는 사십 평생 고생만 하면서 사람대접도 제대로 받지 못하고 살았으므로 그럴 수 없다고 부인해 보았다. 세 번째로 다른 병원을 찾았다. 청량리에 있는 외국인이 경영하는 병원이었다. 그 외국인 의사는 친절하게 말했다.

"수술을 받으십시오."

"고맙습니다. 고맙습니다."

아버지가 연신 허리를 굽실거리면서 절을 했다. 그때 생각으로는 수술만 받으면 살 수 있다고 생각했다. 그러면 그렇지. 설혹 무서운 암에 걸렸다 해도 어머니는 반드시 병과 싸워서 이길 것이라고 장담했다. 나는 어머니가 결코 죽지 않을 것이라고 믿었다. 이와 같은 확신은 할머니도 마찬가지였다.

"네 어멈은 천하게 그리고 고생을 타고 났으니까 고생하는 사람은 자기가 타고난 고생살이를 다 해야 하겠으므로 결코 죽지 못한다."

할머니는 단호하게 말했다. 할머니의 이와 같은 판단은 아쉬운 대로 믿고 싶었다. 할머니는 옛날 이야기까지 곁들여서 당신의 지론을 보충 설명했다.

— 옛날 옛날에 한 여자가 살았더란다. 집이 어찌 가난했던지 허구헌 날 우거지죽만 먹었다나. 그 여자 우거지죽이 너무나 진절머리가 나서 죽먹기를 면하고 싶어서 목을 매 죽었더란다. 염라대왕 앞에 가서 그곳에 온 사유를 아뢰었더니 염라대왕 노발대발해서

호통을 쳤다지. 네 몫의 우거지죽을 못다먹고 왔으면 나머지는 누구더러 먹으라는 거냐. 어여 냉큼 돌아가서 네 몫으로 남아있는 우거지죽 석독을 다 먹은 후에 다시 오노라고 쫓아냈다더라. 네 에미가 지금 죽으면 그 고생을 도맡아서 할 사람은 이 세상에서 아무도 없노라.

이야기 했다. 정말로 그럴 것이었다.

이십 일 동안 열병의 수혈을 했다. 그리고 눈 속꺼풀이 조금 불그레해졌을 때, 어머니는 개복수술을 받았다. 경과는 놀랄 만큼 좋아졌다. 어머니는 귓속의 이명도 없어지고 기분이 썩 좋다고 말했다. 아버지는 집 앞 마당 끝에 달린 논 댓 마지기를 팔아서 수술비에 충당했다. 할머니가 마지막으로 요것만이라도 남겨놓으면 밥은 먹을 수 있겠던 그 문전옥답이었다. 어머니가 퇴원해서 집에 돌아오는 날 할머니도 기뻐했다. 꼭 죽을 사람을 돈이 살려놓았다고 할머니는 돈의 위력을 믿고 있었다. 한 달 동안 나는 어머니를 위해서 열심히 일했다. 집에 있는 것으로 내가 할 수 있는 최대한의 노력을 기울여서 어머니의 영양상태를 살폈다. 그것은 어머니를 위해서기보다 나 자신을 위해서도 그렇게 열심히 했다. 어머니 자신도 절대로 죽을 수 없는 몸이라는 것을 절감했다. 그것은 누구보다도 어린 자식들을 놔두고 결코 눈을 감을 수 없다고 어머니는 절규했다. 식구들 모두가 어머니의 완쾌를 굳게 믿고 있었다.

그러나 한 달 후 다시 진찰을 받았을 때 뜻밖의 결과를 접하게 되었다. 암세포가 완전하게 제거되지 않았으니까 방사선치료를 다시 받으라는 것이었다.

나는 무지한 의학상식을 동원해서 어머니의 수명에 대해 가늠해 보았다. 일 년, 삼 년, 오 년, 치료를 잘만 받으면 수명은 연장할 수 있을 것 같았다. 어떻게던지 목숨만 부지한다면은 그동안 암 치료의 특효약이 나올지 모른다는 확신이 나를 붙들었다.

어머니는 병실 창문 앞에 서서 아까부터 밖을 내다보고 서 있다. 추운 날씨였다. 병원 뒤뜰에는 보일러실에서 쳐낸 석탄재가 산적해 있었다. 허름하게 차려입은 여자들이 석탄재 속에서 타다 남은 골탄을 골라내고 있었다. 그들 중에는 대여섯 살 난 어린아이들도 섞여 있었다. 아이들은 어머니를 도와 쇠꼬챙이로 석탄재를 뒤적거렸다. 골탄이 양철자백이에 가득 차면 그 여자들은 그것을 머리 위에 이느라고 안간힘을 썼다.

"저 여자들이 부럽구나. 들밥을 이고 다닐 때 나는 저보다 더 무거운 것도 거뜬하게 머리에 일 수 있었는데……"

어머니는 부러운 그 광경을 지켜봤다.

"내가 어쩌다 이런 몹쓸 병에 걸렸는지 모를 일이구나. 뭐니 뭐니 해도 사람이 건강해서 힘좋게 일할 때가 제일 큰 복이라는 것을 병들어 보니까 알 것 같다."

어머니는 울고 있었다.

라듐이나 방사선치료는 적혈구를 파괴하고 있기 때문에 사십 일간의 치료 기간을 절반도 못 채웠는데 어머니는 탈진돼 있었다. 병원 측에서도 다시 수혈을 하자고 권했다. 수혈을 한 병 해보니까 어머니는 두드러기가 숏고 몸을 떨면서 거부반응을 일으켰다.

병원은 암 환자들로 들끓고 있었다. 별의별 암 환자들이 전국 각처에서 모여들고 있어서 입원실마다 초만원이었다. 환자들은 모두들 자기가 앞으로 얼마 동안 더 살 수 있을까를 계산했다. 그들은 모두 시한부 생명에 대한 불안과 공포심으로 충일되어 탄식과 눈물로 시간을 보냈다. 여자들은 한결같이 남편이 병든 자기를 버릴 수 있을 것이라는 생각을 하고 있어 두려워하고 불안에 떨고 있었다.

어머니는 골탄을 채취하는 여자들이 모두 귀가할 때까지 그렇게 하염없이 창밖을 내다보고 서 있었다. 밖은 어두웠다. 나는 어머니에게 말했다.

"걱정하지 말어. 왜 그런 말이 있잖아. 고생하는 사람은 명이 길다고 했어. 엄마는 고생을 많이 하는 사람이니까 죽지 않을 거야. 할머니가 그러셨어."

"넌 그 말을 믿니?"

어머니가 날카롭게 내게 반문했다.

나는 섬찟할 만큼 기가 죽었다. 그래서 개미 소리만하게 대꾸했다.

"그럼, 믿구 말구. 할머니 말씀은 지내놓구 보면 거의 다 맞았는걸."

그러나 내 말에 어머니는 대꾸하지 않았다.

나는 어떠한 일이 있어도 어머니를 살려낼 수 있을 것 같았다. 일 년만 견디면 다음은 삼 년이 고비라고 했다. 그때까지라면 나는 대학을 마치고 직장을 얻고 어머니의 치료비를 벌 수 있을 것 같았다. 어머니도 어서 빨리 퇴원해서 농사일을 시작해야 한다고 서둘렀다.

아버지가 시골에서 막냇동생을 데리고 왔다. 어머니는 그 애를 붙들고 울었다. 어머니는 심약해 있었다. 병실 안은 신음소리와 그리고 탄식 소리로 들끓었다. 병원 측에서 면회시간을 정해놓고도 규제하지 않고 있어서 사람들은 수시로 들락거렸다. 더구나 지방에서 온 면회인은 병실이자 여인숙이기도 했다. 하루에 세 번 보일러에 불을 넣어주었다. 그때마다 라디에이터에서 씩씩거리면서 수증기를 뿜어댔다. 병실은 서쪽으로 창문이 나 있어서 하루 종일 햇볕 한 점 들지 않았다. 막냇동생이 졸랐다. 집으로 빨리 돌아가자고 했다. 아이가 집으로 가자고 조르니까 집 생각이 더 났다.

햇볕이 하루 종일 자글자글 끓는 앞마당과 아침나절 해가 들면 저녁에 나가는 그 빨간 창호지문, 푸른 하늘이 항상 머리 위에 있는 그 집은 새롭게 느껴졌다.
"그 좋은 집을 놔두고 이 아비규환 속에서 누워있다니 병을 낫게 하는 게 아니라 병이 더 덮치겠다."
어머니도 덩달아서 성화를 댔다. 아버지는 침대 옆에 긴 나무의자에 걸터앉아서 하루 종일 서쪽으로 난 창문밖 하늘만 바라보았다. 하늘은 회색빛이었다. 하루 세 번 씽씽거리면서 올라오는 수증기로 뿌옇게 흐려있기 때문에 그 회색빛 하늘은 더 무겁게 내려앉았다.
나는 그 잿빛으로 침잠된 병실이 진저리났다. 밖으로 나와 하루 종일 거리를 쏘다녔다. 난리 중에 만났던 그 남학생을 생각했다. 그가 의과대학생이라는 소문은 소문으로 들어서 알고 있던 터였다. 막연하게 어머니는 다시 회생할 수 없을 것이라는 예감이 나를 미치게 했다.

어머니가 살아 있어도 캄캄하고 어머니가 세상을 떠난 후도 앞은 보이지 않을 만큼 절벽과 같았다. 마침내 나는 그 의과대학생을 찾아가기로 결심했다.

그날따라 서울 하늘은 낮게 드리우고 눈발이 희끗희끗 휘날렸다. '별장'이라는 작은 찻집이었다. 그는 흰 가운을 입은 채로 실험도 중에 나왔다고 말했다. 그러면서 그 의과대학생은 나에게 아주 모호한 말을 해주었다.

"암? 내가 환자의 상태를 진찰해보지 않고 꼭 어떨 것이라고 말할 수는 없지. 다만 이제 앞으로의 문제는 환자의 고통을 얼마만큼 덜어줄 수 있느냐가 최선의 길일 걸."

"무슨 뜻이죠?"

나는 그가 말한 심중을 헤아릴 수 없었다.

"암 환자의 임종은 비참하지. 의식상의 장애나 변화는 없거든. 정상인과 조금도 다름이 없지. 다만 이러한 상태에서 육신이 썩어서 주검에 이른다고 생각해봐. 그건 지옥일 거야."

나는 어려서 주일학교에 다녔던 기억이 났다. 나는 그때 예수를 믿지 않으면 지옥에 간다고 했던 말이 생각났다. 지옥은 고통스럽고 무서운 곳으로 인식되고 있었다.

"글쎄, 처음에는 모르핀으로 고통을 잊을 수 있지만 나중에는 그것도 듣지 않아. 그 때문에 암 환자는 수술할 때 중추신경을 절단해야 하는 수술도 겸해야 하는데 아직 우리나라에서는 시도되지 않은 걸로 알고 있어."

"맙소사."

나는 금방 울음이 터져 나올 것 같았지만 참았다. 그것은 상대방이 너무나 이쪽의 쓰라린 마음에는 아랑곳하지 않고 있었기 때문이다. 그러나 나는 아무것이나 붙잡고 싶었다.

"그렇다 해도 생명을 연장하는 최선의 방법을 말해주세요."

"그거야, 신의 소관이지. 의사는 최선을 다해서 암세포를 메스로 떼낼 수밖에 도리가 없는 일이지. 의사는 그 이상도 그 이하도 어쩔 수 없는 노릇이지. 남아있는 암세포는 종국에 가서는 임파선을 타고 몸 전체를 돌아다니게 되지. 그러다가 아무 곳에서나 착지를 하게 되면 자라나는 거야. 뼛속에 암세포가 기식하면 뼈가 뭉청뭉청 부러질 수 있고 간, 폐, 혈관…… 예측할 수 없는 상태야. 우리 몸에는 메스를 댈 수 없는 부분도 허다하지."

의과대학생은 담배를 꼬나물고 연기를 연거푸 뱉어냈다. 그리고 그는 누에가 입으로 명주실을 뽑아내듯 이야기를 계속했다. 그는 지금까지 내가 만났던 어느 누구보다도 냉철하고 이지적인 인간이었다. 그가 소년으로 피난지에서 지냈던 그때의 순수함은 전혀 찾아볼 수 없게 지성으로 잘 다져졌다. 그러면서도 그는 한때 소년 시절의 추억을 간직할 수 있었다는 것만으로 만족했다. 그럼에도 불구하고 나의 어린 시절의 약속을 가슴속에 간직하고 그 꿈을 키우려고 노력했다. 그리고 또 나는 그에게로부터 나의 우울하고 절망적인 현재의 마음을 위로받고자 그를 찾아왔다. 그러나 그의 오만함은 나뿐만 아니라 세상 사람 어느 누구의 마음 따위는 자기와 무관한 소관임을 강조하는 듯했다. 나는 처음으로 죽고 싶은 마음이 들었다. 의과대학 언덕길을 내려오면서 나는 그동안 무수한 착각속에 살아왔음을 실감했다. 내 기억 속에 살아있는 그때, 뒷동산에서의 만남은 꿈일 뿐이었다. 나는 지식이란 훈련은 결코 인간을 인간답게 만드는 것이 아니라고 생각했다. 철늦은 눈발이 희끗희끗한 거리로 나서서 창경원 돌담을 끼고 걸었다. 끝없이 끝없이 발길 닿는 대로 한없이 걷고 있었다. 그리고 나의 생명은 신의 소관이라고 말한 그 한마디가 자꾸만 귓가에서 맴돌고 있었다.

"생명은 신이 주관하신다."

한 의과대학생이 던진 이 말 한마디는 나의 공허한 가슴속에서 메아리치고 또 파문을 일으켰다. 그렇다면 나는 어떻게 해야 할 것인가. 그것은 주관자인 신에게 의지하고 매달려야 할 것이 순서라는 생각이 들었다. 그러나 또 다른 내가 외쳤다. 왜 불쌍한 어머니가 고약스런 병에 걸렸단 말인가. 나의 의식은 부정과 긍정을 번복하는 번민으로 밤길을 하염없이 방황하게 됐다.

밤늦게 서야 병원에 돌아와 보니까 어머니의 병상이 비어있었다. 나는 가슴이 섬칫했다. 그 지긋지긋하던 병실이 갑자기 떠나기 싫었다. 어머니가 누워있던 침대는 흰 시트가 벗기운 채 그곳에 있었다. 방금 어머니가 밖으로부터 병실로 돌아올 것만 같았다. 나는 어머니의 그 빈 침대 옆에 앉았다가 일어섰다. 그리고 그곳을 도망치듯 빠져나왔다. 거리에는 진눈깨비가 퍼붓고 있었다.

봄이 오자 아버지는 다시 농사일을 시작했다. 겨울내도록 병원을 드나들면서 아버지는 전에 없었던 깊은 관심을 어머니에게 쏟았다. 그럼에도 불구하고 병의 차도는커녕 뚜렷한 희망이 전혀 보이지 않았다. 할머니는 아버지가 어머니에게 관심을 두었기 때문에 병이 점점 깊이 들고 있다고 믿고 있었다. 어머니는 항상 아버지의 학대와 무관심 속에서라야 생명력을 지닌다는 생각은 아주 오래전부터 뿌리내리고 있는 허무맹랑한 생각이었다. 아버지는 잃어버린 농토의 대토(貸土)를 서둘렀다. 이제는 산에 의존하는 수밖에 없었다. 이미 이전에 경작해 오던 과수원은 폐원이 다 돼가고 있었다. 따라서 산을 새로 개간해야 한다고 서둘렀다. 그 때문에 뒷동산에 아름드리 밤나무를 아낌없이 베어 넘겼다. 밤나무는 몸이 단단하고 수분에 강하기 때문에 철로의 침목으로 쓰이곤 했는데 아버지는 밤나무를 베어서 포도밭 말뚝으로 팔았다. 그리고 그 돈으로 우선 과일나무 심을 자리를 한 평 남짓 따비를 따고 그 자리에 묘목을 꽂는 일을 시도했다. 그 일도 만만치 않게 부산스러웠다. 한번 일손을 잡으면 아버지는 일을 몰아치기 때문에 어머니 사정에는 인정을 두지 않았다. 어머니는 밥을 짓다가도 기운에 부치면 자리에 누웠다가 다시 일어나곤 했다.

뒷동산에는 연일 사람들이 허옇게 널려 있었다. 새끼줄에다 일정한 간격을 표시한 줄을 늘이면서 인부들은 구덩이를 파고 흙을 뭉구르고 했다. 수확을 빨리 얻자면 일 년이라도 앞당겨서 묘목을 땅에 꽂아야 했기 때문이었다. 그렇게라도 해놓고 묘목을 잘 가꾸기만 하면 과수원 환경조성은 연차적으로 해도 된다.

십여 명 분의 식사를 하루 두세 번씩 매일 해댔다. 그 일은 쉽지 않았다. 가운데 솥에 밥을 안치고 옹솥에 찌개를 끓인다. 바가지 우물이지만 대문 밖에서 양동이로 물을 길어와야 하고 불을 세 개의 아궁이에 동시에 지피는 일도 쉽지 않았다. 옛날에 부지런한 며느리가 가랑잎을 열두 아궁이에 땠다는 말도 있지만 세 아궁이에다 불 때는 일도 바쁘게 움직이고 그리고 머리도 써야 했다. 봄에는 땔나무마저도 만만치 못했다. 전지해서 던져놓은 여린 복숭아나무 가지를 때니까 그 가지들은 타 들어가면서 노란 연기를 내고 그리고 유황냄새를 뿜어댔다. 자주색 복숭아나무 가지는 잘 건조되지 않아서 불이 타 들어가면서 갖가지 소리를 냈다. 나는 불똥을 다독거리면서 부지런히 나뭇가지를 욱여 넣었다. 나뭇가지는 마르면서 활활 잘 탔다.

어머니가 나를 거들었다. 그리고 어머니는 탄식처럼 내게 말했다.

"난 네가 부엌 구석에 처박히는 게 싫구나. 그러니까 너는 서울로 가거라. 그리고 공부를 계속해야 한다. 그래야만 네 동생들한테도 희망이 있다."

무쇠솥 위로 수증기가 뿔같이 칙칙거리면서 오르더니 밥이 끓기 시작한다. 비등점에 오른 밥물은 계속해 부글거리면서 젖빛 밥물이 무쇠솥 가장자리를 더럽혔다.

"빨리 불을 물려야 한다."

어머니가 덜 탄 나뭇가지를 빠른 솜씨로 큰 솥 아궁이로 옮겼다. 덜 탄 자주색 복숭아나무 가지는 앵앵 소리를 내면서 독한 연기를 내뿜었다. 손끝이 노랗게 구워지면서 손바닥에서 단내가 났다. 그리고 얼굴은 불똥 때문에 벌겋게 달아올랐고 눈물이 찔끔찔끔 흘렸다. 밥이 잣는 동안 물을 길어다 부엌을 치우고 반찬을 장만해서 밥상을 봐놓기까지 눈코 뜰 새 없다. 물 한 바가지, 파 한 뿌리, 다듬어주는 것이 얼마만큼 일을 수월하게 도와주는 것인가를 알만했다. 어머니는 내가 아주 어려서부터 나에게 일을 시키지 않았다.

나는 지금껏 기껏해야 텃밭에 가서 파를 뜯어오거나 애고추를 밭에 가서 따오거나 감자껍질을 벗기거나 밥밑콩을 까는 정도였다.

어머니뿐만 아니라 가족들 모두는 일은 천한 사람만이 하는 것이라고 단정 짓고 있었다. 그래서 농사일이나 집안일은 나와 무관한 것쯤으로 알고 있었다. 농촌에 살고 있는 모든 사람들은 내 자식들에게 만은 이 천한 일에서 놓여나길 간절하게 소망하고 있었다. 내 자식들은 이 중노동에서 벗어나서 살 수 있는 길을 동경했다. 적어도 뙤약볕 밑에서 개 그을리듯 그을리면서 비지땀을 흘리기보다는 그늘 속에서 일하기를 원했다. 그 그늘 속에서라면 밤과 낮이 엇갈려도 상관하지 않고 견딜 수 있으리라고 확신했다. 아침저녁으로 쓰레질만 해도 월급이 꼬박꼬박 나오는 일, 쓰레질 같으면야 뙤약볕 아래 밭매는 일보다 수월한 일일 것이라고 생각했다. 마을 사람들은 기회가 있으면 도시로 도시로 자식들을 내보냈다.

불안하고 우울한 나날이 점철되고 있었다. 어머니의 병세는 자꾸 악화되었다. 최소한 이삼 년은 더 지탱할 수 있을 것이라고 믿어왔지만 그렇지가 못했다. 나는 암 환자가 통증이 오기 시작하면 삼사 개월이 고비라는 상식을 알고 있었다. 그러나 어머니의 임종이 그토록 바싹 다가오고 있으리라고는 생각조차 하지 않았다. 나뿐만이 아니었다. 가족들 그 아무도 어머니가 그토록 일찍 생을 마감할 것이라고는 아무도 믿지 않았다. 그러나 어머니는 이미 마음이 변했다. 살기 위해서라면 무엇이던지 먹고 무슨 일이라도 할 수 있겠다는 오기로 가득 찼다. 어머니는 사람을 시켜서 살모사를 잡아서 고아서 먹었다. 집에 들리는 방물장수는 모조리 붙들고 먹을 것을 사양하지 않고 사서 먹었다. 전에는 상상도 못했던 어머니였다. 아버지의 무관심이 시작됐다. 그리고 아버지는 어머니의 실수를 조금도 용납하지 않았다. 어머니는 때때로 굴뚝 뒤에 숨어서 울었다. 나는 그지없이 약해진 어머니가 미웠다. 나는 철없이 당당하지 못한 어머니를 윽박지르기도 했다. 어머니는 경황없는 중에서도 보리타작을 끝내고 모를 다 심어놓고 그만 자리에 눕고 말았다. 그럼에도 불구하고 가족들은 어머니가 잠시 잠깐 자리에 누운 것이려니 여겼다. 그 무렵 나는 토요일에 집에 내려왔다가 그다음 주부터 학교를 쉬는 수밖에 없었다. 애벌 논을 맬 그 무렵이었다. 하루 삼시 세 때 보리를 곱삶아서 들밥을 지어야 했기 때문에 안방 속은 펄펄 끓었다. 어머니가 윗목에다 평상을 깔고 누웠다. 날씨는 무더운 여름철로 치닫고 있어서 뒤창문을 활짝 열어 놓았다. 어머니는 평상 위에 누워서 연방 거울을 꺼내놓고 얼굴을 들여다봤다. 그리고 내게 말했다.

"얘야, 나는 아무래도 죽을라는 갑다. 사람이 귀가 올라붙으면 죽는다는데 얘야, 내 귀가 눈금 훨씬 위로 올라갔잖냐."

"왜 쓸데없는 생각만 하우. 살아날 생각을 해야지. 그러니까 병이 얼른 낫지 않는거라우."

나는 마음과 달리 쌀쌀맞게 말했다.

"아니다. 이상한 생각이 든다. 난 지금 설움이 복받치는데 아무리 울어도 눈물이 안 난다. 이것도 죽을 사람이기 때문에 눈물이 안 나는 거야."

어머니는 꺼이꺼이 울었다. 그런데 어머니 말대로 눈가는 보송보송했다. 나는 그러한 어머니를 지켜보는 것이 괴로웠고 그리고 신경질이 났다. 나는 핑계를 대고 안방에는 되도록 발걸음을 멀리했다. 어머니는 나를 탓했다.

"아니, 벌써 네가 정을 떼려 드는구나. 내 곁에 있거라."

말하면서 어머니는 몸부림쳤다.

"애야, 빨리 삼거리 가서 의사를 불러와라. 지금 내 창자가 끊어지는 것 같다."

동생이 삼거리에 가서 의원을 데려왔다. 의원은 말없이 모르핀 주사를 놓고 갔다. 나는 일각문까지 따라 나가서 의원을 붙들고 애원했다. 그러나 의원은 어머니가 먹고 싶어 하는 것을 잘 대접하라고 말하면서 총총히 돌아갔다. 그러나 이미 환자는 먹고 싶은 것이 없었다. 아니 먹을 수가 없었다.

초여름 농촌에는 먹을 것이 변변치 못했다. 거둬들인 것이라고는 껄끄러운 보리 가마와 밀뿐이었다. 풋과일도 익으려면 더 기다려야 했다. 나는 아무 능력도 없으면서 어머니에게 물었다.

"엄마 먹고 싶은 것 없수."

"먹고 싶은 것보다 난 아프지 않았으면 좋겠다. 애야, 네가 청량리 내가 수술 받던 병원에 가서 약이나 좀 지어다 주렴. 그 병원 약을 먹으면 난 나을 것 같다. 배를 쨌을 때도 지금처럼 아프지는 않았다."

"아파도 참아 보라구. 엄마는 죽으면 안 돼."

"참으면 병이 나을까?"

"그럼, 무슨 병이던지 아플 만큼 아프고 나면 낫는 거지. 병에도 고비가 있다고 할머니가 그러셨어."

"듣기 싫다."

어머니는 노여움을 잘 탔다. 나는 할머니를 찾았다. 할머니는 닭장 머리에서 풀을 뜯어주고 있었다. 할머니는 호미도 놔둔 채 두손으로 각시풀을 잡아뜯었기 때문에 두 손끝은 유록색으로 더러웠다. 할머니는 한참 동안 나를 멀거니 바라보았다. 할머니는 나를 바라본 지 한참 만에 알아봤다. 나는 어머니가 몹시 고통스러워한다고 말했다. 할머니는 푸념같이 중얼거렸다.

"그저 몸 성하고 가막소 안 가면 살 수 있는데, 그렇지 빚이 없어야 살 수 있지. 빚지면 망하는 뻡이지만 그래도 어멈이 손이 거니까 일을 해서라도 먹고 살 수는 있는데."

할머니는 두 손을 털고 일어섰다. 그리고 앞장서서 어머니가 거처하고 있는 안방으로 갔다.

"그래. 어디가 얼마나 아프냐?"

할머니가 서 있는 자세로 어머니에게 물었다. 어머니는 말 대신 배를 가르켰다. 그때, 배가 이미 조금씩 부종이 시작되고 있었다.

"체했는가 보다. 내 사약이라도 좀 해볼까."

어머니가 고개를 끄덕였다. 할머니는 부엌으로 나가더니 하얀 종지에다 쌀을 칠 홉쯤 담아들고 들어왔다. 그리고 할머니는 어머니 곁에 끓어앉았다. 그리고 할머니는 그 종지굽으로 어머니의 배를 쓸어내리면서 무엇이라고 주문을 외웠다. 그렇게 한참 동안 배를 쓸다가 멈췄다. 멈추니까 종지 속의 쌀이 비스듬한 사선으로 고정됐다. 할머니는 말했다.

"애, 체한 게다. 이 쌀로 흰죽을 푹 끓여다가 어멈을 주렴."

할머니는 이렇게 이르고 다시 닭장 모퉁이로 갔다. 나는 할머니가 시키는 대로 했다. 그리고 어머니는 그 흰죽을 억지로라도 다

떠먹었다. 그러나 그것을 다 먹고 난 다음, 배는 한층 더 뒤틀리는 통증 때문에 어머니는 악을 썼다.

식구들은 환자 곁에는 얼씬도 하지 않았다. 그리고 동네 사람들은 우리집 일각문 안에만 들어서면 집안에서 송장 썩는 냄새가 난다고 그랬다. 이삼 일은 그런대로 지나갔다. 일은 하루도 쉬는 날이 없었다. 아버지는 쉴 새 없이 안채를 들락거리면서 보리씨를 찾고 깜부기를 퇴해야 한다고 서둘렀다. 연장을 찾고 저울추가 어디 있느냐고 환자에게 물었다. 이때마다 어머니는 흰자위만 남은 눈을 겨우 뜨면서 보리씨가 담겨있는 항아리와 연장 그릇을 둔 장소를 일러주곤 했다. 어머니는 눈동자가 풀어져서 흰자위만 번득거리면서 대답했다.

"보리씨는 큰 광, 앞 턱 둘째 줄 검정 독안에 있고 밀씨는 그 옆 배불때기 독안에 들어있어."

집안일이 모두가 그러했다. 눈자위가 풀어진 어머니의 입을 통해서만 모든 것의 소재가 밝혀졌다.

나는 낮에는 집안일에 시달리고 밤에는 환자 곁에서 함께 지냈다. 하루 종일 종종걸음치고 뛰어다니다가 밤만 되면 나는 정신 차릴 수 없을 만큼 고단했다. 그리고 여름밤은 아주 짧았다. 나는 한숨에 잠들었다. 누우면 새벽이다. 어머니는 내가 잠들만하면 깨웠다.

"애, 불좀 켜봐라."

나는 눈을 감은 채로 성냥을 더듬었다가 하얀 사기 등잔에 불을 붙여놓고 곧 쓰러진다. 그러면 어머니는 곧

"애, 모기가 덤빈다. 부채 좀 찾아보라."

나는 다시 살평상 밑을 더듬어 부채를 찾는다. 사마귀만한 불빛 속에 비친 어머니의 모습은 귀신처럼 무서웠다. 머리는 흐트러지고 속옷 자락이 펄럭거렸다. 일렁거리는 부채질에도 사기 등잔의 불은 맥없이 꺼져버렸다. 방안은 다시 캄캄해졌다.

"얘, 자냐?"

어머니가 또 말을 시킨다. 나는 대답하지 않았다. 귀찮아졌다.

"에미가 옆에서 죽겠다는데 잠이 쏟아질까. 저게 다 안 좋을라는 징조인데 사람이 일을 당하려면 졸음이 쏟아지는 법인데."

어머니는 혼잣말로 탄식했다.

나는 어머니의 탄식 소리에 솔깃하던 졸음에서 확 깨어났다. 누워있는 그대로 두 눈을 번쩍 떠 보았다. 방안은 캄캄하다. 열어놓은 뒤창문 내려진 발 틈을 비집고 방안으로 스며들어오는 밤바람은 방안 온도를 알맞게 식혀주었다. 어머니는 비틀거리면서 요강을 찾고 물그릇을 찾고 그리고 몸을 살평상 위에 미어치듯 내던졌다. 그리고 조금 있다가는 다시 일어나 앉았다. 어머니는 사기 대접에 가득한 냉수를 벌컥벌컥 들이켰다. 물은 식도로 내려가기 전에 목에서부터 바로 뱃속으로 부어지듯 꼴까닥 소리를 쉴 새 없이 냈다. 어머니는 다시 몸부림쳤다.

나는 누워있는 채로 두 눈을 멀뚱멀뚱 떴다. 어머니가 이대로 며칠이나 더 견딜 것인가를 생각하고 또 생각해 보았다. 어머니의 단발마의 신음소리는 도저히 내게 참을 수 없는 고통이 됐다. 나는 그날 밤 이후, 어머니가 빨리 죽기를 기다렸다. 그것은 너무나 처절한 고통이었다.

나는 두 눈을 꼭 감았다. 나의 꼭 감은 두 눈앞은 밤보다 더 짙은 어두움으로 막혀 있었다. 나는 아주 어렸을 때 들어본 이야기가 생각났다. 두 눈을 꼭 감았을 때 망막이 어둠으로 먹칠해 있으면 그 사람은 머지않아 죽을 사람이라는 말이 떠올랐다. 그때, 나는 두눈을 감아보면 동공은 눈꺼풀 안면에 여러 가지 영롱한 무늬를 밤하늘의 불꽃놀이처럼 펼쳐보였다. 그 후에도 가끔씩 그 짓을 시험해보곤 했는데 그때마다 나의 꼭 감은 동공은 항상 살아있어서 아름다운 천연색 무늬를 펼쳐 보이곤 했다.

그런데 그날 밤, 나의 동공은 밤보다 더 짙은 어둠으로 막아섰다. 나는 두려워졌다. 눈앞이 캄캄한 체험은 곧 죽음인 양 느꼈다. 나는 두 눈을 꼭 감고 의식을 모두웠다. 그리고 검은 장막처럼 드리운 눈앞을 응시했다. 좀 시간이 지체되자 그 먹물 속에서 붉은 점이 솟아올랐고 그 작은 점은 점점 자라고 확산되었다. 그리고 분산된 점들은 그것들이 독립된 한 개의 꽃 모양을 뿌리면서 흩어졌다. 흩어지고 모이고 그것은 내가 아주 어렸을 때 경험한 일식의 광경과 흡사했다. 그 어느 해인가 일식이 있던 날 찌르는 해를 똑바로 바라 볼 수 없어서 놋대야에 먹물을 풀어 담아놓고 그 먹물 속에 비친 해를 바라볼 때와 똑같았다. 먹물 속에 떠오른 해는 광채를 잃었고 해는 잘 익은 꽈리처럼 붉은 구형일 뿐이었다. 광채가 없는 밋밋한 해는 그때 어린 나에게 자연에 관한 외경을 경험하게 했다. 나는 그때 그 민들민들한 해를 바라보면서 개가 해를 베어먹기를 기다렸다. 개는 혀가 뜨거워서 해를 삼켰다가는 뱉어놓고 다시 삼킬려고 입속에 넣다가는 뱉는다고 어른들은 말했다. 만약에 개가 해를 꼴까닥 삼켜버리는 날에는 세상은 끝장이 날 것이라는 어른들의 염려는 그때 나에게 엄청난 공포와 두려움의 대상이었다. 상급학년이 되고 나서 지구와 태양을 배웠다. 그때도 태양의 흑점을 관찰하기 위해 유리조각을 등잔불에 그을려서 그것으로 해를 응시했다. 그때 나는 언젠가는 해가 다 타버려 숯검뎅이 돼버린다면 어쩔 것인가 염려했다. 그것은 움쭉달싹할 수 없는 상황의 종말의식에 관한 불안감의 일종이었다.

나는 나의 꼭 감은 두 동공 속에서 죽음이 어떤 것인가를 찾았다. 그러나 나는 살아있기 때문에 어둠 속에서도 영롱한 무늬는 끊임없이 확산되고 있었다. 나는 두 눈을 다시 떴다. 어머니는 살평상 위에 엎드린 채 신음했다. 어머니는 어둠 속에 갇힌 허연 물체였다., 나는 가슴이 답답해 창문에 드리운 발을 살짝이 들어 보았다. 장독대가 있고 초여름 벚나무의 녹음이 방 속보다 더 짙은 어둠을 드리우고 있었다. 나는 그 짙은 어둠이 끝나는 곳을 찾았다. 그 어둠은 작은 사랑의 용마루 끝에서 정지됐다. 둥싯한 용마루 바로 그 너머로 한 자락 밤하늘이 어둠 속으로 여인의 고운 살결처럼 맨드럽게 드러났다. 어머니가 단발마의 신음소리를 내면서 다시 몸을 뒤챘다. 어머니는 신음소리를 내면서 몸에 걸친 옷을 벗어서 내던졌다. 그리고 소리 질렀다.

"얘야, 속이 탄다. 냉수 떠오너라."

금방 들이 킨 냉수는 어머니가 몸부림칠 때마다 뱃가죽 속에서 물소리를 출렁출렁 냈다.

"아이구야. 내가 이대로 죽을 수는 없지."

어머니는 배를 두 손으로 움켜쥐고 살평상 위에서 멍석말이 했다. 단발마의 신음소리는 그대로 귀기 서린 통곡이었다. 나는 두 눈을 꼭 감고 그 소리를 일부러 듣지 않으려고 애썼다.

이튿날 아침에 어머니의 얼굴을 보니까 그것은 이미 사람의 얼굴이 아니었다. 눈자위가 완전히 풀어져서 검은 동자가 맥없이 구르고 있었다. 그리고 배는 간밤에 들이킨 냉수 때문에 명치까지 부풀어 올라서 보기만 해도 고통스러웠다. 어머니는 옷을 홀랑 벗어던지고 거북스런 배를 안고 반듯하게 누워서 숨을 몰아쉬고 있었다. 그러나 의식은 평상시와 똑같아서 닭모이 줄 시간까지 누워서 챙기는 거였다.

　할머니는 하루에 한번 환자의 방에 들어와서 동태를 살피고 나갔다. 아버지는 어머니가 몸져누운 뒤로는 안채에는 얼씬도 하지 않았다. 할머니가 날짜를 꼽고 있었다.

　"오늘이 닷새째인데 그동안 밤잠을 하루도 못 잤으니까 온건 열흘이나 같다."

　하면서 내게 말했다.

　"네가 자식 노릇 톡톡히 한다. 누구가 살붙여서 병구완을 자식이상 할 수 있겠느냐."

　할머니는 앉지도 않고 당신의 처소로 나갔다.

　어머니는 낮에도 안방과 대청을 들락거리면서 볶아쳤다.

　"날 마루에다 눕혀다오."

　자리를 대청에다 옮겨놓으면 얼마 안 지나서 다시

　"날 방으로 좀 데려다오. 허전하구나" 했다.

　할머니는 그 무더운 여름 날씨인데도 마루방 문 앞에 출입문을 절반만 빠개놓고 앉아서 바느질을 했다. 삼베 고쟁이를 한 솔기 한 솔기 손박음질했다. 대청마루에 누워있는 어머니 얼굴은 뒤꼍에

만발한 녹음 때문에 한층 더 창백하게 핏기를 잃었다. 할머니와 어머니는 서로 엇비슷하게 마주 바라볼 수 있는 자리에 있었다.

"난 저 늙은이 꼴도 보기 싫다. 며느리가 죽어 가는데 무슨 경황에 바느질이 손에 잡히는지, 나는 저 삼베옷을 꼬매는 게 더 싫다."

평소에 다소곳하던 어머니였다.

"내가 이렇게 죽을 줄 알았더라면 진작에 도망이라도 갈 것을 이 시집 못 살고 쫓겨날까봐 갖은 수모 다 겪고 살았더니 내 이 꼴이 돼서 죽다니……"

어머니는 공중에 걸린 눈동자를 데굴데굴거렸다. 할머니는 맞은편에서 아무것도 모르는 채 바느질 땀을 쉬엄쉬엄 뜨고 있었다.

"애야, 저승에는 맨발로 들어갈 수 없다더라. 버선을 찾아다 신겨다오. 그리고 내 신발을 찾아다 댓돌 위에 놓거라."

아버지가 안마당으로 들어서려다 말고 멈칫 섰다. 어머니가 아버지를 보고 소리 질렀다.

"나 저승에 갈 노잣돈하게 돈 좀 주구료."

아버지가 주머니를 부스럭거리더니 돈을 꺼냈다. 아버지는 마당에 선 채로 돈을 건네주었다. 어머니는 꺼이꺼이 울면서 내가 건네준 돈을 베개 밑에 찔러 넣었다.

"저승사자도 인정이 있다면 날 데려가지 못할 텐데."

이상한 일이다. 이처럼 기가 막힌 경황 속에 있으면서도 나는 이미 아무렇지 않았다. 슬프지도 두렵지도 않았다. 어서 탈칠 일은 속히 다가오기를 오히려 기다렸다. 기다림은 빨리 이 곤욕스러움에서 해방되고 싶은 간절한 마음이었다. 나는 나의 의무를 성실하게 수행했다. 그때 나는 스물두 살이었다.

어머니의 부어올랐던 배가 조금씩 꺼지기 시작했다. 그때부터 오물은 질로 끊임없이 흘러나왔다. 그 메스꺼운 냄새는 점점 더 고약스럽게 집안에 배어들었다. 사람이 살아있으면서 내장이 썩어서 끊어지고 그러면서도 통증을 의식할 수 있다는 것은 지옥이나 다름없었다. 더불어 살아갈 때는 서로 떨어져서는 결코 살 수 없을 것으로 알았다. 그러나 병들고 쓸모없게 되면 유대는 한낱 살아가기 위한 도식에 불과했음이 너무나 자명했다. 가족들 누구도 환자 곁에는 얼씬도 하지 않았다. 일주일째 밤낮없이 고통은 지속됐다. 나의 가슴 깊숙한 곳을 찌르는 또 다른 아픔이 있었다. 그 아픔은 처절한 낭패감이었다. 그 낭패감은 고달픈 나의 의식 갈피갈피 속에 도사리고 있는 가족들 모두에 대한 혐오감이었다. 배의 부종이 빠지기 시작했다. 질로 쏟아져 내리는 오물은 주체할 수 없을 만큼 밤낮 이틀 동안 계속됐다. 뱃가죽이 등줄기에 붙은 것처럼 움푹하게 패였다. 그리고 갈비뼈만 앙상하게 솟아올랐다. 환자는 기진해서 눈을 계속 떴다.

"이젠 나으려나 보다. 배의 부종이 다 빠졌으니까. 이젠 무엇이라도 먹고 기운을 차려야겠다."

환자는 자기 배를 쓰다듬으면서 무엇이던지 먹을 것을 달라고 입을 벌렸다. 이미 뱃속은 위장이고 아무것도 들어있지 않은 상태였다. 할머니가 서둘러서 친척들에게 기별을 했다. 제일 먼저 외삼촌과 대고모할머니가 달려왔다. 그들을 보자 어머니는 통곡을 했다.

"내 이 지경이 됐는데 제발 날 좀 살려주시오."

"두려워 말거라. 넌 이제 곧 하나님 나라로 가게 될 것이니 육신의 고통도 멎고 곧 편안해질 것이다."

대고모할머니는 어머니의 손을 마주 잡고 귓가에 속삭였다.

"난 죽을 수 없어요. 내가 죽으면 아이들은 버림을 당해요."

"염려하지 말아라. 다 하나님께서 맡아주실 것이니 네가 어찌 남편을 믿지 못하고 근심하느냐."

"그 사람을 어찌 믿습니까. 내가 살아있을 때도 그 지경이었는데."

"네가 영원히 죽는다고 생각 말거라. 너는 잠시 쉴 뿐이니 모두 하나님께 맡기고 마음을 편안하게 가지거라."

대고모는 엎드려서 통곡하며 기도했다. 대고모는 전도사였다. 나이 이십 전에 혼자되고 아들 하나를 키웠는데 그 아들마저도 열아홉 살에 결핵으로 죽었다. 그 후 대고모는 칠순이 넘도록 전도부인으로 봉사하는 삶을 살았다.

할머니는 어머니의 영혼과 육신을 모두 대고모에게 일임했다.

"어찌겠소. 죽음에는 장사가 없는 법이니, 이제 할 만큼 다 해본 끝이니 기다릴 수밖에 도리가 없을 것 같구료. 부디 살아있는 동안만이라도 잘 보살펴 줬으면 좋겠소."

"난 이 불쌍한 영혼을 하나님 곁으로 인도해야 겠으니까 모든 의식은 기독교식으로 해도 상관없으시지요."

"암은요, 이제 와서 무엇이 문제가 되겠습니까. 모든 것을 다 알아서 처리해주시구료."

할머니는 분명하게 대답했다.

어머니의 임종은 곧 일 것 같으면서 길게 끌었다. 눈을 감으면 뜨지 못하더니 말을 하지 못했다. 그러나 듣고 있었다. 대고모할머니가 귓가에 대고 소곤거리면 고개를 끄덕거려 의사를 표시했다. 그리고 줄기차게 입을 벌렸다. 무엇이던지 먹을 것을 달라는 시늉을 했다. 제비주둥이처럼 입술을 열 때마다 대고모할머니는 숭늉을 떠서 입속에 흘려넣었다. 어머니는 쉬지 않고 받아넘기고 또 입을 벌였다. 이런 상태에서 하룻밤과 하루 낮이 꼬박 지났다. 아침이었다. 손끝에서부터 발끝까지 신체는 얼음장처럼 식고 굳은 상태였다. 이마도 차갑다. 가슴만 할딱거리면서 미지근하게 체온이 남고 불규칙한 호흡만 있었다. 아이들을 머리맡에 앉히고 할머니와 아버지가 마주 보고 앉았다. 호흡은 지루하게 이어졌다. 대고모할머니가 아버지 보고 말했다.

"쟈가. 아이들 못 잊어서 못 가는가 보니 자네가 한마디 말해주구료."

아버지가 어머니 머리맡으로 뭉기적거리고 다가가서 손을 잡고 말했다.

"여보, 아이들은 내가 잘 돌볼 테니 걱정 말구 떠나구료."

아버지가 목이 메어 다음 말을 잇지 못했다. 아이들이 덩달아서 '엄마'를 부르면서 울었다. 순간 어머니가 눈을 번쩍 떴다.

"애야."

외삼촌과 대고모할머니가 외쳤다. 그러나 번쩍 뜬 눈은 동공이 고정된 채 정지되었다.

"자네가 눈을 감겨 주게나. 걔는 이제 하나님 품에 안겼네."

아버지가 어머니의 눈두덩을 쓸어내렸다.

뒤꼍 장지문으로 스며들어온 햇볕이 방안을 불을 켜놓은 것처럼 밝혀주었다. 어머니 얼굴은 그 햇볕의 반사 때문인지 노랗게 변색돼 있었다.

"자. 이제 나가거라."

외삼촌은 홑이불로 시신을 덮으면서 우리들을 쫓아냈다. 나는 밖으로 쫓겨나왔다.

이상한 일이다. 방금 임종을 봤는데 그 시각은 아주 오래전 일처럼 아득했다. 그리고 살아있는 어머니 얼굴이 그렇게도 보고 싶어 견딜 수 없었다. 나는 다시 시신이 있는 방으로 뛰어들어갔다. 외삼촌이 수세를 거두고 있었다. 널빤지 위에 어머니를 올려놓고 두 손을 배 위에 포개놓고 있었다. 어머니의 그 마디 굵던 손은 가냘픈 어린아이 손처럼 연약해졌다. 그리고 어머니의 그 작은 손은 치자색이 도는 밀납으로 빚은 모조품 같았다.

"냉큼 나가거라."

외삼촌이 나에게 호령을 했다. 나는 외삼촌의 하얗게 질린 얼굴을 보자 뒷걸음질 쳐서 대청으로 밀려나왔다. 아버지가 방문을 쾅 닫아버렸다.

나는 뜰 아래로 내려섰다. 하늘은 높고 그리고 여름인데 선들한 바람이 높이 불었다. 신록 때문에 아침 햇볕은 온통 연두색으로 집 안을 물들였다. 나는 어머니가 못 견디게 보고 싶었다. 나는 회한이 사무쳐서 통곡이 저절로 나왔다. 식구들이 모두 다 댓돌 밑 마당으로 내려서서 연두색 하늘을 우러러 보고 두 눈을 깜빡거렸다.

또 높은 바람이 한차례 지나갔다. 이때였다. 시신이 잠든 안방 지게문이 '펑' 소리를 내면서 튕겨져 열렸다. 마당에 서 있던 식구들이 모두들 깜짝 놀라 문 쪽을 쳐다봤다. 외삼촌이 급히 댓돌 위로 올라서서 열린 방문을 닫았다.

"영혼이 나갔는 게다."

대고모할머니가 말했다.

식구들은 정신을 차리고 각기 할 일을 챙기기 시작했다.

장례는 기독교 의식으로 하기로 했다. 집안에서는 곡 소리 대신 찬송 소리가 드높았다. 장례일까지 삼일간은 무척 지루했다. 그 삼일간은 삼십 년 만큼이나 더디 갔다. 나는 한 번만이라도 어머니의 얼굴을 다시 보고 싶었다. 그리고 그 손을 마주 잡고 싶었다.

마을 사람들이 와서 수의를 맡아서 지었다. 수의는 매듭을 맺지 않고 꿰맸다. 끝마무리 실도 가위나 입으로 끊어서도 안 되었다. 그래서 사람들은 천의 나비만큼 실을 날아서 바느질할 만큼 길이로 실을 손으로 끊어서 썼다. 굵은 삼베로 이불과 요를 지었다. 그리고 완성된 수의는 차곡차곡 광주리에 담아서 사람들 발길에 차이지 않는 곳에 모셔두었다. 마을 사람들은 수의를 지으면서 복 타령을 했다. 사람이 한평생 살고 간 흔적은 아무것도 없었다. 마을 사람들의 우상이 됐던 옥이 할머니는 죽는 복은 타고나지 못했다. 난리 중에 전염병으로 세상을 떴으니까 마지막이 그렇게 초라할 수 없었다. 사람들은 제각기 서로 다른 복의 척도를 가지고 살았다. 할머니는 복을 찾겠다는 생각이나 복이 집안에 저절로 굴러 들어오기를 기다리는 삶은 아니었다. 할머니는 복을 태어날 때부터 타고난다고 여겼다. 타고난 복이 새어 나가지 않게 하기 위해서는 복을 지켜야 할 몇 가지 금기사항이 있었다. 그것들은 매우 사소한 일상사에다 그 비중을 두고 있었다. 예를 들자면 물동이에는 항상 물을 가득 채워놓아야 하고 저녁밥은 해 있을 때 먹어야 했다. 할머니가 제일 꺼리는 일은 저녁밥을 늦게 먹는 것이었다. 밤에 불을 켜고 저녁밥을 먹게 되면 그것은 저녁이 아니라 제삿밥이라고 금했다. 그뿐만 아니라 누구라도 방문객이 찾아올 때는 그날 하루의 이루어지는 일을 보고 그 방문객의 복을 가늠했다. 이와 같은 할머니 나름대로의 척도는 용케도 일관성이 있었다. 그 아무개가 집에 찾아올 때는 꼭 집안에 편치 못한 변고가 생겨서 잠시 머무르는 하룻밤도 편안치 못하게 묵고 갔다던지 또 아무개가 찾아올 때는 생각지 않았던 길사가 있어서 대접을 후하게 받게 된다든지 하는 관념이었다. 그리고 또 아무래는 꼬리를 달고 다녀서 줄손님을 끌어들인다든지 할머니는 별명을 짓곤 했다. 복 있는 사람은 오나가나 복을 끌고 다니지만 그렇지 못한 사람은 오나가나 복을 털고 다니는 복촐이라고 험잡았다.

할머니는 초상 중에 사람들 보기가 부끄러워 당신의 거처에서 나오지 않았다. 할머니가 아무 일도 못하면서 이처럼 멀거니 시간을 보내는 일은 처음이었다. 마을 사람들은 할머니를 보고 저 노인은 욕심이 많아서 며느리의 수명까지도 빼앗아 당신이 살고 있는 것이라며 수군거렸다.

나는 흉물스럽게 지어놓은 수의를 바라보면서 저 옷을 입은 어머니를 상상했다. 그때까지만 해도 죽음은 단순한 정지일 뿐이었다. 그러나 막상 염을 하던 날 밤 나는 죽음을 목격했다. 외삼촌이 얼굴이 하얗게 질린 채로 건너방에서 수의 광주리를 들고 시신이 있는 방으로 들어갔다. 나는 두 눈을 말똥거리면서 나의 어머니를 바라보았다. 외삼촌은 시신을 한지로 싸서 쥐고 홑이불 밑으로 입었던 옷을 벗기고 그 흉상스런 삼베옷을 순서대로 입혔다. 방안에는 향불을 가득하게 피웠다. 마지막으로 향물로 머리를 축여서 빗겨놓고 한지로 덮어놓은 얼굴에 면모를 씌울 때 나는 어머니의 얼굴을 훔쳐보았다. 나는 운명 직후 배추색의 어머니 얼굴을 연상했다. 그런데 그게 아니었다. 그것은 이미 어머니의 얼굴이 아니었다. 그것은 시신의 무서운 가면이었다. 나는 두 손으로 나의 얼굴을 감싸 쥐었다. 나는 복받치는 설움 때문에 통곡이 저절로 나왔다. 나는 누군가에게 등을 떠밀려서 밖으로 쫓겨났다.

밖은 캄캄한 그믐밤이었다. 그리고 한여름 밤의 녹음은 온 집안을 구석구석 먹칠해서 짙은 어둠 속으로 침잠시켰다. 나는 건넌방으로 와서 대고모할머니에게 무섭다고 말했다. 대고모할머니는

"얘야, 그게 정을 떼는 것이란다."

하면서 내 손을 잡고 기도를 드렸다.

다음날 아침 일찍 이른 시간에 발인식이 있었다. 꽃상여를 바깥 마당에 꾸며놓고 아이들은 모두 깃광목으로 지은 상복을 입었다. 마을 사람들이 모여들어 꽃상여 나가는 구경을 했다. 마을 사람들은 누가 얼마만큼 슬피 우는가가 궁금했다. 그리고 상복을 입은 어린상제들을 보고 혀를 찼고 목이 메어서 눈물을 흘렸다. 마을 사람들의 수군거리는 소리가 경황없는 내 귀에까지 들려왔다.

"마님이 통곡하는 것 처음 보겠네. 저 노인은 아들 상여 나갈 때도 눈에서 먼지가 풀풀 났었는데……"

"그래도 굴건제복한 영감이 행여 뒤를 따를 때는 괜찮은 복이

여."

아홉 살짜리 막내가 엉엉 울었다.

마을 사람들이 막내가 우는 것을 보고 덩달아서 눈물을 줄줄 흘렸다.

날씨는 무더웠다.

우리 형제들은 산성까지 따라가서 하관식을 보고 외삼촌을 따라서 하산했다. 집에 돌아와 보니까 시신이 누워있던 안방은 깔끔하게 치워졌고 방바닥 군데군데에서는 쑥불이 타고 있었다. 할머니는 대청마루에 앉아서 우리 형제들을 맞아주었다. 할머니의 단정한 모습은 이미 아무 일도 없었던 것 같은 안존함이 서리고 있었다.

외삼촌과 대고모할머니가 떠날 차비를 서둘렀다. 할 일을 다 끝마쳤으니까 더 이상 지체할 이유가 없다면서 일각문을 나섰다. 나는 불현듯 외삼촌을 따라 나서고 싶었다. 나는 상복을 훌훌 벗어던지고 옷을 갈아입었다.

청계에서 안양까지는 이십 리 길이 족히 됐다. 이십 리 길을 걸으면서 세 사람은 말없이 걸었다. 우리가 수푸루지 산모랭이를 돌아서자 해가 졌다. 수리산 골짜기마다 검게 드리운 산 그림자와 넘어가는 여름해의 황금빛 노을은 나에게 또다시 새로운 설움을 폭발시켰다. (2권에 계속)

해녀콩①

1쇄 발행일 | 2020년 04월 13일

지은이 | 채정운
펴낸이 | 정화숙
펴낸곳 | 개미

출판등록 | 제313 - 2001 - 61호 1992. 2. 18
주소 | (04175) 서울시 마포구 마포대로 12, B-108호(마포동. 한신빌딩)
전화 | (02)704 - 2546
팩스 | (02)714 - 2365
E-mail | lily12140@hanmail.net

ⓒ 채정운, 2020
ISBN 979 - 11 - 90168 - 10 - 6 03810
ISBN 979 - 11 - 90168 - 09 - 0 03810(세트)

값 15,000원